三声楼读记

虞云国 著

SPM
南方出版传媒
广东人民出版社
·广州·

图书在版编目（CIP）数据

三声楼读记 / 虞云国著. —广州：广东人民出版社，2018.7（2020.1 重印）

ISBN 978-7-218-12712-5

Ⅰ.①三… Ⅱ.①虞… Ⅲ.①随笔—作品集—中国—当代 Ⅳ.① I267.1

中国版本图书馆 CIP 数据核字（2018）第 066565 号

SANSHENGLOU DUJI

三声楼读记

虞云国 著

出 版 人：肖风华

策 划：肖风华 向继东
责任编辑：季 东 向路安
封面设计：西门媚 梁淑怡
责任技编：周 杰 吴彦斌

出版发行：广东人民出版社
地 址：广州市海珠区新港西路204号2号楼（邮政编码：510300）
电 话：（020）85716809（总编室）
传 真：（020）85716872
网 址：http：//www.gdpph.com
印 刷：阳谷毕升印务有限公司
开 本：787毫米 × 1092毫米 1/32
印 张：11 **字 数**：202千
版 次：2018年7月第1版
印 次：2020年1月第2次
定 价：48.00元

如发现印装质量问题，影响阅读，请与出版社（020-85716849）联系调换。

售书热线：（020）85716826

从书斋名说起（代序）

两三年前吧，承蒙某报副刊的厚意，让我取个栏名，写点东西。踌躇了一下，就叫“三声楼读记”。但“必也正名乎”，总得说些理由。这里就拿那篇开场白权为代序。

读书人爱给书房取个雅名，其风盛自宋代。刘禹锡有《陋室铭》，说其中“可以调素琴，阅金经”，金经是泥金写的佛经，这陋室应是他的书房。但“陋室”即简陋的房室，并非书斋别称，可见自名书斋，至少中晚唐还不风行。但及至南宋，徐光溥已编了一本《自号录》，专录宋代士大夫的自号，“亦可以品量其器业之宏狭”。其“斋”“庵”“轩”“寮”等类别中，多是书斋名，著名的有米芾“宝晋斋”，朱熹“晦庵”，辛弃疾“稼轩”。

“三声楼”也算我的书斋名吧。五十年前，我正读初中，课余借了一册《燕山夜话》看，有篇《事事关心》介绍顾宪成写的对联，认为“表示了东林党人在政治上的抱负”。这副对联，我特别喜欢而过目不忘：“风声、雨声、读书声，声声入耳；家事、国事、天下事，事事关心。”不料两三年后，姚文元发表《评“三家村”》《燕山夜话》被定为“最刻毒的借古讽今、反党反社会主义的言论”。《事事关心》也遭批判：“东林党是明代地主阶级内部的‘反对派’，邓拓这么欣赏‘东林党人在政治上的抱负’，是因为‘反对派’引起了他内心的共鸣。”对当时说邓拓“反党反社会主义”，作为中学生还难有洞见，却觉得对联倡导关心国事、天下事并没有错，伟大领袖还教导“要关心国家大事，要把无产阶级文化大革命进行到底”呢！

“文革”期间，没去广阔天地接受再教育，呆在城里吃干饭。家里有个小阁楼，老上海弄堂常见那种，算是我的起居室。搁架上有限的几本书，就是全部精神食粮。1970年代初，我为这个“一丈多方，三尺来高，欲立碰头”的空间，取了个“一心三声楼”的雅称，还请同窗篆了方印。“三声”即“风声、雨声、读书声”，“一心”即“家事、国事、天下事”关乎一心。“文革”期间，我竟然还念兹在兹这副对联，足见其“流毒”之深。

“文革”过后，读到邓拓诗词，才知他对这副名联情有独钟。1960年，他有《过东林书院》诗云“东林讲学继龟山，事事关心天地间”，《事事关心》写在次年八九月间，应是继这首诗有感再发的。该文之后，他在两年后赠友人诗里又说“当年风雨读书声，血火文章意不平”，显然仍用“风声雨声读书声”之典。对联倡导而邓拓推崇的，正是自古以来中国士大夫以天下为己任的精神，他作为共产党内的知识分子继承了这种传统，原应视为优秀文化传承有绪后继有人，孰料却都以“革命”的名义踩成了齑粉。

上世纪最后一年，我到无锡讲课，特地去了趟东林书院。北宋学者杨时（号龟山）创始的这座书院，明末因东林党人讲学论政而声名大著。暮秋夕阳里，只有我一个凭吊客，踟蹰在修葺一新的讲堂、园林间，在依庸堂里见到了那副名联。想到东林党人的命运，也想到邓拓的遭遇，还回味了自己与这副名联的因缘，在归途写了四句诗：

先贤胜迹独追寻，家国文章天下心。
蹀躞沉思斜照里，明朝犹许党东林。

进入新世纪，我也迁居高楼，比起那小阁楼，读书环境已今非昔比。今年，另一位治印的友人要为我刻书斋印，盛情难却，沉吟一下，还是让他另刻了一方“一心三声楼”印。我想，时代尽管变易，读书人总该有点“家国文章天下心”的情怀吧！

最后说说“读记”。此处“读记”，并非《太平御览》引《博物志》所说“圣人制作曰经，贤者著述曰记，曰章句，曰解，曰论，曰读”的意思。那种“读”与“记”，都是贤者学习圣人经典的读后感，我哪配得上？我的“读记”，用意直白，即“阅读”与“笔记”两个动词的合成，也就是将阅读的感兴记录下来，如此而已。当然，阅读的对象是广义的，不妨读书，读史，读人，读世；记下的内容不拘一格，可以是关乎家国的时评，或许是兼及文史的小品，也不妨是一得之见的书话。

引完那篇开场白，作为书的自序，总还少点什么。且据目录，向读者交代一下分辑吧。

近年出过一册随笔书评集，题为《从陈桥到厓山》，都是关于宋史的；故而这册《三声楼读记》，除一篇漏网之鱼，多非宋代话题。第一辑名曰“帝阙斜影”，“帝阙”原来是皇帝居住的皇城门，也不妨借指君主专政。有一张旧照令我过目难忘：一尊狰狞的石狮蹲踞在画面中央，背后是黄昏里紫禁城巍峨宫阙的斜长阴影，压抑而森严。这辑重心旨在批判君主专制集权，“斜影”云云，即如开篇揭示：皇帝与皇权，自秦以来，不啻是中国历史的沉重遗产。第二辑名曰“前贤遗籁”，主角为近代以前名人，撷取他们的流风遗韵；有几篇原为某杂志“祭葬名篇”栏目而作，所以偶也谈点文章作法之类，这里一仍其旧。第三辑名曰“学人謦欬”，对象换成现当代的学者，既有吕思勉这样的大师，也有柳亚子、姚鹓雏、钱春绮这样的文人，更有我有幸亲炙的受业之师；摹绘之法一如上辑，不一定取其全貌，有的只勾勒某一侧影，但都有可圈可点处。第四辑名曰“涛声隔岸”，主题涉及中日关系（主要侧重于文化层面），既有皕宋楼与静嘉堂的百年对话，也有内藤湖南与顾廷龙在对方国度的深度游历，有几篇还是我的日本游记或观感，殿以一篇学术对话，聚焦新天下秩序与民族主义下以中日为中心的东亚关系，带点理性反思的味道。第五辑名曰“书味会心”，纯然读书偶得或著书有感，或自述阅读史，或为前哲时贤著述所作的书评。最后那篇《打油诗话》，文体是游戏的，意思是认真的。“风声、雨声、读书声”，毕竟是交响耳畔而萦绕心际的！

虞云国

2018年1月于沪上三声楼

目 录

第一辑 帝阙斜影

第二辑 前贤遗籁

第三辑　学人謦欬

第四辑　涛声隔岸

第五辑 书味会心

第一辑　帝阙斜影

皇帝与皇权：中国历史的沉重遗产

一

当下，怀旧上世纪80年代仿佛成为风气。那时，十年浩劫噩梦乍醒，改革开放大闸初启，万物复苏、人心思治，诸多愿景似乎都有望实现。1981年通过了《关于建国以来党的若干历史问题的决议》，论及十年浩劫的历史原因时指出：“中国是一个封建历史很长的国家”“长期封建专制主义在思想政治方面的遗毒仍然不是很容易肃清的”“也就使党和国家难于防止与制止‘文化大革命’的发动和发展”。《决议》为清算“文革”教训、批判专制遗毒敲定了基调。于是，在思想领域，有关于思想解放的讨论，关于人道主义与异化问题的讨论，关于民主、人权的讨论；在史学领域有关于农民战争与皇权主义的讨论，关于批判封建专制主义的讨论；在文学领域有“伤痕文学”的讨论，都构成了当时主流思潮的镗鞳之声。

记得当年曾有《万岁考》这样的名文，考证“万岁”何以成为御用称呼，以杂文笔法抨击了封建专制；也曾再版过民国前期的《帝王春秋》，旨在借助易白沙的旧著，“举吾国数千年残贼百姓之元凶大恶，表而出之，探其病源”。然而，批判封建专制主义不可能毕其功于一役。其后历史证明，当年这场批判还是浮皮潦草的，人们很快忘情于凯歌行进的大好形势，懈怠了对封建专制主义的深入批判。

在80年代行将收场那年，作为元史研究的领军人物之一，周良霄先生痛感于现实的刺戟，慨然表示，元史研究无关乎当下国计民生。他有感于“把皇帝和皇权作为一种制度来研究，在国内却还是很少见”，转而从事这一课题。十年磨一剑，1999年，贡献了治学转向后的重要成果——《皇帝与皇权》（上海古籍出版社，2014年；以下略称《皇权》）。七年以后，再出增订版；这次续作增补，推出第三版。这是一部用世之书，《前言》自道作意说：

> 只要它能引起大家的注意和兴趣，推动清理中国封建专制主义思想，批判传统流毒，使我们的民族在现代化的伟业中能够清除积垢，轻装前进，在民主、进步的坦途上迈进，我的愿望也就可以充分满足了。

听说，他还有多部中国当代史的资料与著述在海外付梓。披读之下，顿感某些自鸣得意的人文关怀，都只是吞吞吐吐的犬儒嗫嚅而已。话扯远了，还是回到《皇帝与皇权》。

二

《皇权》上编专论皇帝，下编专论皇权。皇帝称呼的来龙去脉，皇帝还有哪些叫法，何以回避皇帝的名讳，皇帝的尊号、谥号、庙号、陵号都是些什么玩意儿？历朝皇帝开国，怎样择地建都与营造皇宫？以皇帝为中心的符玺、服饰、仪仗、车驾、宫禁、卫戍等有何规定，侍奉皇帝的后妃制与宦官制内幕如何？皇帝如何主持政务，作为皇帝行政秘书的翰林制度与学习辅导的经筵制度有何功能？皇帝是怎样确立、培养储君的，又如何规定其他皇子的分封与爵禄，一般宗室与公主的待遇？皇帝制度赖以维系的内宫财政如何运转？最后，皇帝的丧葬礼仪与陵寝形制有哪些繁文缛节？对皇帝制度的基本方面，上编兼顾理论批判与细节考述，系统扼要地进行了梳理分析，不啻是深入浅出的中华帝制小百科。例如，皇帝上朝并非历代都以宫女侍从，宫人随驾上朝起于晋朝而迄于晚唐，入宋以后再也未见宫女侍朝的情况；女主临朝听政，从宋朝起才因强调男女大防而开始垂帘；内官“悉用阉人，不调他士”则起于东汉和帝时；诸如此类交代，也足为当下宫廷影视剧的编导们提供必要常识（135页）。

当然，上编对皇帝制度的批判更是鞭辟入里。第一章“即位称尊”撩起了“怎样才能当上皇帝”的黑恶帷幕。皇帝即位虽有不同叫法与相关仪式，但之所以能登上皇位，倘以新朝取代胜国论，靠的是武装与实力，禅代只是历史表象与官样文章；若以一朝一姓传承言，新帝与旧君也并非都是和平交班，更多玄武门之变式的骨肉自残与烛影斧声式的勾心斗角。第二章“神道设教”揭穿那些凭强力上位的皇帝们，为抬高自己以威服臣民，是如何编造奇征异象与谶纬图书，借助五德终始说与天人感应论，玩弄神道设教把戏的。第三章“帝道与治术”彻底扯去了历代皇帝标榜道德的遮羞布，他们口头上鼓吹“敬天法祖、勤政爱民”的帝道，自扮为“道德的模范与导师”（45页），实际上只是未必躬行的障眼术与假幌子，以法家学说为核心的统治术才是看家真本事。

如果说，上编侧重于对皇帝制度作静态的细部的解剖，下编则对皇权制度作动态的总体的批判，聚焦在专制皇权的发展历史、构成基础与主要特点三方面，其批判的深度、广度、力度与高度，是前所未有的。

中国专制皇权的历史大体可分三期：秦汉魏晋南北朝是成长发展期，隋唐两宋是成熟期，元明清是恶性发展与腐朽僵化期。秦始皇确立了君主官僚专制政体，这是中国历史的一大变局。从此以后，即谭嗣同痛心疾首所说，“两千年之政，皆秦政也”；也即批林批孔时毛泽东肯定的“百代皆行秦政法”。汉承秦制，汉武帝以独尊儒术对专制皇权的发展厥功至伟。在唐宋成熟期里，专制皇权相对完善了自我调整机制，封驳制度的形成与台谏功能的提升，都是具体表现。但历史未必总是线性前行的，尤其在专制皇权的坚壳裹胁下，外来力量与个人因素都可能使这一进程倒转逆行。作为元史专家，作者强调，蒙元统治中国，“君臣关系沦为了主奴关系，传统的君尊臣卑，在身份上蜕化为主奴分隔，皇权又有了恶性的发展”（294页）。朱元璋灭元兴明，建制上宣称接续唐宋，实际上却继承元朝，“君尊臣奴在名义上当然已改变了，但君尊臣卑的差距却一仍元旧”（299页）。而廷杖与诛十族等酷虐刑法，锦衣卫与东西厂等特务统治，更把专制皇权推向新高度。及至明清鼎革，“历史像是在同我们这个古老而又多灾多难的民族开玩笑。就是在中国封建制度已进入僵死、腐败的时期里，却又由一个正富有活力的满族主宰了中国”。著者尽管肯定，“在君主专制的体制下，君主个人的品质、能力，对当时的政治，在一个短时期内是可以有决定影响的”；“就总体看，清朝一代的皇帝，质量普遍比历史上任何朝代都要高”，“自然是也可以取得一时的某些辉煌成就的”；“然而，这一切除了延续这个制度的寿命之外，终究无补于挽救其本质的腐败与必然的灭亡”（310页）。笔者更想强调，越到专制皇权后期，越是所谓事业型的明君英主，越会把专制政体的紧身衣收得让天下臣民无所逃遁而濒临窒息，雍正帝便是最好的著例。

在探究中国专制皇权的基础时，《皇权》着力于政治经济与思想理论两方面。伴随西周宗法领主经济的瓦解，从中产生出新型的地主经济，“中央集权的专制主义王权就是在这个经济基础上成形，在政治上与之适应并为它而服务的上层建筑”（315页）。作为社会经济的主导阶级，尽管先后有两汉食封地主、魏晋南北朝门阀地主与唐宋以降庶族地主的区分，但专制皇权通过自身调整，相继成为他们在政治上的最高代表。学界过于强调，庶族地主阶级崛起以后，形成以科举出仕的士大夫阶层，能对专制皇权起制约作用。著者却有别解：

> 这个阶层依靠官府，垄断乡曲，但它本身并不是权力机构，而且，原则上不能相传以世。几经分析之后，它们就沦为一般的庶民。因此它不可能构成地方的割据势力（引按：这里表述为“自治势力”似更恰当），相反，它更需要强大的中央权力来保护自己。

他进而指出，两宋以后，社会简化为地主与农民两大对立阶级，阶级斗争日趋尖锐化。为了保护地主阶级，皇权亟须强化，铁腕必更无情。“元、明、清时期专制主义中央集权的极端化发展，就是同这种形势密切相关的”。至于宋代以后成为主流的租佃经济能否成为通向农业资本主义的必然阶梯，《皇权》也给出了答案：“这个历史的转化必须要有许多有利资本主义发展条件的历史性凑合，而在地球的东方，社会的发展却在这个历史的阶段停顿了。”（326页）

论及专制皇权的理论基础，著者认为，就“是韩非的君主独裁加上董仲舒的天人合一。汉朝人把这说成是王霸并用。我们今天的说法则是儒法并用。两千多年来中国封建王朝就是在这样一个基础上立国；历朝的皇帝也无不是在这个基础上施展他本人的才华和争取可能有的成就，尽管他们中有的人法家气味浓些，而有的人却儒家色调重些”（335页）。当然，强调专制皇权的政治经济基础与理论基础，并不意味着否认皇帝个人的历史作用，他们“个人特质就必然有力地作用于专制主义皇权的某些特点和程度”（336页）。惟其如此，中国皇权专制史上，就有从秦始皇、汉武帝，经朱元璋、明成祖，到雍正帝、西太后等诸多面相。

三

纵观全书，无论史实叙述，还是理论分析，处处洋溢着批判精神，而最露锋芒的，还是对中国专制皇权特点的剖别。著者将其概括为五大特点，即大一统，高度中央集权，奴隶制的家长式统治，牢固的人身控制与对工商业的排挤，全面的文化专制。尤其对大一统与中央集权的批判，更充满了理论勇气与史家良知。

关于大一统。毫无疑问，源远流长而灿烂辉煌的中华文明，中华民族近代以来免遭瓜分豆剖，并为现代化转型奠定下世界大国的坚实基业，这一切无不仰赖大一统所赐。《皇权》对此充分肯定："这个由秦奠基、再由汉初步定型的大一统，造成了我们统一的国家、统一的民族、统一的制度、统一的文化、统一的思想，这个事实本身，意义之重大，怎么估计也不会过分。"但著者还是理性指出："大也带来大的问题和弊端：各地区发展不平衡，差距大，牵制了经济的发展；疆域广，资源富，也容易滋长因循保守、固步自封、不事进取的颓风。"（345页）而大一统带来的历史优越感，"在严格保守的农业文明里，很自然地蜕化为保守、自傲，以天朝上国自居，而以其他民族为落后与不开化的夷狄。这种夜郎自大、因循守旧的恶习愈到后来，随着地主阶级从新兴到僵死腐化的转变而愈不可救药。这就必不可免地在与近代与西方先进的工业文明的竞争碰撞中，接连遭到可耻的失败"（351页）。笔者曾将与长期大一统共生的民族负面心态，归结为超阈度的中国中心论与中华文化优越论（见《中华文史论丛》

2009年1期载《古代中国人的周边国族观》），与此也是可以互证的。

关于高度中央集权。《皇权》亮出了基本观点：

> 中央集权在中国历史发展上，特别是在它的前期，无疑是起过巨大积极作用的。然而，在封建制度已趋腐朽、日趋崩溃的时代，它就转化成了旧制度顽固而有力的卫道士、新制度凶恶而可怕的斫杀手，其性质也就从进步而转变为反动。权力越集中，其作用力也就越大；而这种作用力越大，其性质也就越反动。旧制度顽强盘固，新因素艰困难萌。

这一论断基于如下根本认识，即"中央集权的高度发展，是和民主的产生与发展背道而驰的"。著者也坦承："将来中国的民主制度究竟如何设计，我无法预言，但传统的高度中央集权政制必须根本改变，是毫无疑义的。"（360页）以笔者管见，改变高度中央集权政制的主要出路：一是中央权力的合理下放，加强地方自治成分；二是中央权力的充分外放，倚重市场经济功能与社会民间组织。

关于奴隶制的家长式统治。在家国同构的体制下，历朝皇帝无不家国不分，以国为家，朕即国家，家即天下，鼓吹君父一体，臣子一体，忠孝一体，强调"为子为臣，惟忠惟孝”（《唐律疏义·名例》），借以维系家庭与王朝的双重稳定。当两者冲突时，专制皇权则明确规定君高于父，忠重于孝，要求天下臣民移孝作忠，“奉君忘身，徇国忘家”（《忠经》）。这里，专制皇权把忠于国家偷换为忠于皇帝，而忠君是以一家一姓的世袭统治为前提的。但问题随之而来：“如果这个皇帝的所言所行，和当时国家人民的利益相符合，和社会发展的要求相符合，那么，忠于皇帝，也就间接地忠于正义的事业，这当然是好的。但是，反过来，如果不管皇帝的所行如何，都要强调一个忠字，这就必然是悖理的愚忠，甚而至于把人变为助桀为虐的帮凶。”（365页）

关于牢固的人身控制与对工商业的排挤。中国专制皇权是一个早熟的政体，秦汉以后就建立起严格的乡里组织与周密的籍账系统，通过户籍、田册、税簿把编户齐民牢牢固着在保伍之内、土地之上。其人身控制设法之严苛，沿行之久远，在世界各国中拔得头筹。在这种全方位与全封闭的人身控制下，绝无可能萌蘖出作为近代社会思想基础的民主、平等、自由等观念，而只能造就顺民观念与奴才思想。回顾世界近代史，摇撼森严的封建等级制，确立个人的权利诉求与独立意识，无不有赖于商品生产与商品经济的充分发展。“不幸的是在我们这样一个一直沿行重农轻商的国度里，这个基本的前提始终无法实现”；直到近代以前，“基本经济形态仍然是自给自足的自然经济占统治地位。小农经济是这个国家的基础，官僚是这个国家的支柱。手工业和商业虽然有了某些发展，但是在观念上它是被歧视和压抑的”。（377页）

关于文化全面专制。正如《皇权》指出，在传统中国，“皇帝既是权力的象征，又是精神教主”（377页）。皇帝之所以自我热衷于君师合一，就是便于他一手祭起国家机器，镇压一切可能出现的思想异端与独立精神；一手兜售专制皇权的思想伦理，借以驯化臣民愚弄百姓。惟其如此，中国皇权的文化专制，其诸面相中既有秦始皇式的焚书坑儒，也有汉武帝式的独尊儒术，而后者比前者更高明。及至晚期，这种文化专制更是乞灵于铁血强权，明永乐帝的诛十族，清雍正帝的文字狱，都足以让臣民在专制皇权前不寒而栗。

绅权对皇权能否形成有效的制约，向来为学界所热议。《皇权》认为，西汉布衣丞相的出现，“显示了绅权第一次在中国政治舞台上崭露头角，这同样也是中国政治史上划时代的变化。制举入仕与绅权始升都是一个巨大的历史进步”（240页）。随着唐宋社会变化，专制皇权的自我调整机制也渐趋成熟，这与科举制导致绅权扩容息息相关。著者肯定，“在宋代，绅权的抬头与发展曾经促成了中国地主阶级民主发展的高峰”，“绅权企图依法限制和分享皇权”；然而，“绅权在封建本质上是同于君权的，两者之间，虽然也存在矛盾，但它永远也不能作为君权的对抗或制约力量出现”，因而“从根本上讲是不起决定作用的”（284—286、408页）。只要专制皇权的刚性外壳未被打破，皇帝倘若固执己见而一意孤行，由于“法不过是皇权自身的派生物”，“皇帝自己所定的法不可能约束自己”（403、405页），那么，相对完善的封驳制与监察权，对皇权而言最终只是一纸具文，这已为宋代历史所证明。

向中国专制主义皇帝与皇权发起总批判后，全书的结语冷峻而沉重：

> 在漫长的中国封建社会过程中，专制主义皇权就是一切，它事实上是无限的。如果说存在制约，那就是农民的反抗与农民的起义。正是有了这种制约，才使社会得到某些有限的发展。但是封建的经济关系和封建的政治制度，基本上依然继续下来。两千多年的专制主义皇权历史，就是皇朝从建立到覆灭，从覆灭到重建，从重建再蹈覆灭的历史。它仿佛永远陷于一个没有出路的封闭循环圈，鬼打墙似地基本上在原地徘徊、踟蹰。

四

帝制与皇权当然并非中国历史的独家专利，但中西皇权对民众的控制力度与中西民众对皇权的认知态度，却有明显差异。这里，不可能对皇权制度与民众思想作全面的中西比较，但那些关于皇帝与皇权的中西风格迥异的谚语与笑话，也许能够折射出某些区别。中国向有“普天之下，莫非王土”的成语，反映了皇权对臣民私有权的全盘掌控。成为对照的是，西方臣民在私有产权上却对皇权拥有不容置疑的独立性与处置权，故而有“风能进，雨能进，国王不能进”的谚语。再看关于皇帝的笑话。据林行止的《拿破仑的身高、律师费用及其他》（载2015年2月2日《上海书评》），罗马帝国时，有个男子的容颜与皇帝简直一个饼模印出来的，皇帝听闻，召至殿前，问道：“你妈是否曾为皇宫侍仆？”来人答云：“家母长住乡间，未曾进城，老父倒常常进宫工作。”皇帝默然，挥之令去。那个男子敢于调侃皇帝或是自己老爸所出，而皇帝也未加严惩，透露出古罗马皇权的宽容度。《宋史·范纯仁传》有一个堪成对比的故事，说某村民看戏回家，途经木作铺，取桶为冠冕，戴在头上比试道：“我比刘先主如何？”就捉将官里去，以谋逆论罪。范纯仁奉旨审讯，虽贷以無知，仍处以杖刑，以儆效尤。两相对比，足见中国皇权的严控程度，也就不可能编派出嘲讽皇帝的西式笑话。

问题还在于，中国这种绵长而严苛的帝制与皇权，“倒台以后也仍然阴魂未散，屡屡借尸还魂，作祟于中国近现代历史的政治。甚至，作为一种传统，在国民思想、国民性上成为一种惰性，难以肃清”（《皇权》前言）。辛亥革命尽管建立了民国，但砸碎的只是帝制的外壳，剥下的也只是皇权的华衮。其后，“专制主义又以国民党的一党专政形式，在神州大地上借尸还魂”（223页）。不仅如此，十年浩劫又以“文化大革命”的名义，在政治运动与社会生活里死灰复燃，沉滓泛起。帝制终结后的中国近现代史充分印证了经典作家曾经的提示：“人们自己创造自己的历史，但是他们并不是随心所欲地创造，并不是在他们自己选定的条件下创造，而是在直接碰到的、既定的、从过去承继下来的条件下创造。一切已死的先辈们的传统，像梦魇一样纠缠着活人的头脑。”（马克思《路易·波拿巴的雾月十八日》）那么，“长期封建专制主义在思想政治方面的遗毒”，究竟在哪些方面还“像梦魇一样纠缠着活人的头脑”呢？

其一，根深蒂固的帝王观念。

在《中国帝王观念》（中国人民大学出版社2004年版）里，张分田对君主的称谓进行了全面研究。经笔者比对，在帝王权势观念中，诸如“君父”之类的宗法称谓，“万乘”之类的权势称谓，“天子”之类的神化称谓，“圣王”之类的圣化称谓，“陛下”之类的礼仪称谓，随着帝制退场而淡出历史。但将领袖颂为“红太阳”，誉为“北斗星”，仍是帝制时代神化称谓的残余（参见上引书228—232页）。至于林彪奉上的四个“伟大”，如果说“导师”与“领袖”，分明是帝制时代君师合一的现代版，应该归入上述“圣化称谓”，而“统帅”与“舵手”，则俨然是“万乘”的改造版，自当归入“权势称谓”的范畴（参见同上237—240页）。而“万岁”与“万寿无疆”之类帝制时代的礼仪称谓，在“文革”期间不但照用不误，而且变本加厉（参见同上260—262页），列入“早请示”与“晚汇报”时挥舞红宝书遥祝“红太阳”的必备程式。

反思“文革”造神运动，完全上下起势一拍即合。据《毛泽东年谱》，1970年12月，与斯诺谈到1966年发动“文化大革命”时的情况，毛泽东说：“那个时候的党权、宣传工作的权、各个省的党权、各个地方的权，比如北京市委的权，我也管不了了。所以那个时候我说无所谓个人崇拜，倒是需要一点个人崇拜。现在就不同了，崇拜得过分了，搞许多形式主义。比如什么‘四个伟大’，讨嫌！”（人民出版社2013年版，第6卷358页）然而，这种个人崇拜不啻是历史梦魇的现代逡巡，背离了马克思主义关于领袖与群众的学说，错把当代领袖当成了古时圣君。

其二，唯命是从的臣民意识。

尽管论及治道帝德时，专制皇权也说些“君舟民水”的民本话头，但对最基本的政治关系却定位明确，即韩愈

《原道》所说："君者，出令者也；臣者，行君之令而致之民者也；民者，出粟米麻丝，作器皿，通财货，以事其上者也。"专制皇权一方面凭借国家机器，实行奴隶制的家长式统治，驱迫天下子民成为俯首帖耳的羔羊与指东不西的奴才。另一方面，则向治下臣民灌输三纲五常的政治伦理，而君臣关系居五常首位，君为臣纲乃三纲要害，以此诱致他们对人君仰若圣明，即便受到宰割时也不能有所怨望，甚至腹诽（令人惊诧的是，为三纲正名，为五常叫好的论著与呼声，今天又有甚嚣尘上之势）。

由于科学民主精神未成全民自觉，封建专制遗毒没能彻底肃清，臣民意识在"文革"期间大行其道。"文革"前夜，翦伯赞与吴晗一样，钦定为"也反共，实际上是国民党"的"资产阶级学术权威"（参见王子今《毛泽东与中国史学》333页），但作为历史学家，翦伯赞在绝命书里依然三呼"万岁"。扮演类似"臣罪当诛天王圣明"角色的，当年又岂止翦老一人！与此对照的是当时流传的政治笑话。"文革"初期，红卫兵要斗陈毅，陈老总说请大家翻到《毛主席语录》271页（这页并不存在），一起学习"最高指示"："陈毅是个好同志。"由于搬出了"最高指示"，红卫兵这才中止了批斗。前者是悲剧，后者是笑剧，却正是一物之两面，后人看到的不是独立人格的缺失，就是臣民意识的泛滥。这正应了鲁迅的话："悲剧将人生有价值的东西毁灭给人看，喜剧将那无价值的撕破给人看。”

其三，深入骨髓的明君期待。

《皇权》指出，“中国专制主义皇权的基本特征就是皇帝个人的独裁”（219页），此即《白虎通》所说的，“以天下之大，四海之内，所共尊者一人耳”。而这乾纲独断，权势自操的一人，决定了天下治乱与子民休戚。既然“百姓所赖，在乎一人”（罗隐《两同书·损益》），“治天下惟君，乱天下惟君”（唐甄《潜书·鲜君》），而“国之所以治者，君明也；其所以乱者，君暗也”（王符《潜夫论·明暗》），希望天降明君安邦治国，便成为君主专制下一般臣民的唯一生路与最好期待。

据查考，中国史上称帝建元的帝王达647人，《皇权》将他们分为事业型（以秦皇汉武唐宗宋祖最著名）、享受型（以宋徽宗为代表）、变态型（以隋炀帝、明太祖为代表）、弱智型（晋惠帝当仁不让）与平庸型（由于太多，以至无须代表）五种类别。无奈纵观历史，事业型皇帝太少。就连帝制下的唐甄也看到了这点：“一代之中，十数世有二三贤君，不为不多矣。其余非暴即闇，非闇即辟，非辟即懦。此亦生人之常，不足为异。”《皇权》以每个皇帝在位十二三年与二成贤君的基数进行统计，得出结论：

事业型皇帝统治中国总计不过四百年，而其余的一千七百多年，我们这个古老的祖国就是在一大群腐败者、残虐成性者、弱者者、未成年的孩童、以及病态的平庸人等的专制统治下，蹒跚行进。即就所谓有为的少数皇帝而言，在他们的统治期里，真正能推动社会前进的功业又有多少？这也大成问题。（219页）

历史的进程令人沮丧，正如唐甄所说，“惟是懦君蓄乱，辟君生乱，闇君召乱，暴君激乱，君罔救矣，其如斯民何哉”，老百姓就更如大旱之望甘霖，苦苦企盼明君出世解民于倒悬。明君梦，也就成为专制皇权下老百姓的中国梦，希望出个好皇帝，一切问题都让明君来解决，一切好事都赖明君来恩赐。

如果说，在专制皇权时代，明君梦还有一定的合理性因素（应该指出，由于专制政体的不解魔咒，即便明君也未必终生贤明，一旦有昏暴的过举，贤明之君随时可能转为昏暴之主），然而在近代民主成为时代主流的前提下，却凸显出其价值悖谬的那一层面，它既不可能为人民带来理想的政制，反而迟滞了历史前行的进程。中国的帝制虽因辛亥革命而寿终正寝，但明君梦的集体记忆却未从国人头脑深处彻底清空。兼之，近代以来中国饱尝内忧外患之苦，指望有一个奇里斯玛型的明君雄主，让贫弱的中国从此强大起来，让受尽凌辱的中国人从此站立起来，是中国人根深蒂固的潜在期盼。尽管这种明君期待，说到底还是专制主义皇权梦魇附身，与近代民主精神与平等理念是格格不入的，却在新形势下贴上革命的标签而草偃风行。如果说“东方红，太阳升”的早年讴歌，主要还出于人民对领袖的自发感情，那么到手捧红宝书，大跳忠字舞的后期顶礼，则完全已退回子民对明君的绝对膜拜，中国人越来越丧失独立思想的能力，把国家命运与民族前途完全托付给一个人去决策掌舵。这种底层意识的明君期待与顶层默许的个人崇拜，在“文革”期间狂热地纠结一体，终于上演了不堪回首的民族劫难。“毛主席挥手我前进”，“誓死捍卫毛主席的革命路线”，“文革”期间的许多倒行逆施，都是在这些耳熟能详的革命旗号下堂而皇之地招摇过市的。这种明君崇拜的传统遗毒出以领袖崇拜的现代外观，其危害之酷烈，教训之惨痛，与“文化大革命”当时标榜的那样，也确实史无前例。

五

针对当时的普鲁士专制制度，马克思在《摘自〈德法年鉴〉的书信》里尖锐抨击道：“专制制度必然具有兽性，并且和人性是不相容的。”（《马克思恩格斯全集》第1卷414页）毫无疑问，对古今中外类型各异的专制主义，这一批判都是适用的。因为，历史正如他所揭露的：“专制制度的唯一原则就是轻视人类，使人不成为其人，而这个原则比其他很多原则好的地方，就在于它不单是一个原则，而且还是事实。”（同上，411页）这里，关键不限于专制者的个人品行，而是《皇权》一再强调的，“问题的根本还在于这个制度”（219页）。在专制制度下，人人都没有安全感，人格的尊严，经济的权益，言论的自由，随时都可能遭到蹂躏与褫夺。你今天也许还侥幸旁观别人成为被专制的对象，而类似的厄运说不定明天就轮到你的头上。

据說，辜鸿铭刚到北大任教，学生们哄笑他脑后的长辫子，他不动声色走上讲台说：“你们笑我，无非因为我的辫子，我的辫子是有形的，可以剪掉。诸位脑袋里的辫子，就不那么好剪啦。” 在中国大地上，帝制的终结已有一个多世纪，深受长期封建专制遗毒之害的“文革”，过去也将近40年。然而，封建专制的有形辫子容易剪去，而专制遗毒的无形辫子是否那么好剪，恐怕每个中国人还应来一个辜鸿铭式的诘问罢！

（原载2015年7月12日《东方早报》）

“祖龙魂死秦犹在”

一、逾百万字正面实写秦始皇

逛文庙书市，在地摊上捡到一本《大秦帝国》第四部，秦王嬴政在后半部出场。这部书名《阳谋春秋》，指主角吕不韦那桩尽人皆知的大买卖与那部一字千金的《吕氏春秋》，却不由让人联想起1957年那场有名的“阳谋”。内封上赫然列有《大秦帝国》的六部书名与专用网址，回来上网一查，惭愧自己“不知有汉”。原来这是6部11卷500余万字垒成的长篇历史小说，在2008年郑州全国书展上重磅推出，一炮走红，不仅开拍了电视连续剧，写商鞅变法的第一部《黑色裂变》还获得全国“五个一工程”入选作品奖，大受主政舆论和官方机构的青睐。

秦朝“一切对外对内的大事业，使全国瞪眼咋舌的大事业，是始皇在十年左右完成的”（张荫麟语）。不论喜欢，还是憎恶，秦始皇在历史小说中如何粉墨登场，总让人感兴趣的。于是，请人传来第五部电子文本。这部以秦始皇为主角，取名《铁血文明》，倒也十分契合“千古一帝”的雄风神采。《大秦帝国》对秦始皇的正面实写，前后逾130余万字。作者认为：对秦始皇，“后世不思其功，唯加其罪，对如此一个被扭曲变形为残暴恶魔的历史巨人，我以为，无论用多少文字去发掘，去表现，都不过分”。（本文引作者语除出自全书总序与第五部外，皆见2008年4月25日《郑州日报》载《十六年磨就〈大秦帝国〉——访作家孙皓晖》）

作者在访谈中表示：《大秦帝国》“不是正史，而是一部表现历史的文学作品，它包含虚构，但是合理虚构。它的主干是正史，我说的主干指的是作品的基本事件、冲突、时代精神和事件结局”。对照作品，除了时代精神，其把握与展现必然介入创作者的主观臆想，其他所说大体上八九不离十。也就是说，《大秦帝国》以历史经纬作为叙事依据，以历史人物作为形象载体，只有在这两个层面上还保留了历史的面影，而具体细节则多出于文学的虚构。对虚构的细节，自然没必要多去较真。但在处理历史客体上，历史研究者与历史小说家毕竟有着共同的交集，对客体的认识、理解与阐释，至少在历史观念上存在着双方对话的必要性与可能性，虽然这种对话有时会陷入鸡对鸭讲的囧境。

就《大秦帝国》，尤其是涉及秦始皇的那部而言，对话可以集中在两个层面。其一，对秦始皇及其砥定秦王朝时的所作所为，究竟应该怎样看待，如何定位？其二，由秦始皇锻造的铁血文明究竟是否有现实意义？前者指向历史的认识，后者指向现实的关怀；二者又是互为因果的：前者决定后者的取向，后者也反过来影响前者的视野。

二、对大秦帝国应否盲目崇拜?

作者自称，他之所以写这部小说，完全出于一种“正义感与历史感”，因为作为后人，我们“将奠定自己文明根基的伟大帝国硬生生划入异类而生猛挞伐”。他也不讳言，自己“对大秦帝国有着一种神圣的崇拜”。正是出于这种情结，作者在第五部里对秦始皇及其统治，有一个总体看法：“纵然过了些许，何伤于秦之大政大道，何伤于大秦文明功业？”

而在《中国史纲》里，历史学家张荫麟却对秦政给出这样的评论：“武力的统制不够，还要加上文化的统制；物质的缴械不够，还要加上思想的缴械。”哪里只是“过了些许”，完全是从武力到文化的全面专制，从物质到思想的彻底剥夺！

秦始皇焚书坑儒，彻底断送了先秦百家争鸣、思想开放的局面，从此以后，文化专制与极权政治相为表里达两千年之久。关于焚书，《剑桥中国秦汉史》指出："在中国历史上，这次焚书决不是有意识销毁文献的唯一的一次，但它是最臭名昭著的。"之所以这么说，因为它是始作俑者。而坑儒则为后来独裁者从肉体上清除不同政见者开了先例，吕思勉《白话中国史》认为："虽然是方士引起来，然而他坐诸生的罪名，是'惑乱黔首'，正和焚书是一样的思想。"故而，吕思勉断然判决道："这两件事，都是无道到极点的。"

也许出于崇拜，《大秦帝国》这样评论"焚书"事件：这"是帝国新政面对强大的复辟势力被迫做出的反击，是新文明为彻底摆脱旧时代而付出的必然代价"。而对"坑儒"事件，作者尽管也承认，"这是整个人类文明史上最大的惨案之一"，却仍强调，"它在当时有着最充分的政治上的合理性"。然而，哪一朝独裁者在"做掉"异见者时不打出政治合理性的堂皇旗号呢！

秦统一以后，包括焚书坑儒在内的所作所为，是否都是合理的，历来聚讼纷纭，争议不断。秦始皇亲政之初，秦国历史，乃至中国历史的走向，面临过一次关键的选择。众所周知，吕不韦先是以丞相执掌朝政13年，后是将《吕氏春秋》颁示都城，形成了一整套治国平天下的方略。吕不韦的治国理念，与秦始皇亲政后的治国方针之间有着重大的差异（顾准认为，秦始皇那套的思想基础出自韩非的君主中心论，而具体做法则来自《韩非子》的君主法术势学说）。郭沫若在《吕不韦与秦王政的批判》里（收入其《十批判书》），研究了两者的对立。在政治主张上，简单说来，吕不韦主张官天下，崇尚民本与哲人政治，讴歌禅让，君主任贤，实行分封；秦始皇主张家天下，崇尚君本与狱吏政治，鼓吹万世一系，分设郡县。按照郭氏说法，“假如沿着吕不韦的路线下去，秦国依然是要统一中国的，而且统一了之后断不会仅仅十五年便迅速地彻底崩溃”。总之，中国历史的其后走向也许是另一番面貌。历史当然无法假设，却值得反思：秦始皇与大秦帝国所有举措，尤其那些钳制思想、灭绝人性的倒行逆施，难道都可以不问是非而一味“神圣的崇拜”？

三、大秦文明有无现实意义?

《大秦帝国》每部卷首都印着相同的题记：“献给中国原生文明的光荣与梦想。”作者在受访时表示，“《大秦帝国》的确具有强烈的现实意义”。这部小说还有一篇题为《中国文明正源的强势生存》的总序，其中也强调：“力图将那个时代的光荣与梦想，呈现给改革时代的中国人。”也就是说，作为历史小说，《大秦帝国》不啻经国用世之作，有着强烈的现实指向。

作者总序提出一个命题：“大秦帝国是中国文明的正源。”其立论是：“大秦帝国与西方罗马帝国一起，成为高悬于人类历史天空的两颗太阳，同时成为东西方文明的正源。”严格说来，西方文明的正源，不是罗马帝国，而应溯源到古希腊文明（作者在访谈中修正为“希腊罗马文明”）。顾准指出：“罗马人，比起希腊人来是蛮族。罗马文明独特的创造唯有法律；其他哲学、科学、文化、宗教、神话全都是希腊搬来的。”他有一部《希腊城邦研究》，专门说古希腊文明。在他看来，“中国自殷到韩非，政治舞台上只有大大小小的专制君主，从这里发展不出类似希腊那种渊源于海外移民中建立起来的城邦制度上的民主学说，这是无可奈何的”（《评韩非》）。准此而论，希腊文明才是人类文明的正源，大秦文明反而是旁支别宗。反对者也许会说，这是毛泽东早就批判过的“言必称希腊”。那么，暂且继续讨论大秦文明吧！

作者总序强调：“原生文明是一个民族的根基。……这个时代所形成的文化文明，如同一个人的生命基因，将永远以各种各样的方式影响或决定一个人的生命轨迹。”笔者并不赞同把大秦文明等同于中华民族的原生文明，但倘若沿用他的概念说事，把一个民族的原生文明比喻为一个人的生命基因，它当然会影响一个民族的生命轨迹。姑且不论是否赞同作者的论题，即大秦文明“所编织的社会文明框架及其所凝聚的文化传统，今天仍然规范着我们的生活，构成了中华民族的巨大精神支柱”；即就其后两千年封建君主制而言，不就是这种“原生文明”对中华民族生命轨迹的深远影响吗？然而，一个民族与一个人一样，只要一息尚存，都是有生命的活体，虽然不能拒绝先天给予的遗传基因，但成熟的民族与成熟的个人一样，应该通过后天的努力对基因遗传采取趋利避害的干预与补救。对于大秦文明的态度同样应该如此：既要反对把孩子与脏水一起泼出去，也要反对把梅毒当成抗原保存下来；肯定并传承其合理因子，否定并抛弃其负面成分，让中华民族走上更健硕壮实的成长之路；而不是盲目崇拜，全盘继承，不加分析，照单全收。

作者总序告诫：“当许多人在西方文明面前底气不足时，当我们的民族文明被各种因素稀释搅和得乱七八糟时，我们淡忘了大秦帝国，淡忘了那个伟大的时代，淡忘了向巨大的原生文明寻求‘凤凰涅槃’的再生动力。”拜读之下，迎面扑来的是一股民族主义的呛人气味。显然，在作者看来，民族文明应该是封闭的、排他的，只有这样，才能维系其血脉纯正，才不致于杂种流传。改革开放已经30余年，对民族文明与外来文明居然还持这种认识，那还不如直截了当地上书当轴：把开放的国门再度砰然关闭！

一部文明史告诉我们，世界上可以同时有各种文明，遑论大航路开通以后，即便此前，各种文明也处于一种交流互补的状态之中。在对待外来文明与民族文明的关系上，作者与我们都不妨重温陈寅恪那段著名论述：“其真能于思想上自成系统，有所创获者，必须一方面吸收输入外来之学说，一方面不忘本来民族之地位。”只有这样，才既不会“在西方文明面前底气不足”，也不会杞忧“民族文明被各种因素稀释搅和得乱七八糟”。

作者总序提醒：“大秦帝国，最集中的体现了那个时代中国民族的强势生存精神。中国民族的整个文明体系其所以能够绵延相续如大河奔涌，秦帝国时代开创奠定的强势生存传统起了决定性的作用。”“强势生存”，不知所指谓何，揣摩下来，也许第一层意思是说，大秦帝国在崛起过程中，不仅自穆公以来，“常为诸侯雄”，而且到秦皇手里更进而“鞭笞天下，威振海内”，国力武威始终居于强势地位，或是诸侯的中心，或是天下的唯一。第二层意思是说，秦代以后，中国文明之所以在很长时段（至少元代以前），居于世界文明的中心地位或领头地位，完全有赖于大秦文明的奠基及其传统的不坠。暂不讨论历史是否如此，令人关注的是，这种“强势生存说”是否真正有助于中华文明在新时代的“凤凰涅槃”？

经过30余年的改革开放，中国GDP总量今年可望排名世界第二，大国崛起的话头一时间甚嚣尘上。然而，经过一个半世纪颠沛折腾，中国应该以怎样的价值观念与国家理性在世界面前展现自己的光荣，追求自己的梦想，如何从表层的经济的崛起走向深层的文明的崛起？处于当今价值多元的国内外大环境中，中国各种思潮，不论是主流的还是民间的，激进的还是保守的，社会主义的还是资本主义的，外来的还是本土的，都或有意或无意，或直接或间接地开出自家的药方，交出自己的答卷。从历史上看，中国民族性与国民性中积淀着根深蒂固而超过阈度的中国中心论与中华文化优越感（对这对观念的学术梳理，详参《中华文史论丛》2009年第1期拙文《古代中国人的周边国族观》）。在中国崛起的各种论争中，一些国家主义者或民族主义者很快激活埋藏在内心深处与流淌在血液内部的这些观念，一味醉心于经济实力带来的国家富强以及随之而来的内外话语权，而在文明的价值观上却拒绝吸收其他文明的优秀成果，以国情的特殊作托辞，把中国置于尴尬的处境。小说作者在主观上是怎么考量的，我们不得而知，但他的“强势生存说”附着于“大秦文明论”，总让人隐隐约约感到与那些国家主义与民族主义有着割不断、理还乱的瓜葛。

四、想起了陈寅恪与顾准

历史无计可消除，对大秦文明及其绵延不绝的背影与梦魇，都必须去面对。毛泽东有诗云“百代多行秦政法”（顺便说明，本文题目也出自他老人家的同一首诗，祖龙就是指秦始皇），指出秦政对中国历史的久远影响，说它是贡献也可以。但千万不能忘记，直至清末，秦政开启的是君主专制主义社会。

国人对秦政的反思，自秦亡以后，一直没有中断过。在十年浩劫后期那场评法批儒运动中，按当时编派的谱系，西汉贾谊与秦始皇倒是“法家同志”，但他的名文《过秦论》在评论秦亡时，却毫不含糊地直言钳制思想、禁锢言论是一大原因：

> 当此时也，世非无深虑知化之士也。然所以不敢尽忠拂过者，秦俗多忌讳之禁，忠言未卒于口，而身为戮没矣。故使天下之士，倾耳而听，重足而立，拑口而不言，是以三主失道，忠臣不敢谏，智士不敢谋，天下已乱，奸不上闻，岂不哀哉！

秉持“自由之思想，独立之精神”的陈寅恪，虽自称“不敢观三代两汉之书”，却有一诗论及秦政：

> 虚经腐史意如何？豁刻阴森惨不舒。
> 竞作鲁论开卷语，说瓜千古笑秦儒。（《经史》）

陈氏证诗向有今典、古典之说，这里只说古典。所谓“竞作鲁论开卷语”，指当时儒生都争着袭用《论语》开卷的套语，在学习经典时大献“不亦悦乎”“不亦乐乎”的谀语。怎会料到等待他们的竟是“说瓜坑儒”的千古奇冤呢？卫宏《诏定古文尚书序》载“说瓜”出典云：“秦既焚书，患苦天下不从所改更法，而诸生到者拜为郎，前后七百人。乃密令冬种瓜于骊山坑谷中温处。瓜实成，诏博士诸生说之，人人不同，乃命就视之。为伏机，诸生贤儒皆至焉，方相难不决，因发机，从上填之以土，皆压，终乃无声。”算计险诈歹毒，场景惨绝人寰，难怪陈寅恪要用“谿刻阴森惨不舒”来抨击秦政。

作为大秦帝国的缔造者与大秦文明的砥定者，秦始皇在那场评法批儒运动中位居头号大法家。在那个八亿人民统一于一个思想的年代里，思想家顾准保持着独立的思考，其中也包括对秦政的反思。

顾准30年代投身革命，进入50年代后，却两次划为右派分子，十年浩劫令其妻死子离，至死都是“戴罪之身”。他死于1974年岁末，正是评法批儒最火的当口，这年4月，他先后写了《论孔子》与《评韩非》，对儒法两家思想分别进行了理性的批判。《评韩非》进而论及秦政与专制主义：

> 事实上，秦统一六国后大肆纵欲，阿房宫、陵墓、长城一起来，人民比战乱频仍中还要难受，这才起来造反的。顺便说说，现在人们为孟姜女故事翻案，好吧，长城建筑无可厚非，然而与长城同时建筑的阿房宫和陵墓呢？

他还深刻指出：

专制主义本来必定一代不如一代，必定愈来愈堕落。韩非不注意这一点，倡导君主乘势以术御下，无限纵欲，那些地方的文笔犀利，简直是无耻！

倘若起顾准与陈寅恪于地下，对于《大秦帝国》推崇的“铁血文明”及其“强烈的现实意义”，对于其作者把大秦文明奉为中华民族“凤凰涅槃的再生动力”，他们基于自由之思想与独有之体验，恐怕都只会斩钉截铁而深恶痛绝地说一声：NO！

（原载2010年8月8日《东方早报》）

从《黄鸟》说人殉

在中国最古老的诗歌总集《诗经》里，保存着若干先秦时代的祭葬诗，《秦风·黄鸟》则是春秋时期秦国的一首著名悼诗。通过《黄鸟》，我们不仅可以领略到中国古代悼诗的丰富表现力，还能进一步了解中国古代的殉葬制度。我们先来看这首诗的原文：

交交黄鸟，止于棘。谁从穆公？子车奄息。维此奄息，百夫之特。

临其穴，惴惴其慄。彼苍者天，歼我良人！如可赎兮，人百其身！

交交黄鸟，止于桑。谁从穆公？子车仲行。维此仲行，百夫之防。

临其穴，惴惴其慄。彼苍者天，歼我良人！如可赎兮，人百其身！

交交黄鸟，止于楚。谁从穆公？子车鍼虎。维此鍼虎，百夫之御。

临其穴，惴惴其慄。彼苍者天，歼我良人！如可赎兮，人百其身！

其译诗大体则是这样的：

啁啁叫的黄雀，落在酸枣树上。
有谁从葬穆公？子车家的奄息。
唉——，这个奄息，才德堪与百人匹敌！
俯视他的墓穴，谁都恐惧地战栗。
那苍苍的老天呀，杀了我们的好人！
倘若能够赎出呵，我们死上百次也行！

啁啁叫的黄雀，落在桑椹树上。
有谁从葬穆公？子车家的中行。
唉——，这个中行，才德堪与百人比量！
俯视他的墓穴，谁都恐惧地战栗。
那苍苍的老天呀，杀了我们的好人！
倘若能够赎出呵，我们死上百次也行！

啁啁叫的黄雀，落在牡荆树上。

有谁从葬穆公？子车家的鍼虎。
唉——，这个鍼虎，才德堪与百人相伍！
俯视他的墓穴，谁都恐惧地战栗。
那苍苍的老天呀，杀了我们的好人！
倘若能够赎出呵，我们死上百次也行！

人类在远古时代对死亡的认识不可能是科学的。活生生的亲人一旦撒手死去，后死者在理智和感情上都不容易接受这一事实。他们以为亲人躯体虽死，魂魄犹生，不过去了另一世界里为神为鬼。于是，人们便自然而然地以人间的模式去想象和营造鬼神的世界，人世衣食住行的种种设备器具都成了随葬品。而在天子诸侯乃至大夫贵族的陪葬里，除了应有尽有的器物，甚至还包括了平日里宠爱的姬妾，亲信的侍从。

据《墨子·节葬》，天子杀殉，众者数百，寡者数十；将军大夫杀殉，众者数十，寡者数人。这种以鲜活的生者来祭祀或者殉葬死去先人的情况，早在商代甲骨文里即有记载。有一甲骨卜辞说："甲午，贞乙未酒高祖亥【羌】□【牛】□，大乙羌五牛三，祖乙羌□【牛】□，小乙羌三牛二，父丁羌五牛三，亡它，兹用。"卜辞最后指出这些羌奴没有其他用处，就是被专门用来和牛一起祭祀父祖和商族先人的。《诗经》所收《商颂》多为祭奠先公先王之作，《玄鸟》《殷武》据说都是祭祀殷高宗武丁的。在这些庄重肃穆的祭祀乐章背后，人们似乎还能听到用以祭祀的奴隶在被宰杀时凄惨绝望的呼叫声。《诗经·周颂》也颇有祭祀文王、武王、周公的颂诗，《清庙》据说就是周公祭文王的。西周祭祖是否仍以奴隶作为牺牲，史无明文；但以人殉葬的陋制迟至春秋时期依然存在。

秦国由于地处西鄙，文明开化较晚，故而人殉现象较中原诸国为甚。据《史记·秦本纪》说，秦武公时“初以人从死”，达66人；但秦国在武公以前还有秦仲、襄公、文公等国君，倘若他们都不实行人殉，而从武公开始反而倒行逆施地推行人殉制，似乎令人难以置信。武公以后，为秦穆公殉葬的达177人。而1986年发掘的秦公大墓一号墓，推断其墓主是穆公四世孙景公，时代也已晚至春秋后期，但殉葬者竟仍然有182人。殉葬陋制在秦国余风不歇，甚至越演越烈，完全违背了历史的进程和人性的发展，因而《黄鸟》作为中国古代抨击人殉制的最哀痛感人的悼诗，出现在《国风·秦风》里，是理所当然的。

《黄鸟》是秦穆公去世当年民众即兴唱出的悼诗。秦穆公对秦国的强盛是卓有贡献的，他一度击败晋国，继而称霸西戎，成为春秋五霸之一。他有三个出色的侍臣，就是子车氏家的三兄弟：奄息、仲行和鍼虎。在一次宫中宴饮时，酒酣耳热，秦穆公举觥与群臣相约：“生共此乐，死共此哀！”包括奄息等三人在内的臣下只得附和着答应。殉葬分杀殉和生殉，前者即杀死以后再从葬，后者即活生生地殉葬。奄息等三人是无奈地自杀以后殉葬的。可以想见，殉葬的决定传遍秦国都城后，群情激愤，但人殉却照旧执行。一拨又一拨的民众来到殉葬的墓穴前，俯视穴中死者痛苦扭曲的面容，顿令凭吊者因恐惧而战栗不已。在殉葬的百余人中，子车氏三良德行和才干口碑最佳，是最令人痛心疾首、扼腕断肠的。于是，秦人对死者的同情和哀悼，对人殉制的抗议和批判，都通过对子车氏三兄弟的长歌当哭发泄了出来。有人以为悼诗之所以独对三良一唱三叹，是因为其他殉葬的174人都是奴隶，因而他们都不值得一提。此说似乎不确。其他殉葬的并不见得都是奴隶，因为秦穆公相约“死共此哀”的群臣也不见得只有子车氏家三兄弟。仅仅因为三良以才德最受民众爱戴，才成为民歌吟咏的对象。

悼诗每一节开端都以黄鸟栖止不得其所而起比兴，“棘”明言酸枣树而暗指紧急，“桑”明言桑椹树而暗指死丧，“楚”明言牡荆树而暗指痛楚。然后依次点明殉葬三良的姓名，以错落有致的遣词和同义反复的咏唱，强调他们的德才都是百里挑一的。接下来的两句，歌词仅仅叙述了凭吊者俯临墓穴后所产生的恐惧感，对人殉现场完全不着一言，却成功地达到了此时无声胜有声的境界，把人殉的无道和惨状留给了听众和读者去想象。每节之尾的最后四句循环重复，一再叠唱，在呼天抢地中喊出了“如可赎兮，人百其身”的许愿。这种许愿，唯其无法实现却又发自肺腑，才最真切传达出悼亡者撕心裂肺的悲痛和人天永隔的恨憾。悼诗要表达的当然是悲痛之情，但是歌咏者却大胆地一反常规，首先以轻快鸣叫的黄鸟起句，而后层层推进，数句以后即把人的感情引入悲境，并迅即将悲情推向高潮。结句的悲痛欲绝和起句轻松欢快，形成令人无法接受的强烈反差，之所以做这样的处理，目的在于一方面更加强哀痛的力度，一方面更渲染人殉的不人道。以至使后人即便在千载以下诵读，依然能体验到这篇名作那种撼动心魄的感染力。

随着人性普遍的觉醒和进步，对惨无人道的人殉葬俗，统治阶级内部的有识之士也纷纷起而抵制。据《左传》宣公十五年（594）记载，魏武子临死让他的儿子将爱妾殉葬，及死，他的儿子以为父亲的遗言实属“乱命”，便断然让父亲的爱妾改嫁而拒不执行殉葬的遗命。另据《礼记·檀弓》，陈子车死，其妻与家臣商议让下人殉葬；子车之弟子亢以为不合礼制，提议如果真要从殉，应该用妻子和家臣，巧妙地迫使他们只得作罢。人殉葬俗在战国时期逐渐退出历史舞台，这与奴隶制向封建制的过渡是有一定关系的：不仅人作为劳动力的价值随着生产力的进步而不断提高，人的独立性也随着社会的前进而被进一步确认。

当然，历史的发展不是直线型的。秦始皇死后，未生子女的后宫美人和营建陵寝的各地工匠数以万计地被殉葬进骊山墓，这是人殉制度最后一次的大规模虐杀。这次，秦朝的民众不再以悼诗表示抗议，而是数年以后以波澜壮阔的秦末大起义做出了自己的声讨。

（原载1999年第1期《殡葬文化研究》）

纠正对后妃史的误读*

中国后妃史是中国宫廷史、中国妇女生活史，乃至整个中国社会生活史不可或缺的构成内容。然而，由于研究缺乏，普及不够，一般民众所知既有限，误解更不少。但后妃生涯，宫闱秘史，历来给人刺激而神秘的印象，撩拨着他们一窥内幕的好奇心。于是，便有种种齐东野语式的笔记、小说、戏剧、影视相继问世，这些作品的摹写刻画往往夸张失实，却在很大程度上迎合了搜奇猎艳的窥私心理。

对后妃史的这种误读，主要表现在两方面。其一，对后宫生活不加批判缺乏原则地美化，大肆渲染锦衣玉食与珠光宝气的宫闱场景，满足羡富慕贵的低俗心理。由于不去揭露貌似庄严荣华、花团锦簇的背后，有多少红颜女子成为后妃制的殉葬品，于是，后宫历史上一再上演的凄凉

---

* 本文为《宫花寂寞红》自序。

惨酷、血泪交织的悲剧，竟然都变成了讴歌帝后爱情的正剧或者显摆宫廷豪奢的闹剧。

其二，对后妃的权斗不加谴责毫无是非地展现，甚至对以恶制恶，以黑斗黑也给出合理性辩护。由于不去着力暴露后妃制是寄生在君主专制母体上的怪胎，却把后妃之间围绕着金灿灿凤冠的生死权斗，都化解在理解的同情之中。这就在无形中误导广大受众，把文艺作品中宫斗权术当作制胜法宝，白领将其移植进职场，官员将其运用于仕途，都像一群乌骨鸡似的，恨不得我吃了你，你吃了我。

笔者原不想厕身为宫闱热的趋时者，但有鉴于这类误读误导大有与时俱进之势，深感有必要略尽史学从业者的绵薄之力。于是，也以后妃为主体，以可信的资料，据历史的真实，掀起古代后宫的帷幕，摹绘宫掖生活的实景，让读者形象而真切地了解中国后妃史的两个基本面相。

其一，不论哪个时代的后妃制，无一不是君主专制母体上畸形的孪生物，都给后妃这一特殊的妇女群体带来无尽的不幸与深重的灾难。在后宫生活中，无论爱与恨，灵与肉，生与死，泪与血，她们的人生几乎都有过痛苦的挣扎与无助的浮沉。

其二，在君主专制下，作为一个特殊的女性群体，后妃们面对生活与命运，怎样艰难地保存着人性中的真善美，而专制帝制又是如何驱使她们转向人性恶的。其间人性的真与伪，美与丑，善与恶，或者泾渭分明，或者泥沙俱下，或者只是沉渣泛起，从而合成了一部后妃人性的变奏曲。

当然，本书并不是一部完备严谨的中国后宫史，对这方面有兴趣的读者，尽可去参阅学界已有的专著。在这册随笔里，我给自己划定的视野是，集中关注后妃人性与君主专制之间那种割不断、理还乱的关系。而这种纠葛的诸多细节，都是通过宫廷生活场景展开的。随笔虽以后妃生活作为叙事对象，却主要撷取与人性相关的情节，而割舍了与主题关系不大的内容。

以往的宫廷史读物，大多按朝代顺序以传记形式逐次写来，给人以一种流水账与雷同感。这册随笔围绕着若干专题，拟定了若干篇目，专题篇目之间虽有内在关联，却明显有别于章节体的学术论著。我尝试勾勒与评述宫廷生活的各个横断面，还兼顾点面的结合，编织进趣闻轶事，使得涵盖面更广阔，可读性更加强。

因为是历史，即便是大众读物，驰骋笔墨，发挥想象，也是不可取的。本书拒绝戏说，力求言必有证，论当有据。但历史随笔也不宜板起学术的面孔，吓退对后宫史感兴趣的众多读者，故而叙事行文上力求浅近生动，尽量少用旧史原文，必须引用时，一般也不注明引文出处，庶几确保行文雅俗共赏，让读者开卷爱读。

至于书名，记得少时读《唐诗三百首》，对元稹《行宫》印象颇深，其诗云：

寥落古行宫，宫花寂寞红。
白头宫女在，闲坐说玄宗。

其义当时不甚了然，但凄美的诗境却嵌印脑海，挥之不去。及长，读《唐宋诗举要》，高步瀛提示："白乐天《新乐府》有《上阳白发人》，此诗白头宫女，当即上阳宫女也。上阳宫在洛阳为离宫，故曰行宫。"再找来白居易《上阳白发人》，主题是"愍怨旷也"，说这些宫女"玄宗末岁初选入，入时十六今六十"，不料"未容君王得見面"，"一生遂向空房宿"。那么，这些白头宫女，连皇帝面都未一睹，就"潜配"发落，终老行宫，只能在红艳如火的宫花丛中闲话天宝遗事。遥想入宫当年，她们也像宫花那样靓丽明媚，如今却已皤然老妪。这才明白，短短四句二十字，孕含着后宫女性多少觖望与悲怆，不啻是鞭挞后妃制的千古绝唱，也有助于纠正后人对宫闱史的几多误读。于是，就取其一句作为书名。

（原载2014年1月22日《中华读书报》）

离散天下之子女

一、“纳娶国中”的选女制度

《礼记·坊记》引用孔子的话说：“诸侯不下渔色。”郑玄解释说：诸侯不能纳娶国中的女子，纳娶国中就是向臣下渔猎美色，这无异就像捕鱼一样，横江撒网，鱼儿都入网中了。孔子这句忧心忡忡的话，恰恰反证：春秋后期，诸侯已有了纳娶国中、渔色天下的倾向。及至战国初期，齐国后宫选入七尺以上颀长女子百余人，就是采女国中的明确例证。

据《后汉书·皇后纪》，汉代每年八月征收15岁以上男女的人头税，名叫算赋。这时，朝廷派遣中大夫与掖庭丞，带上看相的人，到洛阳周边乡闾阅视良家童女，凡是年龄13岁以上，20岁以下，只要姿色端丽合乎相法的，便载还后宫，再进一步筛选检查，就可供皇帝“登御”

了。这种采选，当然不局限在京畿附近。据《三辅黄图》记载，明光宫竣工后，汉武帝一次就选燕赵美女两千人送入后宫。总之，从汉代开始，采选全国适龄女子，择其佳丽，充纳宫闱，已成为定制。从此，历代君王便撒开那张横江之网，一代代妙龄美女就像美人鱼那样被驱赶入网，扔进后宫这只巨大黝黑的鱼篓。

这里不拟介绍历代选女的细枝末节，只想指出其中两大特点：一是涉及面广，二是扰民性大。先说前者。例如汉桓帝，在位期间博采宫女达五六千人，这还只是供他"内幸"的（与"登御"都是皇帝与后妃上床的雅称），如把役使的宫女也算上，至少两倍于这一数字，达一万余人。这一记录，后来被十六国后赵主石虎刷新，他一次就征选天下百姓女儿达三万多人。且不说一次征选上万人，即便选择数百上千，选女也绝不会局限于一个地区或一个阶层，其影响面的广泛是毋庸置疑的。

次说后者。晋武帝选女时，派宦官到全国州郡传达诏令：禁止天下婚姻；有隐匿抗选者，以不敬论罪。北齐后主在亡国前一年还下令，国内杂户各将年20以下14以上未嫁女儿悉数送到国都待选，如有隐匿，处以死刑。清代八旗女子年满11岁（一说13岁），就名列入秀女挑单，上报至户部备选；《八旗则例》明文规定："凡应选之秀女，未经选验之前，不准私行许嫂出嫁，违者交部治罪。"总之，历代王朝每一次全国性选女，都是波及社会的大劫难。

二、福星高照与命星不好

选女制度是历代后宫的主要来源，也是民间女性进入宫闱的唯一途径。普通女子因此可以位列嫔嫱，恣意享受富贵荣华，甚至有觊觎凤冠的一丝可能，若说绝对没有人心向往之，也不合乎史实。汉灵帝何皇后出身屠夫之家，之所以入选后宫，就是她家在汉廷例行选女时，用金帛买通了主持者。蒙元皇室也定期到弘吉剌部族选女，《马可波罗游记》有一段记载了被选之家寤寐以求的心态：

> 人们要问，这个省的人民会不会因他们的女儿被君主强行纳入后宫而感到委屈？不，决不会的。相反的，他们认为这是降临到他们身上的一种恩典和荣誉，那些有美丽女儿的父亲，看见大汗选中他们的女儿，无不欢天喜地。他们说："我的女儿如果福星高照，命运亨通，大汗陛下选她作配偶，这是她最大的洪福，而这种福分是做父亲者力所不及的。"反之，如果女儿行为失当，或遭遇不幸而落选了，父亲便归咎她的命星不好。

这种一人入宫全家升天的心理，在君主政体下还是颇有市场的。天启元年（1621），明熹宗在京师附近选秀女。他是少年天子，有的民家希图干邀恩泽，企盼女儿入选。《天启宫词》有一首就是嘲讽这种父母的：

阿母生贪椒属尊，抄名十五进宫门。
岂知此日蛾眉贱，谁荐披香拜特恩？

意思是说，母亲贪图皇亲国戚的尊荣，就把15岁女儿的姓名送进后宫，难道不知道入选的秀女又多又滥吗？即使像汉代淖方成那样，最后白发教授宫中而特拜披香博士的，自古又有几人呢？诗是代女儿立言的，将女儿对母亲的怨望心情与对选女的反感心理，刻画得体贴入微。

一般多是父母经不住联姻帝王家的诱惑，生生地把女儿推入火坑，但也有女儿以采择入宫作为毕生梦想的。明代后期有个叫刘大姑的，明神宗为皇太子（光宗）选妃，她与后来的光宗郭皇后同在初选名单中。结果，郭氏册妃，她却落选。当时，民间聘嫁时落选秀女十分抢手，她却独独不肯出嫁，对母亲说：“我应选时，与当今皇太子妃，也就是将来的皇后同卧共处了三个月。外面那些是什么人，想来与我家谈婚论嫁！”有记载说她“守贞以殁”。仅仅采选时入过宫，就执迷不悟，至死不嫁，这种对后宫生活与妃嫔地位的痴迷向往，也真令人可笑复可悲了。

三、选女不啻大动乱

任何时代的主流思想，总是统治阶级的思想。历代正史《后妃传》里，颇有关于她们如何向往宫禁的记载，这毫不奇怪。然而，即便不说采选入宫的女子日后在宫掖中的悠悠岁月与重重苦难，采选过程本身就是一场社会大劫乱。主持官员胡作非为，草菅人命，万千家庭妻离子散，家破人亡，一幕幕触目惊心。

十六国时期，后赵主石虎大选后宫，郡县官员迎合讨好，拼命搜寻美貌女子，只征处女还不够，就把有夫之妇也拉上凑数。老百姓家只要妻子略有姿色，地方上的无耻恶棍就威胁他把妻子献出去，老百姓哀告无门，往往自杀。永和元年（345）这次采选，杀其夫而夺其妻的，以及因妻子被夺而丈夫自杀的，就达三千余人；至于夫妇因此生离死别的家庭总数几近万户。

再来看隋炀帝。大业十二年（616），王世充奉命在江淮密采美女，沿大运河用船送到洛阳。这时大起义席卷北方，道路不通，安全难保，船工亦不堪苦役，在淮河、泗水中沉溺运送采女的船只前后达十余艘。王世充却一再遮掩这种惨案，仍不断地简选采女，进贡给隋炀帝。不知有多少红颜薄命，无辜葬身鱼腹。

唐玄宗天宝年间，民间把那些奉诏采选靓丽美女的使者称作“花鸟使”。他们怀揣诏书，喝得酩酊大醉，长驱直入民家闺房，未婚夫望着少女作死别生离，女孩子含着血泪呼唤父亲。元稹的《上阳白发人》写出了选女制度带给百姓的苦难：

天宝年间花鸟使，撩花狎鸟含春思。
满怀墨敕求嫔御，走上高楼半酣醉。
醉酣直入卿士家，闺闱不得偷回避。
良人顾望心死别，小女呼爷血泪垂。

明代还有更悲惨的情景。明武宗南巡，有太监奉旨预选好千余女子准备巴结主子。一下子无处安顿，就全部赶入一座空仓库。选女们悲伤号泣，饥馁冻寒，没几天就死了一二十人。这些年轻的生命，在主持者眼中是不值钱的。南明福王派出采选淑女的宦官，与天宝“花鸟使”同样肆无忌惮。他们四出采择，逐巷挨户地搜查，只要家有未嫁女的，就在门楣上贴上黄纸，挟持着采女扬长而去。市井里巷一片骚然。

金碧辉煌的后宫，在众多选女的心目中，不啻是一方愁城，一座牢笼，一片死地。对这场突如其来的朝廷选女，她们用婚嫁，乃至逃亡来逃避，用眼泪，乃至自杀来抗议。晋武帝在泰始年间大规模选女，数十个应选入宫的小将吏之女，与她们母亲在宫中作别时，抱头痛哭，呼天抢地的哭声连宫墙外的行人听了都悲楚心酸。而那些名家大族的待选闺秀们，大多穿上蔽衣破衫，竭力把自己弄得容貌憔悴，处心积虑地让自己落选。

唐文宗为太子选妃时，类似情况也有发生。文宗让朝臣把女儿的姓名报上来，不料大家心里老大不情愿。文宗最后扫兴地取消了选妃，对宰相诉苦道："我也是数百年的名家大族，聘你们衣冠子女做新媳妇，结亲以后，天下田舍不就都是你们的家产吗？却听说朝臣都不愿意与我做亲戚，什么道理啊？"唐文宗说出了历代君主的内心世界，他们以为，以天下至尊，挟天下至富，不愁没有天下绝色走入宫闱，却无法理解：除却尊贵荣华，他人还有更重要的追求。

即便显贵之家，也并不一定希望自己家的女儿采选入宫。据前清遗老回忆，八旗家庭对清廷选秀女，也有感到是一种压迫的，就出钱买进贫困而漂亮的汉人姑娘，来替代自家的女儿去应选。这些八旗女儿免去了入选的厄运，贫民姑娘却成了代人受罪的牺牲。

四、"惊婚"大观

每当朝廷选女，从达官贵人到小民百姓，多数家庭如同面对瘟疫那样唯恐避之不及，每每引发了社会骚乱。十国后蜀主孟昶选女，全国骚动，百姓担心搜选，纷纷找媒人，寻夫家，让适龄的女儿仓促出嫁，当时称为"惊婚"。元明两代，"惊婚"场面一再重演。元成宗时，龙兴（今江西南昌）流传朝廷要征括童男女，有人甚至杀死自己的骨肉，也不愿意儿女入宫活受罪。明武宗时，传说皇帝要博选女子充实后宫，一时间，未提亲的就仓促婚配，已提亲的就胡乱成婚，甚至把女儿藏匿到未过门的夫家，企图躲过选女的风头。

明穆宗隆庆元年（1567），江南盛传新皇帝选择宫人，连8岁小姑娘都不择良贱突击成亲。次年，流言再起，民间凡13岁以上少女无不赶着婚嫁，一时唯求择婿，无暇择人。甚至有人站立门头，看到有梳着两个小发髻的男孩走过，就拥之入室，让女儿与他成亲。《云间杂志》有一段记载更令人哭笑不得：

> 隆庆二年，讹传京中点淑女，一时男女尽皆配合，不论长幼良贱，有垂髫及笄者，有乳臭为夫者，孀妇亦皆再醮。礼人乐工昼夜不息，肴果之价腾涌，月余方息。后因婚娶不伦，往往成讼，已无及矣！

万历六年（1578），明神宗大婚选女，北京城里再次争相嫁娶，官府禁止也无效果。据说，郑贵妃原已许配邻家，因缺聘礼，两家争持吵闹，贵妃闭门大哭，选女的宦官恰巧经过，见她长得美丽，就记上姓名，选送入宫了。

南明福王选女，民间亦复如此。《明季南略》记选女诏到达嘉兴、苏州的情景：

> 得旨出示嘉兴，合城大惧，昼夜婚娶，贫富、良贱、妍丑、老少俱错，合城若狂，行路挤塞。苏州闻

之亦然，错配不可胜纪，民间编为笑歌。

婚嫁本是喜庆事，但历代选女造成的无数次“惊婚”，却浸透了普天下多少父母儿女苦涩的泪水。

五、选女的抗争

如果说，“惊婚”还颇有点黑色幽默的味道，那么，为了逃避选女，不惜了断自己的生命，那完全是惨不忍睹的人间悲剧。南明福王选淑女，有一家姓杨的寡妇，母女相依为命，女儿最后以自刎来抗议选女，母亲痛失爱女，也投井而死。南明小朝廷自身岌岌可危，却依旧热衷声色，“仓皇行在选宫娥”。也并不仅仅是福王政权，桂王在流亡西南途中，对侍女寥寥，又幼小粗笨，大为不满，让太监以重金在广州物色到一个姿色端丽、能歌善舞的年轻女子。然而不出一个月，她就失踪了。三天后，她的红裙带在城中水池中浮起。《永历宫词》以为，这女子“想亦有所不得已也”。显然，她不得已才以沉水自杀来表达反抗的。

在历代选女中，也有少数刚烈女子，不畏强暴，当场抗争。晋武帝亲选良家少女，自选美貌者用绛纱系在她的臂上。胡芳被选中，号泣着扯掉绛纱。同选的姑娘掩着她的嘴劝止道：“别让陛下听到哭声。”她愤然说：“我死都不怕，还怕陛下！”尽管反抗，她最终还是送入后宫，当了贵嫔。

清代选秀女多在岁末年初举行，这时北京已冰天雪地。选女们必须夜以继日蜷缩在骡车上等候选阅，其寒冷饥渴是十来岁的女孩难以忍受的。咸丰九年（1859）冬天，南方的太平天国起义正如火如荼，又值三年一届的选秀女，镶红旗骁骑校额明德的女儿长姑已合选龄。这天，她与其他选女一大早就被引到内殿阶下，等候咸丰帝的亲选。说是九点来验阅的，十点多仍不见踪影。风雪交加，选女们瑟瑟畏缩在庭隅里，饥寒交迫相对饮泣。长姑翠袖单裳，更寒不可耐，多次向主事者要求让她们出宫回到骡车上去。不但横遭呵斥，主事者还以鞭笞相威胁。长姑忍无可忍，大声说：“离开家庭，辞别父母，如果入选，就终生幽闭，再也见不到双亲。生离死别就在这一刻，人非草木，孰能无情，怎能不哭泣！我死也不怕，何况鞭笞！”她越说越激愤：“眼下到处在打仗，朝廷却不给饷。像我家这样，连现存的口粮都没有。不听到皇上选用将相，召见贤士，却今日选妃，明日挑女。我听说古来有无道昏君，现在恐怕就是这样。”这时，咸丰帝恰巧驾到，隐约听到最后几句话，就问是谁在说，在场选女惊怖失色，主事者把长姑缚起，推到前面让她跪下。她倔强不跪，侃侃然把刚才的话重复了一遍。咸丰帝无言以对，感叹道：“真是个奇女子！”沉默许久才说：“你不愿应选，现在可以出去了。”长姑无畏直言而侥幸放归，但这样的事例毕竟是罕见的。

与长姑相比，历代选女更多的是弱女子，她们慑于帝王的淫威，不知所措，听人摆布，就像一头跌入陷阱的羔羊，一尾坠入网罟的人鱼，最终被送入宫掖，成为满足君主一己私欲的俎上鱼肉。

令人费解的是，当代影视中甚嚣尘上的宫廷戏，却为后妃帝王情大唱赞歌，不免让人们产生错觉，误以为这么多六宫佳丽都是争先恐后抢着进后宫的。这倒让人联想起明清之际黄宗羲，他在《明夷待访录·原君》里抨击君主政体道：

> 其既得之也，敲剥天下之骨髓，离散天下之子女，以奉我一人之淫乐，视为当然，曰：“此我产业之花息也。”然则，为天下之大害者，君而已矣！

看来，对中国君主后妃制的认识，这位数百年前的启蒙思想家，比起当代某些宫闱戏的影视编导，无疑显得更深刻，更明智。

（原载《古今多少事》，长春出版社，2007年版）

后宫缠足考

以性心理学而言，男性对爱恋女性的秀足略有迷恋，也不值得大惊小怪。中国六朝有一首乐府诗说："新罗绣行缠，足趺如春妍；他人不言好，独我知可怜！"簇新的罗帛秀美地缠裹着双腿，秀足的肌肤就像春天那样娇妍，引发作诗人无限怜爱。俄国普希金也在《欧根·奥涅金》里吟哦道："我爱女人的别致的服装，和她们精巧的小小玉足。"但这种迷恋超过了一定的度，就属于变态性心理。荷兰性学史专家高罗佩认为，这是一种恋鞋癖的变型。作为西方最负盛名的中国学家，费正清在其《对华回忆录》里有一个说法："缠足，显然是男人对女人的超文明的胜利。"这种悖逆人性的"超文明的胜利"，一直维持到20世纪初期，而最早制造这一胜利的，正是那些有恋足癖的帝王。

后宫女子缠足究竟起于何时？据《南史》记载，齐废帝命"凿金为莲花以贴地，令潘妃行其上，曰：此步步生莲花也”。一般认为，这是把缠过的纤足称为“金莲”的最早出处。不过，潘妃当时并没有缠足。明代学者沈德符曾见到过《唐文皇长孙后绣履图》与《则天皇后像》，这两位大唐皇后的足与男子无异。据说，杨贵妃在马嵬坡自缢后曾留下鞋袜，《嫏嬛记》说其雀头履长仅三寸，而《诗话总龟》还说唐玄宗回銮特为杨妃的遗袜作铭，有句提到“细细圆圆，地下得琼钩；窄窄弓弓，手中弄初月”，似乎这位风流天子把玩的已经是纤纤小脚了。晚唐杜牧有诗咏女性秀足：“钿尺裁量减四分，纤纤玉笋裹轻云”；专写香奁体的唐末韩偓也有“六寸肤圆光致致，白罗绣屧红托里”的诗句。后人以为这些都是晚唐以降女性裹足的证据。但钿尺减四分相当于清尺七寸五分，与其后三寸金莲相比，明显超标，明代陶宗仪与清代赵翼都认为，这些诗句不过吟咏女性秀足的纤小，还不能证明当时已经缠足。

一般认为，妇女缠足始自五代南唐后主。据《道山新闻》，李后主有一宫嫔名叫窅娘，长得苗条靓丽，能歌善舞。后主特为她造了一座六尺高的金莲花台，四周饰以钿带、璎络，台上有各色瑞莲。然后命窅娘以帛缠脚，使足纤小，弓屈如一钩新月状，再穿上素袜，在莲花上翩翩起舞，袅娜回旋，宛如仙子凌云。唐缟有诗云“莲中花更好，云里月长新”，就是以好花喻人，以新月喻足，来描写窅娘的。窅娘因而备受李后主的青睐，南唐宫廷的其他妃嫔也纷纷效颦。为了获得后主的宠幸，窅娘竟戕残自己的肢体。这不仅是她个人的悲剧，也开创了妇女缠足的恶劣先例。

对女性来说，整个缠足过程完全是一种非人的折磨。清代小说家李汝珍在其《镜花缘》里有一段“粉面郎缠足受困”的描写，说林之洋即便作为男子也忍受不了这种刑罚，不妨转引如下：

> 那黑须宫娥取了一个矮凳，坐在下面，将白绫从中撕开，先把林之洋右足放在自己的膝盖上，用些白矾洒在脚缝内，将五个脚指紧紧靠在一处，又将脚面用力作弯弓一般，即用白绫缠裹；才缠了两层，就有宫娥拿著针线上来密密缝口；一面狠缠，一面密缝。林之洋身旁既有四个宫娥紧紧靠定，又被两个宫娥把脚扶住，丝毫不能转动。及至缠完，只觉脚上如炭火烧的一般，阵阵疼痛。不觉一阵心酸，放声大哭。

这样的折磨忍受半个月左右，等到脚面弓屈定型，小足已折成四段，缠足才算大功告成。

入宋之初，主要还是宫中女子时兴缠足。其后，这一做法大致由宫廷进入教坊乐籍，再传到京城，最后流行各地。不过，熙宁、元丰以前，民间缠足还很少见。苏轼有一首《菩萨蛮》是咏赞小脚的，其下半阕说：

偷穿宫样稳，并立双趺困。
纤妙说应难，须从掌上看。

这首词的写作年代大约就在熙宁元丰（1068—1085）前后，还是教坊乐籍的舞女仿效宫样的阶段。而据《枫窗小牍》，徽宗宣和（1119—1125）年间，缠足已经走红京城，东京“花靴弓履，穷极金翠”，裹小脚的“瘦金莲方”也开始“自北传南”。《老学庵笔记》说，宣和末，妇女的鞋底尖尖的，都以两色合成，名曰“错到底”，足见京师缠足早已成风，连尖底绣鞋都有了流行款式。南宋理宗时，宫人缠足崇尚纤直，当时称作“快上马”。据《辍耕录》说，及至宋元之际，妇女已普遍缠足，而以天足为耻了。

元代是蒙古族立国的朝代，不料这个马背民族的男性统治者居然也欣赏女性缠足。李炯有一首应制诗，题为《舞姬脱鞋吟》，刻画了宫廷舞女的缠足情形：

侍儿解带罗袜松，玉纤微露生春红。
翩翩白练半舒卷，笋簭初抽弓样软。
三尺轻云入手轻，一弯新月凌波浅。
象床舞罢娇无力，雁沙踏破参差迹。
金莲窄小不堪行，自倚东风玉阶立。

所谓应制，就是应君主之命而作，由此看来，元代皇帝也看重三寸金莲。还有一首《元宫词》，也足以证明蒙元宫掖颇有缠足的嫔嫱：

宫里前朝驾未回，六宫迎辇殿门开。
帘前三寸弓鞋露，知是嫂嫂小姐来。

这首宫词尽管是明代朱有燉所作，却并没有把明宫史事窜入元代宫词。当然，这些诗词恐怕主要反映元宫汉女的情况，蒙古族后妃却是未必缠足的。

明代宫掖女性是否崇尚裹足，诸说不一。《万历野获编》卷23《妇人弓足》条说：

向闻今禁掖中，凡被选之女一登籍入内，即解去足纨（裹脚布），别作宫样。盖取便前奔趋，无颠蹶之患，全与民间初制不侔。予向寓京师，隆冬遇扫雪军士从内出，拾得宫婢敝履相示，始信其说不诬。

清代学者俞正燮根据这条史料，再引证《三事纪略》所载，南明弘光朝选女时，太后曾下旨说选后不须束足，认为明代后宫不尚缠足。实际上，《野获编》似乎只指掖庭中役使奔走的宫女，并未把后妃包括在内。据记载，明思宗周皇后曾缝制一种名叫“一瓣莲”的弓鞋，宫人竟相模仿。这不仅表明这位皇后是缠足的，而且证明缠足仍是明宫风尚。另据《烬宫遗录》，明思宗时，田贵妃三寸金莲，而袁贵妃脚大几乎是田贵妃的一倍，崇祯帝曾在周皇后前赞美田氏的纤足，而嗤笑袁氏的大脚。这一记载，一方面说明《野获编》所说的宫样并不适用于妃嫔，故而田贵妃依然金莲三寸；另一方面也说明，明代对后妃缠足并不严苛，这或许与明太祖的马皇后是"淮西妇人好大脚"大有关系。

清代是满族入主的朝代。入关以前，清太宗就严禁臣民女子缠足。顺治初年，孝庄皇太后颁布谕旨，张挂在神武门内：有以缠足女子入宫者斩。不过，从康熙七年（1668）起，清廷就废止了臣民女子缠足的禁令。1927年清东陵乾隆帝墓被盗发，据目击者言，地宫中就有缠足汉人妃嫔的棺椁，说明乾隆以后，清帝也嗜好缠足女子。其中尤以咸丰帝为最，入选所谓圆明园四春中，就有纤足如笋的汉人女子。据《十叶野闻》说，"文宗眷汉女，其目的所在，则裙下双钩是也。窅娘新月，潘妃莲步，古今风流天子如一辙哉！"另据《清朝野史大观》，这位文宗咸丰帝还眷恋过一个山西籍的孀妇曹氏，中外称为"曹寡妇"，她除了容貌姝丽，秀足尤其纤小。

从南唐两宋起，纤纤小脚成为美女的必要条件之一。而这一过程正是帝王为满足自己变态的恋足癖，最先让后宫妃嫔做了牺牲品。而千余年来，宫掖女性也心甘情愿以自残足肢的愚蠢代价，让自己变形的纤足成为帝王性变态下的把玩之物。她们在扭曲秀足的同时，也扭曲了自己的人格与尊严，并把这场灾难推向民间。

据洪丕谟《古代女性世界》转引日本人研究，缠足女子以变形的纤足行走站立时，大腿与臀部的肌肉始终处于紧张状态，这样，缠足女性在过性生活时，其阴部肌肉较紧，给人如同处女的感觉。没有必要深究这种生理研究是否有道理，因为人毕竟不只是具有生理意义。有必要再次引用费正清对中国缠足的议论：

> （中国）古老的诗歌与散文清楚地表明，三寸金莲是一种用以满足变态性欲的迷恋物。这正是不可思议的奇迹！缠足的女子有两个额外的私部可供男人玩弄。这双金莲常穿着一双迷人的绣鞋，妻子和丈夫只有在卧室才能见到和摸到，充分提供为现代人所忽视的敏感的神经末梢——金莲是色情的终身象征，这种性欲满足上的创造，使西方的性欲变态者、性虐待狂和形形色色的狂人望而却步。淫荡地用嘴唇吻那变形的小足，可能引不起现今男子的激情，但在那个时代显然曾经产生极大的作用。因此一种用以满足变态性欲的迷恋物，确保它自己长存不废，加强了古代男子的统治。（《费正清对华回忆录》58页）

古代男子的这种统治，费正清称之为“超文明的胜利”。在中国后妃史与中国妇女史上，这种胜利都是以女性的人格扭曲作为沉重代价的。由此，令人想起19世纪一位西方学者的一声叹息：“不仅中国人的思想，而且连他们的身体也被反自然的习惯摧残和扭曲了。”

（原载2006年4月10日《成都日报》）

也说后宫殉葬

袁腾飞在《历史是个什么玩意儿》里说，“按照中国古代的礼法，明朝以前凡是先帝驾崩，不能生育的嫔妃一律殉葬，武则天也应该勒死殉葬的”（103页）。这一说法错就错在根据明朝前期的相关情况，轻率判定其前各朝制度历来如此，未免有点太想当然。袁著那本讲史教材影响太大，有必要依据史实，澄清真相。

一、先秦后宫殉葬制

据《西京杂记》，西汉中期，广川王刘去曾召集一帮子无赖，去盗掘一座古墓。打开后，在场的人都大吃一惊，只见唯有一具男尸，周围都是女尸，既有躺着的，也有坐着的，还有立着的。后经查证，才知道这是周幽王的陵墓，那些衣著完好、姿态各异的女尸都是活埋殉葬的后宫妃嫔。结合这则笔记，对照考古发掘，先秦时期，在帝王死后，其后宫妃嫔无疑是随从殉葬的。这种惨无人道的殉葬制，在东周是习以为常的，据《墨子·节葬》，“天子杀殉，众者数百，寡者数十”；不仅天子、诸侯，将军、大夫也杀殉，“众者数十，寡者数人”。在天子、诸侯的从殉者中，妃嫔显然是首先划定的群体。这是因为，一方面，帝王企盼往生以后仍能嫔嫱如云，另一方面，他们也决不情愿在自己死后留下这些性配偶转入他人之手。

一代暴君秦始皇死后，继位的秦二世说：“先帝后宫非有子者，出焉不宜，皆令从死。”据司马迁说，“死者甚众”。至于究竟多少人殉死，也许有朝一日，秦始皇陵发掘时，才会大白于天下。如果说，周幽王以妃嫔殉葬还是奴隶社会人殉的余风，那么，秦代后宫殉葬则完全是君主专制的残暴本性。后宫殉葬制太灭绝人性，自汉代以后，尽管有个别妃嫔自发殉死的例子，但后宫殉葬作为一种制度，实际已经废止。

二、一声何满子，双泪落君前

尽管如此，历史上那些个别妃嫔殉情从葬的事件，是否真正出于自愿，却仍然大有怀疑与追究的余地。其中，王才人为唐武宗殉死的真相，也许颇有故事性。

13岁上，王才人因能歌善舞而入选宫中。唐武宗能顺利嗣位，她暗中出过不少点子，因而备受宠爱，差点立为皇后。武宗晚年性喜道教丹药，药性发作时，好恶无常，但仍乐此不疲。终于折腾得容貌枯槁，一病不起。

据《新唐书·后妃传》，垂死之际，武宗与她有段对话：

> 俄而疾侵，才人侍左右，帝熟视曰："吾气奄奄，情虑耗尽，顾与汝辞。"
>
> 答曰："陛下大福未艾，安语不祥？"
>
> 帝曰："脱如我言，奈何？"
>
> 对曰："陛下万岁后，妾得以殉。"帝不复言。
>
> 及大渐，才人悉取所常贮散遗宫中。审帝已崩，即自经幄下。

似乎王才人是自愿殉死的。然而，综合其他史料，事实却截然不同。

武宗即位前夕，曾亲见受文宗宠溺的杨贤妃被宦官仇士良等活活处死。出于前车之鉴，一方面，他唯恐所爱幸的王才人也会步此后尘，一方面可能是药性发作，喜怒莫测，这才有了正史中那段对话，示意王才人自经免祸。如此看来，王才人的自殉实际上还是被逼的。自尽前，她浓妆洁服，对病榻上的武宗哀恳说："我曾习曲，愿对皇上歌一曲，以泄心中郁愤。"于是，她唱了一曲流行当时的《何满子》：

故国三千里，深宫二十年。

一声何满子，双泪落君前。

声调凄咽，在旁的宫人无不垂泪流涕。而后，她手持武宗给与的长巾自缢而死，这时，武宗尚在弥留之间。

王才人，有的记载作孟才人，对勘其事迹，实际上同为一人。诗人张祜，也就是那首《何满子》的作者，另有《孟才人叹》云：

偶因歌态咏娇嚬，传唱宫中十二春。

却为一声《何满子》，下泉须吊孟才人。

这首诗对孟才人既叹又吊，而不去赞颂她殉情尽节，似乎也印证了孟才人之殉武宗，是出自被迫，而非出于自愿。

三、沉渣再起

然而，后宫殉葬制在明代前期却死灰复燃，再次成为惯例。皇帝去世，除去在世的皇后，还有生育过子女或父祖辈有勋旧特恩的妃嫔才能幸免，其他没有生育的宫嫔就得殉葬。

明太祖朱元璋驾崩后，曾共用40个妃嫔殉葬。建文帝即位，这些殉葬宫人的父兄，都授为锦衣卫千户或百户，官位世袭，以示皇恩浩荡，称为“朝天女户”。为明成祖殉葬的妃嫔也有16人。明宣宗时，仍有何嫔等10人随殉，此外还有无名号的宫女，其数量绝不会少于此数。

为明宣宗殉葬的宫嫔中，有两人最令人同情怜悯。一位已失其名，宣宗生前到一大臣家，见其幼女明丽，便赐了纳采礼，让她长大后入宫。谁知进宫没几天，就赶上了大丧。就这样，她以豆蔻年华，绝色佳丽，一点光也没有沾上，也成了殉葬品。

另一位即郭国嫔。她聪慧颖悟，能诗擅文，宣宗闻知后，纳入为嫔。可怜她入宫才20日，就遭此厄运。悬梁自尽前，她手捧赐帛，悲愤地写了一首骚体诗：

> 修短有数兮，不足较也。
> 生而如梦兮，死则觉也。
> 先吾亲而归兮，惭予之失孝也。
> 心凄凄而不能已兮，是则可悼也。

声声泪，字字血，喊出了她的绝望与抗议。

据记载，殉葬那天，让这些宫嫔在庭院里吃完最后一餐，来到一间殿阁，横梁上已预先悬好一个个绳索圈，梁下放了好多小木床。目睹这一情景，短暂静默后，众宫女迸发出一阵阵撕心裂肺的恸哭声。然后，她们被逼着登上木床，把绳圈套住头，一旁的人便撤掉木床。这种灭绝人性的虐杀，对外却宣称是“自杀殉葬”。

景泰帝死后，仍有唐妃等殉葬。直到英宗病危，才在遗诏里明确宣布：“用人殉葬，吾不忍也。此事宜自我止，后世勿复为。”明初以来惨绝人寰、灭绝人性的后宫殉葬制这才宣告废止。

清初，这种人殉制再度沉渣泛起。清太祖去世时，37岁的大妃乌拉纳喇氏与庶妃阿吉根、代音察也随同殉葬。顺治帝死后，也有贞妃为之殉葬。《清史稿·后妃传》，只说她与董鄂妃同姓，“殉世祖”，其“贞妃”的名号是康熙帝追赠的，只为表彰她的从殉之举。她的殉葬究竟是自愿，还是被迫，史传语焉不详，只能存而不论。值得一提的是，世祖生前就强令后宫女官为爱妃殉葬。

对爱妃董鄂氏的去世，清世祖悲恸欲绝，在寻死觅活被劝阻后，他竟将30名太监与宫中女官悉行赐死，免得宠妃在另一世界中缺少服侍者。顺治帝对董鄂妃的爱不可不谓一往情深，但他残忍扼杀了其他宫婢女官初绽乍放的生命花蕾，却是令人发指的。由他敕撰的《董鄂妃行状》竟宣称：“今宫中人哀痛甚笃，至欲身殉者数人。”倘若没有《汤若望回忆录》记载，后人也许以为这些宫人都是哀慕董鄂妃而自愿殉葬的，而世祖留给后世的形象，便只是一个笃挚于爱的有情君主，而遮掩了他非人性的那一侧面。

在中国后妃史上，从秦始皇陵中的从死宫人到清董鄂妃陵中的殉葬女官，令人在既叹又吊之后，认清了君主专制的吃人本质。

（原载《殡葬文化研究》2001年第5期）

三释后妃梦

在稳定的君主政权下，一般臣民想当皇帝的不臣梦想，相对说来，要比妇女渴求做后妃的向往远远少得多。前者要犯大逆的罪名，冒杀头的危险，而后者则开着可能性的门扉。为了迎合人们祈望女儿贵为皇后、母仪天下的心理，一些相术之士也尽拣对方喜欢的说，历代皇后传里就颇多这类预言。

据《西京杂记》，汉元帝皇后王政君在玺盒里放着一颗白石，自称在做姑娘时，有一只白燕衔着这颗石子放到她的针线盒里，拿起一看，白石竟一分为二，中有“母天地”三个字，当她合上两瓣，石子又浑然为一了，所以珍藏至今。关键在于，这颗石子从那以后再也没能分开过，究竟有没有那三个字，也就无从验证。

至于皇后降生时，赤光照室、异光穿空之类的“异兆”，在正史后妃传里俯拾皆是。对这些相卜之语与神光之异，在斥为荒诞的同时，还应看到其背后隐藏的一种社会心理，那就是父母企盼女儿母仪天下，而女儿们也怀着同样的梦想——焉知有些卜语与异兆，不是她们编造出来的呢？

这里，试图对有关后妃梦进行心理学与社会学的诠释。据精神分析学派说，貌似离奇怪诞的梦绝不是毫无意义的，都是欲望的一种满足，这种欲望在现实生活中或是遭到压抑，或是尚未实现，或是正在追求，于是，在睡梦中就戴上了荒诞古怪的假面具，顽强地展开了潜意识活动。

一、初释梦：渴望成后妃

在形形色色的后妃梦中，有的是后妃在入选以前自己做的梦，有的是后妃的母亲在生她以前做的梦。这些梦往往没有曲折错乱的显相或隐义，只是白日的愿望以图像转换的方式在梦境中展现。金章宗生母徒单氏出生前夕，她的母亲梦见神人授她一颗宝珠，光焰照得满屋子通红，就是希望即将出世的子女像宝珠那样被人珍视。

《礼记》说："天子之与后，犹日之与月。"后人就日月对举而各指帝后。在后妃母亲所做的梦里，最多的也是明月入怀。据《北史·后妃传》，北魏武成帝的母亲卢氏怀她时，一胡僧经过其门，说："这屋子的葫芦中有月亮。"这句话是对明月入怀梦最恰当的解释：葫芦隐喻母亲的子宫，月亮借指所孕的女儿。

《焚椒录》记载了辽道宗皇后萧观音出生时其母耶律氏的梦境："梦月坠怀，已复东升，光辉照烂，不可仰视，渐升中天，忽为天狗所食。惊寤而后生。"耶律氏对丈夫、南院枢密使萧惠解梦说："此女必大贵而不得善终。"梦月坠怀，乃是盼望女儿能做上皇后的心理表象；明月东升而不可仰视，则是祈愿女儿在走向皇后宝座时一帆风顺。萧氏是辽代皇室世婚的后族，期盼女儿入选为后，在萧氏妻室的意识中可谓是久久萦绕的。然而，历代皇后中不得善终的前车之鉴，却像阴云一样时刻飘掠过母亲的心头。这种深沉的忧虑在梦中就转换为天狗吞月亮的显相，而将母亲清醒时的忧虑在潜意识里释放出来。

这类梦也经常有与天、日相关的梦境。汉和帝邓皇后在永元四年（92）例应选入后宫，适逢父亲去世而守丧。期间她做了一个梦，梦见自己用手摸天，天体青荡荡、光溜溜的，向下隆起，仿佛一个钟乳，她就仰头吮吸起来。占梦的人说，尧梦见自己攀天而上，汤梦见自己舔天而食，都是大吉之梦。按精神分析学派的释梦理论，这个梦与性有关。邓皇后因故排除在入选名单之外，内心有一种焦灼感，唯恐永失选入后宫的机会，在性上面得不到皇帝的抚爱，就在梦中主动采取攻势（这种意识在清醒时即使产生，也会遭到压抑），于是就有了扪天之举。至于清平光滑的天体与吮吸钟乳，不过是将少女的自恋移位到对象身上而已。

辽道宗皇后萧耨斤的母亲怀她时，也做过相似的梦：一根金柱擎天而立，其他人想攀上去，无不失败；她虽然晚到，却攀援成功了。按照弗洛伊德的释梦理论，擎天柱是男性生殖器的象征，攀天与扪天同样隐喻交媾。萧耨斤的母亲没能通过婚姻实现自己后妃梦，压抑着的遗憾在梦中显相为别人在她之前攀缘金柱，她却迟来后到；而现实中未能满足的愿望，在梦中显相为虽然迟到却攀天成功，其隐义是指望生一个女儿来圆自己未做成的后妃梦。

北魏孝文帝高皇后未入后宫前，连续几夜做着雷同的怪梦：自己立在堂内，太阳光从窗外照进来，灼热逼人，尽管东躲西避，阳光始终紧随着照定了她。占梦人说："这是贵不可言的奇异征兆，太阳照定了你，意味着皇帝要聘纳你，你推辞不了的；过去有梦月入怀生下天子的，何况现在是日照的好兆头呢！"占梦者从日喻帝王的象征意义来解析梦境，其显相后的隐义就是希望成为天子选中的后妃。传统文化中的类比象征一旦形成，对人们的意识容易造成思维惯性，径直以象征物（太阳）取代被象征物（帝王）来思考问题。弗洛伊德把这一过程称为梦的移置作用。这类梦境中直接出现的象征物，也就不难索解。

有一个例子也能说明这点。宋理宗谢皇后是庶出，生母毛氏怀她时曾梦见五色霞光罩住自己。次日，为嫡妻洗足时，毛氏说起这梦境，嫡妻气恼地用脚踹她的头颈说：

“你难道生皇后吗？”可见，太阳、霞光作为象征物，以及孕妇所做与其有关的梦，都成为一种思维定势；这类梦频频出现在后妃传记中，其心理隐义是显而易见的。

荣格在讨论到梦的象征意义时认为：在受挫的渴望得到满足的希冀中，梦具有双重的象征意义，既有追溯过去的方面，也有展望未来的方面；在某一象征背后，既有一种作为原因的推动力，也有作为目标的吸引力；在分析象征的追溯性同时，不应忽视象征的展望性。据此可知，形形色色的后妃梦境，既再现出那些此生已与后妃无缘的母亲们受挫欲望的虚幻满足，这是梦所象征的追溯性层面；又表达了她们对女儿当皇后的热切向往，这是梦所象征的展望性层面；当然，也折射出那些尚未入选后宫的女儿们当下的失望与未来的追求。毋庸讳言，在君主制下，自己或女儿能进入掖庭成为皇后，在妇女中是被广泛认同的社会心理，她们无法摆脱占统治地位的价值标准。然而，即便如此，对自己命运的忧虑与恐惧，仍时时袭击她们的思绪，因而梦境中才会象征性地出现天狗吞月、日光灼身等景象。在历史上，不少君主对那些后妃而言，确实就是“时日曷丧，予及汝偕亡”的毒日头。

二、续释梦：生子的异兆

形形色色的历代后妃梦中，还有一类梦与生育有关。

在这类梦境的显相背后，隐藏着后妃哪些内心话语呢？

据《拾遗记》记载，帝喾之妃邹屠氏先后八次梦见自己吞食太阳，每做一次梦，就生下一个儿子。帝喾之时，后妃制尚未出现，但这种吞日梦却在历代后妃中一再重现，或者说是一再复制。没有必要对这些日梦逐一缕述，但在传统文化中，太阳是与君主、皇权进行通兑的最合适的形象符号之一，这些梦日后妃的潜在心声也就呼之欲出：我生下的儿子命定将成为皇帝。这些梦日后妃的身份大体可分两种类型。第一类是吴大帝孙权、北魏道武帝、辽太祖等开国君主的母亲，她们的梦境无疑是在为自己的儿子登上开国之君的御座制造舆论的光环。第二类是汉武帝的母亲王夫人、宋真宗的母亲李贤妃等妃嫔，她们在后妃争宠战中打出了一张儿子牌，试图以此克敌制胜，巧拔头筹。这里，且以王夫人的日梦作一解析。

汉景帝还在做太子时，栗姬已为他生下长子刘荣。怀孕的王夫人则对太子说：有一夜梦见神女捧着太阳给她，她一口吞入怀中。太子认为这是大贵之兆。不久，太子即位，是为景帝，王夫人也生了孩子，他就是后来的汉武帝刘彻。薄皇后是其祖母薄太后硬塞给景帝的娘家宗女，既不受宠爱，也没生下儿子，薄太后一死，就遭废黜。景帝立刘荣为太子，刘彻为胶东王，在王夫人与栗姬争宠的天平上，皇帝一开始偏向栗姬，王夫人的大势并不看好。但在景帝姐姐刘嫖试图让女儿阿娇与太子联姻时，栗姬让这位长公主碰了一鼻子的灰，王夫人却欣然同意了长公主的提亲。长公主说话很有分量，总在景帝面前赞誉胶东王的贤德，形势变得有利于王夫人。由于长公主不断挑唆与活动，而王夫人编派的梦日吉兆无形中也大起作用，栗姬所作所为则让景帝大失所望，他最终废了刘荣，立刘彻为太子，册王夫人为皇后。在这一角逐中，王夫人善处人事、工于心计起了关键作用，当她向景帝渲染梦日征兆时，显然已经有目的地巧施其争宠第一策。

对后妃的日梦，人们有理由怀疑它们本来就是白日梦。而个别梦甚至根本不是后妃做的，而是出于帝王事后的虚构。例如，杜太后在洛阳夹马营生下宋太祖时赤光绕室，太祖身上的异香久久不消。这一异兆载入《宋史·太祖纪》，但真实性大成问题：也许是杜太后为儿子编造真命天子的舆论；也许是赵匡胤为自己龙飞九五在炮制神话。有趣的是，《宋史·太宗纪》说杜太后怀太宗时，梦见神人捧一个太阳给她；生太宗时也是"赤光上腾如火，闾巷闻有异香"，与太祖的异兆如出一辙。这个日梦也许根本不是杜太后做的，倒是太宗在烛影斧声后的虚构捏造，意欲证明他也生来就有当皇帝的贵兆，从太祖手里取得皇位是天命早定的。

与日梦在数量上可以匹敌的，便是后妃的龙梦。据《北史·后妃传》，高欢的妻子娄氏在几个子女的妊娠期间，分别做过相似的梦。怀高澄时梦见一尾断龙，隐喻他最终未称帝；怀高洋时梦到一条大龙，首尾撑天拄地，张口转目，形状恐怖，他就是北齐的开国皇帝；怀高演时梦中有一条匍匐在地的龙，隐喻他在位短暂，不得善终；怀高湛时梦境中有龙浴于大海，他就是后来的北齐武成帝。娄太后四个龙梦与他的四个儿子的命运如合符契，令人怀疑出自后来的附会。

做过龙梦的，还有南朝齐武帝、梁武帝、隋炀帝、宋度宗、明武宗与清圣祖的母亲。潜台词则是共同的：她们的儿子将成为真龙天子。十六国成汉主李雄之母罗太后怀他时，梦见大蛇缠身。中国古代素有在天为龙在地为蛇的说法，蛇梦可以视为龙梦的变异。与梦龙相似，前秦建国者苻健的母亲姜氏怀他时曾梦见大罴，这或是氐族源出游牧民族，大罴象征勇武有力，姜氏遂以此梦为儿子预作号召。辽太祖述律皇后曾梦见一个体貌健美的神人，身后尾随着12种异兽，其中一头黑兔子跃入了她的怀中。这年岁在癸卯，正是兔年，她正怀着辽太宗。契丹也是游牧民族，梦兔正如中原王朝后妃的梦龙，同样是大吉之兆。

在后妃的龙梦中，肯定也有一部分是白日梦。例如，马皇后生明成祖时"有龙见于寝"的传说，恐怕就不是出自马皇后的生前，而是明成祖靖难之役夺取侄子建文帝皇位以后的补笔，用意与宋太宗编造杜太后生他时的日梦有异曲同工之妙。

后妃梦的第三种类型，往往与神人、天使、先祖有关。这类梦的显相五花八门，给后妃在梦中或醒后的发挥留下了广阔天地，而其隐义却不难索解。春秋时，卫襄公让一个出身低贱的姬妾怀了孕。不久，她对襄公说自己做了个梦，梦见一个人对她说："我是康叔，让你的儿子一定能拥有卫国。我为你的儿子取名叫'元'。"怀孕期满，她生了个儿子。康叔是卫国的祖先，襄公以为这是上天的安排，这个儿子就叫公子元。襄公的嫡夫人无子，公子元就借着梦中的预言，当上了嗣君，他就是卫灵公。在这个梦中，贱妾的心愿以康叔预言的显相形式表达得一清二楚。

唐玄宗把没入宫掖的罪人之女吴氏赐给了太子李亨（即肃宗），一次侍寝时，吴氏忽在梦中呻吟呼叫，推醒后，她向太子说了梦境：一位丈余的神人穿着金甲，持着利剑对她说，"奉帝命给你一个儿子"。说着用剑从她的胁下刺入腹部，痛不堪忍。吴氏还让太子看了左胁下压红的印痕。不久，吴氏生下了一个儿子，她没等到肃宗即位就去世了。她的儿子却因为母亲善于托梦而做上了皇帝，他就是唐代宗。代宗即位，追尊生母为皇后，让她在九泉之下得到"母以子贵"的安慰。

做过类似神人梦的后妃为数不少，而以清太宗庄妃的梦境最能说明这类梦的真实内涵。庄妃尽管被清太宗皇太极列为崇德五宫之一，地位高于一般的庶妃，但在崇德五宫中最得宠的却是她的妹妹宸妃。当庄妃怀孕时，宸妃已生下了皇八子，太宗有意立为皇嗣。正是在这种背景下，庄妃对太宗说自己做了一个梦，梦见一位神人抱着一个儿子交给她，说："这可是统一天下的君主啊!"还说她怀孕时，衣裙间有一条龙作盘旋状，红光绕身，须臾不见，如此再三。妙就妙在"须臾不见"，也就是说，见到的只有她本人。庄妃张扬这些梦境与异状，其用心不言而喻：只有她生下的才是真命天子。就在庄妃生下福临前几天，皇八子夭折。三年后，崇德五宫之一的麟趾宫贵妃也生下了皇十一子。然而，由于庄妃说梦在前，再加上太宗去世后她富有手腕的活动，六岁的福临得以即位，他就是清世祖。

后妃的日梦、龙梦或神人梦，大都是她们在"母以子贵"与"子以母贵"的心理驱使下，把自己祈祝儿子成为嗣君的内在心愿转化为梦境的显相，有些或许本身就是后妃清醒时的心声，只是不宜直言，托为梦语而已。

在后妃生子问题上，除了大贵的梦兆，还有一种妊娠期上的异状。据说，尧的母亲怀胎14个月才生下这位三代圣君。尽管这么长的妊娠期有悖现代医学的常识，但古代不少后妃却一再玩弄这类异兆，还将其与梦日、梦龙、梦神人结合起来。汉景帝王夫人怀武帝时，不但做了日梦，还足足"怀"了14个月。汉武帝的勾弋夫人怀昭帝也如法炮制了14个月，武帝高兴地赐其所居宫门曰"尧母门"。

十六国前秦主苻坚的母亲苟氏曾到漳水边的西门豹祠去求子，当夜梦里与神人发生关系，怀上了孕，12个月才生下苻坚。

在这类妊娠超期的异兆中，西夏景宗元昊母亲卫慕氏可以作为解剖的个例。元昊的父亲李德明有三位后妃：讹藏屈怀氏、咩迷氏与卫慕氏。卫慕氏早在景德元年（1004）就生下了元昊，却迟至天圣六年（1028）元昊立为太子后才立为皇后，可见她此前的地位并不高。也许出于为自己争地位，为行将出生的儿子争王位的需要，在一次与李德明出游贺兰山时，她自称做了一个白龙绕身的梦，而怀上了儿子。12个月后，元昊才出世。可以推断：卫慕氏在声称做龙梦时，根本还没怀孕。她不过试图以所谓龙梦来增加自己在争宠夺爱中的分量，以便继续获得与君主做爱的机会，创造受孕的可能性。所有后妃妊娠超期的异兆，倘若这样从科学的角度给予解释的话，一切真相就不难大白。

三、再释梦：不仅仅是性欲的渴求

前文诠释的第一类后妃梦，其目的是自抬身价；第二类后妃梦，其用意则在标榜儿子的身价。这里分析的第三类后妃梦，以弗洛伊德学说来看，倒是货真价实的性梦。先从燕姞的兰花梦说起。

据《史记·郑世家》，春秋时，郑文公有一个名叫燕姞的贱妾，一天对他说了自己做的梦。她梦见一位天使给她一枝兰花，说："我是伯儵，是你的祖先；把兰花作为你的儿子。兰花是国色天香，别人就会像喜欢它那样来喜欢你的。"文公听后，对她饶有兴趣，也给了她一枝兰花，与她上了床。欢爱过后，燕姞说："我地位低贱，侥幸应了吉梦，怀了孩子，请允许我用兰花做今日之事的凭信吧！"文公答应了，燕姞生下的儿子就叫公子兰，也就是后来的郑穆公。燕姞的兰花梦，据《左传》记载是在郑文公初次见到她以前做的，也有可能是燕姞向别人渲染梦境，传到了郑文公那里，引起了他的兴致。但燕姞说梦有两层潜台词：其一，希望以别人喜欢她来引起郑文公对她的关注；其二，借助天使作子的神奇梦境，来煽起郑文公的性趣，以达到与她做爱的目的。至于兰花，只不过是她慧黠的小心眼中导演这出戏的小道具而已。燕姞如愿以偿，郑文公坠入彀中。

汉高祖薄姬原是魏王豹的妻子，刘邦击败魏王豹，见她略有姿色，便纳入后宫，但一年多来并没有想起召幸她。她与管夫人等其他妃嫔相约：谁先蒙召，不要忘了互相荐引。管夫人等两人已先被"御幸"，一天正陪着刘邦闲嗑，相互嘲笑起薄姬的约言。刘邦问清了来龙去脉，倒有点同情薄姬。当天把她召来，薄姬见到他的第一句话就说："我昨晚梦见苍龙盘踞在我的肚子上。"她是否做过这个梦，大可怀疑；但把龙的象征与性的暗示糅合起来，以梦的形式说出，煽情恰到好处。刘邦果然龙颜大悦："这是大贵的征兆，我来为你实现吧！"其后，薄姬很少有见到高祖的机会，但她已怀上了汉文帝，也算达到了目的。

后代妃嫔不止一次袭用薄姬的故伎。据《建康实录》，晋简文帝的诸姬不孕，他为没有儿子继统而苦恼，先是请术士卜筮，继而让相士照面。相士阅尽后宫美色，唯独取中了一个高大黝黑的李姓宫女。后宫都管她叫"昆仑"，这一称呼当时专指那些来自西域的高个黑人。在术士卜筮后，这位"昆仑"曾向人说起过自己梦见双龙枕膝，日月入怀，连简文帝也听到过这一说法。于是，尽管其貌欠佳，简文帝还是将就着召幸了她。她也果然生下了晋孝武帝与司马道子，孝武帝即位，尊其为皇太后。李氏宫女预说双龙枕膝，也许是她看到诸姬长期绝孕，却相信自己有生育能力，因身份低下，姿色平常，这才假梦设套，让皇帝"御幸"自己，改变织坊宫婢的卑微地位。至于双龙枕膝是否渴求性生活的潜在欲望在梦中的显相，倒是与薄姬苍龙据腹一样无关紧要的。

在后妃的性梦中，还有其他类型。据《蜀梼杌》，十国后蜀主孟知祥的李夫人原是后唐庄宗的嫔妃，作为琼华长公主的媵婢由庄宗许配给孟知祥的。长公主待她不薄，她的地位也不可能与长公主争枕席。一天，她对长公主说：梦见太阳从天上坠下来，落入自己的怀中。长公主笑道："小婢子有福相，会生贵子的。"就让孟知祥"御幸"她，生下了孟昶，被立为贵妃。孟昶即位，她被尊为皇太后。她不露痕迹地以说梦的方式赢得了床笫权，确立了在后宫的地位。

《挥麈后录》还记载了李宸妃说梦的故事。李氏原来只是侍奉宋真宗刘皇后的宫婢，没有名号，地位低贱。一次，真宗过阁，刘皇后恰巧不在，她服侍皇帝盥洗。真宗见她端盆的双手倒也嫩如柔荑，白似凝脂，就与她攀谈起来。她抓住机会奏禀自己昨夜做了一个吉祥梦，梦见一位羽衣仙人跣着双足从空中飘然而降，对她说："我来为你送儿子。"真宗还没有儿子，就喜出望外对她说："我来为你作成这好事吧！"当晚就召幸了她，次年她生下了宋仁宗，这才得到"县君"这样低微的名号。她说梦的用意就是要暗示真宗与她做爱，这个梦或许也是出于临时的编派。

这里分析的后妃性梦，从梦的显相看，日梦、龙梦与神人送子梦等等，似乎与前两类后妃生子的异兆梦有共通之处。主要区别在于，前两类后妃托梦说梦在她们怀孕之后或生育之际，是为即将诞生的儿子以及生了儿子的自己造舆论，争地位；而后妃的性梦则托梦说梦在她们被帝王忽视之时或"御幸"之前。她们在做这类性梦前，地位都很卑微，不是贱妾，就是媵婢，或是名位低下的宫嫔，在后宫佳丽如云的情况下，几乎没有亲近帝王的可能。她们在做这些梦时还是女儿身，没有体验过做女人的滋味，而梦中的显相也确在某种程度上有潜意识的性渴求。兰花、苍龙、太阳等等，依照弗洛伊德学说，也未尝不可以解释为男性性器的象征；而这些梦境也可以视为她们长期压抑的性潜能借以释放的有力证据。

然而，这类后妃性梦的实际意义决不是性所能涵盖的。首先，这些性梦是否都是这些后妃真正做过的，就大可怀疑，尤其是那种今天见到君主就说昨夜做性梦的记载，破绽更是明显。其次，即使有些性梦确是后妃做过的，她们在重述时也已经掺入了超出性欲的用意。即指望通过梦境的渲染，唤起帝王对她的青睐，促成她与君主的性生活，以改变自己低卑的处境。因此，她们一说出那个梦境，其中已加入了权益功利性的目的，君主后妃制驱使她们认同这种等级制。作为妃嫔，她们要在后宫争得一席之地，换取帝王的肯定与宫掖舆论的承认，也必须以色与性为手段，以儿子为资本，尽管她对性对象可能既没有情也没有欲，却仍有必要去投合与逢迎。

君主后妃制是一种畸变的政治婚姻制度，它吞噬着卷入这一怪圈的每个女性的真与善，只要她们不是甘心情愿居于后宫金字塔的最底层，只要她们不愿俯首帖耳安于被冷落、倾轧与虐待的命运，就必然会不自觉地改铸自己，违心地扭曲自己，以性别角色去赢得君主的垂青与“临幸”，从君主那里讨得“大红灯笼高高挂”的特殊地位。诠释后妃性梦决不能仅仅局限于她们的性压抑与性渴求，还应该从君主后妃制上找寻深层的原因。

（原载2006年3月6日、13日、4月3日《成都日报》）

第二辑　前贤遗籁

荀彧的无奈

不知怎的，小时候读《三国演义》，对曹操谋士荀彧因一个空盒子而自杀的印象特别深。说曹操将加九锡，荀彧一反常态，强烈反对，小说的描写与史书的记载倒是基本吻合的：

> 侍中荀彧曰：“不可。丞相本兴义兵，匡扶汉室，当秉忠贞之志，守谦退之节。君子爱人以德，不宜如此。”曹操闻言，勃然变色。董昭曰：“岂可以一人而阻众望？”遂上表请尊操为魏公，加九锡。荀彧曰：“吾不想今日见此事！”操闻，深恨之，以为不助己也。建安十七年冬十月，曹操兴兵下江南，就命荀彧同行。彧已知操有杀己之心，托病止于寿春。忽曹操使人送饮食一盒至。盒上有操亲笔封记。开盒视之，并无一物。彧会其意，遂服毒而亡。年五十岁。后人有诗叹曰：

文若才华天下闻，可怜失足在权门。后人休把留侯比，临没无颜见汉君。

汉魏之际是我国历史上又一个群雄并起、人才辈出的时代。在这个时代，曹操以其雄才大略，结束了东汉末年豪强割据、军阀混战的局面，重新统一了中国北方。在此期间，他破格起用了一些不仁不孝而能治国用兵之人，又策略利用了一些忠孝节义而能运筹帷幄之士。在其智囊团里，荀彧绝对是一个注目的角色，其作为与结局也最令人后人费解与猜详。

一

荀彧（163—212），字文若，颍川颍阴（今河南许昌）人。荀氏是河南大姓，荀彧的祖父荀淑是一个知名当世而受人仰慕的大名士，当时的名士如李固、李膺等都拜其为师。荀淑有八个儿子，世称“荀氏八龙”。荀彧的叔父荀爽更是“八龙”中的姣姣者，撰著了百余种解说儒家经典的著作，号称“硕儒”。荀爽位至三公之一的司空，因不满董卓乱汉，曾密谋推翻其统治，无奈天不假其年，旋即病逝。荀彧的父亲荀绲排行第二，曾任东汉的尚书与济南相，后与威权显赫的中常侍唐衡联姻，让荀彧成为唐家的快婿。由于家庭的熏陶，荀彧从小就有才名。如果要给荀彧划定阶级出身的话，他无疑应属世家大族。

但世家大族并不是铁板一块、不可再分的。世家大族内部有一个特殊的高级士族阶层，这一阶层区别于一般士族豪强的个性特点有二：拥有的经济实力较弱，而掌握的武装力量甚微。这就决定他们不能成为乱世争雄中分裂割据的实力派，只能依附于各种政治派别发挥作用。而这一阶层在汉魏之际的风云变幻中，又可根据其政治态度划分为拥汉、拥曹、拥晋等派别。荀彧属于哪一派呢？中平六年（189），荀彧举为孝廉，汉灵帝拜他为守宫令，在政治舞台上初露头角。他与儒家大名士孔融过从密切，都颇受献帝的青睐，“侍讲禁中，旦夕谈论”。没有激烈的政治动荡，荀彧在汉家天下是会官运亨通、仕途顺利、飞黄腾达起来的。

但是，逆转直下的政治形势搅乱了荀彧的好梦。就在地主豪强的各个阶层、派别与集团结成暂时的“神圣同盟”，镇压了黄巾大起义，勉强保住了东汉王朝行将崩溃的统一外壳以后，持续将近百年的外戚、宦官、官僚三个豪强集团之间的格斗却愈演愈烈。汉灵帝企图利用矛盾，以便掣肘，实际上却演了一幕螳螂捕禅、黄雀在后的丑剧。被灵帝亲自唤出的董卓，把东汉王朝早有裂纹的统一外壳彻底踩碎了。豪强大族间完全公开化与普遍化的割据混战终于不可避免。分裂势力“大者连郡国，中者婴城邑，小者聚阡陌”，他们日寻干戈“以相吞灭”。在这种形势下，坚持分裂，还是坚持统一，修复旧形式的统一，还是重建新形式的统一，成为汉魏之际各种政治力量的重要斗争内容。在统一问题上，荀彧作出了既不同于董卓、袁绍，又不同于曹操的选择。

东汉以来，绝大多数名士接受“事君以忠”“事一而终”之类的儒家意识较强，他们把两汉经学的这些教条结合上刘姓王朝的实体，作为终生信奉的政治原则。荀彧反对董卓和袁绍破坏东汉统一的倒行逆施，就是从这一原则出发的。然而，他所要求的统一与曹操要求的统一，却也有所不同。在统一问题上，早年的曹操与荀彧相去不远，他曾上书灵帝，把维护统一的希望寄托在皇帝的感悟上。形势的发展与斗争的经历促使曹操走上了实现统一的新路：决定由他自己来着手重建坚强的中央集权，再造真正统一的局面。荀彧对东汉面临分裂的绝境是痛心疾首的，但出身地位与思想意识决定了他与旧王朝有着割不断理还乱的关系。荀彧确实“每怀匡佐之义”，但他要辅佐的只是东汉的皇帝，他要匡正的也只是东汉的统一。

荀彧要求统一，决定了他与袁绍是要分道扬镳的。避乱冀州以后，他曾受到过袁绍优渥的待遇，为袁绍办过事，出过力。他最先把辅佐汉朝恢复统一的希望倾注在同属世家大族的袁绍身上，是很自然的。比起荀彧来，袁氏这类士族豪强有着更为雄厚的经济实力，在东汉末年的动乱中又逐步控制并不断扩充着武装力量。然而，正是这样的豪强大族，才是汉末大搞分裂割据的罪魁祸首。荀彧发现：袁绍不但谋立傀儡皇帝，而且自个儿也“广自封植”；他打出讨董的旗号，无非想捞上一把；他“貌外宽而内忌，任人而疑其心”，不能任才使贤。荀彧终于明白：袁绍不是他所指望的那种立志恢复东汉统一大业的人物。王道既微，出路何在？荀彧把当时风云人物一一打量下来，最后把目光落到了曹操身上。内心是矛盾的。以他的识见，不会不明白，曹操决不是像他那样的“衰汉之贞臣”，一旦实现了统一，便决不会再把活生生的统一放到业已寿终正寝的东汉王朝这具躯壳中去的。但是，继续在讨董联军的盟主袁绍麾下，那就更挽救不了东汉王朝从内容到形式的彻底灭亡。初平二年（191），荀彧下了决心，拿定主意，脱离袁绍，投奔了曹操集团，以新的活动方式从事修复东汉统一外壳的工作。他当然清楚，单靠自己不能改变“天下分崩，九州幅裂”的局面，因而试图借助曹操这把铁扫帚来为他扫除那些破坏东汉统一的分裂势力。“身在曹营心在汉”，这倒真的成了荀彧弃袁投曹与其后政治立场的绝妙写照。

历史与荀彧开了个玩笑，明明是拥汉派士族，却要投到拥曹派的阵营里去。

二

尽管荀彧与曹操在统一问题上的立场根本不同，却有一段共同的路要走。他在官渡之战中的所作所为，表明他在一个阶段上可以成为曹操的同路人。官渡之战中，当曹操因兵少粮尽准备还许的时候，荀彧认为，面对两军对峙，一决胜负的形势，必定是“先退者势屈”，鼓励曹操再坚持一下。官渡之战后，当曹操准备放弃穷寇袁绍，南攻刘表的时候，荀彧又建议乘胜追击，免得袁绍纠集残兵卷土重来，而使自己腹背受敌前功尽弃。曹操两次都肯定了荀彧的分析，终于取得了消灭袁绍的决定性胜利。当然荀彧的卓识远见之所以能在官渡之战中发挥作用，与曹操善于用人是分不开的。同是官渡之战，田丰、沮授、许攸也都献过不少并不亚于荀彧的有用计策，袁绍却闻善不纳，一一拒绝了；而荀彧、郭嘉、荀攸献上的那些可取意见，曹操却从善如流，一一采纳了。对荀彧在曹营中所做的那些客观上有利于统一战争的事情，不能离开曹操的用人方针去作孤立的评价。荀彧在袁绍营垒里，再有“王佐之才”也是无法施展的，弄得不好，还会像田丰那样身首异处。

然而，在评价历史人物时，还应该把动机与效果统一起来分析。必须指出：荀彧是把协助曹操消灭分裂势力纳入自己恢复东汉统一的轨道里去的。这个基本立场，早在迎帝都许时，他就表现得相当充分。建安元年（196），曹操决定西迎献帝，迁都许昌，其集团内部有人表示怀疑。荀彧却催促他尽快实现这一措施。不过，他支持迎帝都许，不是为了加强曹操的号召力量，而是为了恢复汉献帝的独尊地位。荀彧有一段劝说曹操的话，很能说明他如此起劲卖力的真实原因。他一再强调：在这皇帝逃难，京都大乱的时候，“义士有存本之思，兆人怀感旧之哀”。“存本”，无非存东汉政权之本；“怀旧”，当然怀东汉王朝之旧。因而他把迎帝都许看作大顺大德的义举，担心宝贝皇帝有被其他分裂势力挟持而去的危险，提醒曹操先下手为强。荀彧似乎也看出了曹操醉翁之意不在酒，特别在那段高论中强调“乃心无不在王室”，既是表明心迹，又想约束曹操。日本学者好并隆司也看到了这一点，认为荀彧是作为“谱系凿凿的清流派的刘汉朝臣”提出这一提案的。

在曹操集团内部，孔融、杨彪等名士颇不满曹操，荀彧与他们打得火热。当曹操指令满宠逮捕并审讯杨彪时，身为尚书令的荀彧与孔融等世家大族频繁联系，东奔西忙，大走后门，向满宠通融，为杨彪缓颊。听到满宠置他们的说情于不顾，对杨彪“考讯如法”，荀彧大为恼火。在思想上，荀彧也竭力向曹操兜售儒家经学。他曾进言，在戎马倥偬之时，也应“并隆礼学，渐敦教化”，并建议“宜集大才通儒，考论六经”，试图用儒家经学影响曹操不尚礼治的政治倾向。

在庇护伏完的问题上，荀彧最终失去了曹操的信任。官渡之战前夕，董承、伏完曾策划暗杀曹操，企图彻底解决曹氏集团对东汉王朝的致命威胁。曹操镇压了董承，幸存下来的伏完与女儿伏皇后并不死心。伏后写信给父亲，攻击曹操，史称其“言辞丑恶”。伏完特地把这封信给荀彧看，用意显然是试探与拉拢。对于性质如此严重的事件，荀彧“久隐而不言”，采取了沉默的态度。事发以后，曹操责问：为什么不报告？荀彧矢口否认，一会儿支吾：早就讲了；一会儿搪塞：因为官渡之战，怕增内顾之忧，所以不讲。曹操反问：官渡战后，为什么还不讲呢？荀彧这下理屈词穷了。

对于名士，只要能为其所用，曹操是并不拒之门外的。当荀彧远越河冀，从袁绍阵营前来投奔时，曹操本着不念旧恶的态度，对他表示欢迎，并嘉许他为“吾之子房”，希望他像张良辅佐刘邦那样，成为自己统一大业的肱股之臣。当看出荀彧只对东汉王朝效忠尽力时，曹操还是尽量化消极因素为积极因素，让他发表意见，发挥作用。但在发现荀彧掩护伏完后，曹操就采取了“外含容之”而“阴为之备”的方针，对他保持了警惕。荀彧在伏完问题上的所作所为，标志着他已经走完了与曹操作为同路人的那段路程，矛盾双方再也不能同居于一个统一体中了。对于不为其用并且反对他的名士，曹操也够心狠手辣的，孔融被杀就是例证。而曹操进爵魏公终于成了两人矛盾激化的导火线。

现在该来谈谈汉献帝了。由于黄巾起义的打击与豪强大族的割据，东汉王朝早已名存实亡，汉献帝处于“徒步困饿之中”。但曹操明智地看到：汉献帝这张牌还不能一下子扔掉，他还有利用的价值。于是，他制定了“奉天子以令不臣”的灵活策略，加强了政治上的号召力量，缩短了统一战争的进程。经过十几年的南征北战，曹操大体完成了统一北方的彪炳业绩。既然北方统一的局面已经形成，既然赤壁之战说明了曹操不可能像消灭袁绍、袁术等分裂割据势力那样，在短期内攻取拥有长江之险的孙权与崇山之阻的刘备，那么，曹操手中汉献帝这张牌就逐渐失去了原有的价值，而成为自己在北方进一步推行政治和经济政策的碍手碍脚的拐杖了。因此，采用进位禅让的办法，逐步甩掉汉献帝这个累赘，对曹操来说，就完全是势在必行、理所固然的。曹操虽在建安十五年（210）的《让县自明本志令》中声称自己没有“不逊之志”，其实度其本心，他是绝对不以做周文王为满足的。“奉天子以令不臣”，这在曹操不过是暂时的策略；但只消改动一字，“尊天子以令不臣”，对于荀彧却是根本的纲领。

于是，在建安十七年曹操教人推尊自己为魏国公时，就发生了文章开头《三国演义》所描写的情况。荀彧之所以当场反对，无疑认为这是僭越篡位、大逆不道的行为，他在反对曹操进爵魏公的活动中，最后一次喊出了他终生力行的政治口号："匡正汉朝"，表明了他至死不变的政治立场。既然荀彧彻底而公开地走向了自己对立面，曹操就毫不手软地逼令这个拥汉派的大名士仰药自杀。

历史人物只有善于认识自己所面对的条件，并懂得怎样去改变这些条件，才有一些价值。如果他们不能正确认识这些条件，而只是凭着自己一厢情愿去改变这些条件，那么就会陷于作茧自缚的境地。在拥汉派名士与曹操的斗争中，荀彧之死的历史内涵可谓是意味深长。作为个人，荀彧在不少问题上不乏深谋远虑、真知灼见。但每一个人思考问题，决定行动，都离不开他所代表的阶层、派别。荀彧作为拥汉派名士，他没能认识到：当时的分裂割据，本身就是东汉王朝在政治、经济上变本加厉地扶助世族豪强的必然结果；而真正稳固的统一只有在打碎东汉王朝的桎梏以后才能出现。他还幻想在保留东汉王朝外壳的前提下去改变分裂割据的历史条件。因此，荀彧企图利用曹操来"匡正汉朝"，反而被曹操所制驭、所铲除。拥汉派名士与曹操面对相同的历史条件——分裂割据，试图完成相同的历史任务——统一，但两人在认识历史条件与改变历史条件上，还是有高下优劣之分的。

然而，历史就是这么有趣。荀彧作为高级士族中的拥汉派虽然失败了，但是他还代表着基础更为广泛的士族，荀彧所代表的士族阶层却在与非士族阶层出身的曹氏集团的斗争中取得了胜利。拥汉派士族之所以竭力阻碍非士族出身的曹氏称帝，从根本上来看，与其说是拥汉，还不如说是向曹氏集团讨得自己的那份特权。曹丕用九品中正制作为代价向全体士族让步，换来了曹家的皇冠。但以司马氏为首的士族推倒了非士族出身的曹魏政权，使受到曹操摧抑的士族制更进一步发展。杰出的曹操只能在历史进程上盖上深刻的个人印记，他也不能改变士族制度固有的历史进程。这已是题外话了。

三

和荀彧一样，在曹操智囊团中占有重要地位的还有荀攸、郭嘉等人，不妨略作比较。

荀攸与荀彧不但家世出身相同，而且初期的政治经历也颇相似。然而，荀攸与荀彧不同，曹操说他追随自己二十余年“无毫毛可非者”。东晋史家袁宏说他“愚足全生”，评价并不高。南宋陈亮认为，荀攸见荀彧“因事以导之”而终无成效，于是“以智隐”。他论荀攸似乎太牵强附会，而说荀彧利用曹操倒是说对了。实际上，荀攸与陈群一样，都属于拥曹派名士，拥汉与拥曹才是二荀不同命运的症结所在。

与二荀一样，郭嘉也是从袁绍集团转入曹氏集团的，曹操对其十分青睐，甚至“欲以后事属之”。在官渡之战前夜，郭嘉与荀彧都对曹操必胜、袁绍必败作过大同小异的论述，郭嘉列举了十条，荀彧归纳成四点，结论上又都许胜券予曹操。于是，皮毛之见往往把郭嘉十论与荀彧四论混为一谈。实际上，只要认真对比荀、郭之论，就不难发现：荀彧出于其“尊天子以令不臣”的立场，在四论之后特地加了一个“辅天子，扶义征伐”的尾巴。显然，荀彧的胜券与其说是许给曹操的，还不如说是贡献给汉献帝的。郭、荀这种立场上的分野，贯穿了他们各自的政治生涯。郭嘉始终为曹操的统一战争临敌制变，为曹操的统一事业鞠躬尽瘁。这与荀彧出于“匡振汉朝”的目的而运筹曹营，形成鲜明的对照。值得一提的是，汉献帝对于荀彧的“亡身殉节”大为哀惜，曹操却经常怀念郭嘉这个英年早逝的忠实谋士，这难道不正是两个政治集团的总代表对荀、郭的盖棺之论吗？

荀彧还算不上汉魏之际屈指可数的重要人物，却引起了后人浓厚的兴趣：不少文士的集子里收有关于荀彧的史论，后代史家也都为他聚讼纷纭。

一些儒家正统论者对荀彧投曹大为不满，指责这是帮助曹操、推翻汉朝的“君臣易位”的违义举动。他们还以为，荀彧服毒自杀，“晚节立异”，是对早年投曹、助曹感到愧疚的悔过表现。《三国演义》那首咏史诗就是这种立场。这真是误解和冤枉了荀彧。

还有些文人、史家看出了荀彧本心并不背汉，不过是利用曹操来为东汉王朝“一匡屯运”罢了，因而大肆歌颂荀彧“因乱假义”“迹疑心一”，无比叹惜荀彧“杀身以成仁”的悲剧性下场。东晋袁宏在其《三国名臣颂》中指出：“文若怀独见之照，而有救世之心。论时则人方涂炭，计能则莫出魏武，故委图霸朝。”他用“应变知微”“终明风概”的赞语褒扬了荀彧。《资治通鉴》记叙到荀彧自杀时，司马光特别发了一通议论，以为“荀彧舍魏武将谁事哉”，并用管仲辅佐齐桓公来类比荀彧“辅佐”曹操，认为：“彧死汉室，其仁复居管仲之先。”着实捧了荀彧一番。

不过，历史上也不乏抨击荀彧的人。唐代杜牧一针见血揭穿了荀彧的矛盾与虚伪：一方面为曹操出谋划策，“比拟无不以帝王许之，海内付之”，一方面却“邀名于汉代”。针对曹操“篡汉”的传统说法，杜牧打了一个比喻：假如硬把曹操比做大盗，那么教唆与帮助大盗掘壁撬箱的正是荀彧，但中途却宣布不与大盗同享赃物了，这样，大盗能放过他吗？杜牧最后指出：何况曹操并不是盗；其结论是“文若之死宜然耶”，荀彧死得活该！明代李贽更以辛辣的笔触，勾勒出荀彧的形象：“世间道学好骑两头马，喜踹两脚船，专欲无厌，思惟兼得，而不知人之不可欺，卒之俱不能得反以两失，岂独荀令君然哉？”杜牧、李贽都看到了荀彧政治生涯中的无奈。这种无奈，具体表现为主义与行为的矛盾，动机与结局的悖离，利用曹操与被曹操利用的荒诞。但他们只把荀彧作为一个孤立的人物来考察，也就不可能进而分析产生这种无奈的深刻原因。

只有把荀彧放到曹操集团内部拥汉派士族那个特定的阶层中去考察，他在历史活动中所表现出来的进退失据与矛盾无奈，也就不难剖析与理解。荀彧不是一个人，他还代表着一个阶层，那就是曹操集团内部的拥汉派士族。与荀彧有着相同的出身阶层、相同的政治经历的崔琰，因为讥讽曹操升级为魏王，也被迫令自杀，与荀彧一样，落了个“仁义所以全身，亦所以亡身”的悲剧命运，这不是历史的偶然。作为曹操集团内部的拥汉派名士，荀彧有其典型意义，可以借此考察这一阶层在汉魏之际再造统一进程中的政治立场、活动方式与历史运命。

（原载2006年第6期《文史知识》）

王羲之，离真名士还差一截

一提起王右军，就会联想到他的《兰亭序》。《兰亭序》堪称三绝：书法之绝毋庸赘言，文章也无愧名文，好书法和好文章所记名士们的兰亭雅集也算得上一绝。《兰亭序》说："人之相与，俯仰一世，或取诸怀抱，悟言一室之内；或因寄所托，放浪形骸之外。虽趣舍万殊，静躁不同，当其欣于所遇，暂得于己，快然自足，曾不知老之将至。"也许是《兰亭序》的背景效应，后人总把这位书圣也当成陶渊明那样超然物外的真名士。诚如《文章志》所说，王羲之也确有"高爽有风气，不类常流"的一面，这有坦腹东床为证。说的是，太尉郗鉴想与琅琊王氏联姻，派门生到王家相婿。门生回报："王家各位少爷都不赖。只有一个人在东床坦腹大嚼，好像没有相亲事一样。"郗鉴说："正是此人是佳婿。"一问，知是羲之，便把女儿嫁给了他。

然而，小事有时最能暴露人的弱点。当有人把《兰亭序》比做潘岳的《金谷诗序》，把他比为石崇时，羲之听说“甚有欣色”。石崇之比，不伦不类，逸少竟会沾沾自喜，这与《兰亭序》所展现的超脱相去甚远，表明他内心深处实际上是好较短长的。

王右军确有其为人的另一面。他的妻子郗氏出身名门，也是一个得理不让人的角色。但比起谢家来，郗氏未免就差点儿。六朝高门，向来王谢并称。到王羲之出道时，琅琊王氏因王导去世而过了巅峰期，谢家却因谢安兄弟的登台而如日中天。因而羲之对谢、郗两家的态度也不免厚此薄彼。郗夫人看在眼里，对弟弟郗愔和郗昙说：“王家见谢安、谢万来，恨不得倾箱倒柜，找出好东西来款待。看到你们来，态度平常得很。你们以后就不必上门了。”二郗也都有令名，郗愔官至司空，郗昙则做到中郎将，决非平庸之辈。对谢、郗两家的厚薄，反映出王羲之未免有点儿势利眼。

这类小心眼的事，还不止一次。据《世说新语·规箴》记载，王羲之与王敬仁、许玄度友善。二人死后，羲之对他俩的议论变得有点忌刻，有个叫孔岩的人对他说：“你过去与他俩交往有情谊，人死以后，反而没有慎终之好。这是一般人所不取的。”羲之当场就惭愧无语。

王羲之是一个讲实际的人。有一次，他与谢安共登冶城，谢安悠然远想，有高世之志。羲之对他说：“当今八方多事，应该人人努力自效。而虚谈碍事，浮文妨要，恐非当今所宜。”谢安不以为然，反问：“秦任商鞅，二世而亡，难道也是清言惹的祸吗？”与谢安相比，看来王羲之还缺少真名士应有的那种超脱与率真。但他对有这种真精神的人，倒是由衷歆羡的。据《世说新语·栖逸》载，阮裕隐居在会稽剡山，志存隐遁，萧然无事，内心却十分充实。有人以这事来问，羲之说：“此人说得上荣辱不惊了。即便扬雄所赞叹的沉冥，也不见得能与他相比。”因为仰慕这种名士风度和精神，王羲之也试图效法，但总有点形似神不似。令他在这个问题上出乖露丑的，就是他与王述的杯葛。

王述，字怀祖，出身于太原王氏，虽然比不上琅琊王氏，好歹也是士族子弟，后来封为蓝田侯。有记载说他“清贵简正”，少年时就被人推重，与王羲之齐名。但羲之一向瞧他不起。王述是个急性子，有一次吃煮鸡蛋，用筷子去夹，屡夹不起，就勃然大怒，拿起鸡蛋朝地上摔。鸡蛋在地上骨碌碌转个不停，他就离席用木屐齿去踩它，没能踩到，拣起鸡蛋就往嘴里塞，连壳嚼碎后就吐了出来。王羲之听说这事，笑着说：“即便是他父亲王安期那样有名德的人，倘有这样性格，也一无可取，更何况王述呢？”轻蔑之情溢于言表。不过，王述身负重任以后，却能控制自己卞急的个性，“每以柔克为用”。有一次，谢安之兄谢奕当面骂得他狗血淋头，他面壁而立，一语不答。谢奕骂骂咧咧了半天才走，他却复坐如初。时评都称他有肚量。王羲之与王述的关系不洽，而清议后来对王述的赞誉，反而超过了羲之，这更引起羲之内心的不平衡。

王述在会稽内史任上丧母，居留在郡内守丧。王羲之继任其内史，按照礼节应该前往吊唁。据《晋书·王羲之传》说，“羲之代述，止一吊，遂不重诣。”王述在丁忧的三年期间，以为羲之还会来造访他的，每次听到会稽内史出行的角声，就洒扫庭除而准备羲之来访，但总是空等一场，羲之竟一次也没有光顾过他家。《王羲之传》说王述因而“深以为恨”，似乎是他太在乎羲之的来访，才有了过结。这是史传在为羲之掩饰过错。

据《世说新语·仇隙》记载：

> 蓝田（即王述）于会稽丁艰，停山阴治丧。右军代为郡，屡言出吊，连日不果。后诣门自通，主人既哭，不前而去，以陵辱之。于是彼此嫌隙大构。

如此说来，二王结怨，错在右军。《晋书·王述传》说王述“少孤，事母以孝闻”，是个大孝子。如今，相依为命的老母亲死了，你一再传语说要去吊唁，却迟迟不去，害得别人空等。最后去虽去了，丧家接到通报后，摆出一脸哭丧的模样等你到灵堂祭吊，以尽宾主之礼，你却大门不进，扬长而去，让主人下不了台阶。不要说王述这个孝子，无论谁都难以无动于衷的。更何况王羲之本人十分在意礼尚往来，这有《王右军集》里上百首《杂帖》可以印证。由此看来，《晋书·王羲之传》说王述在丁忧期间还一直等王羲之来访，显然有悖常理。谁都不会在受辱以后还殷殷期盼对手来访的，王述只可能是在羲之传语以后、登门以前的这几天里干等他来。二王构怨，完全起因于羲之的无礼。而事后为了掩饰这一无礼，羲之编派出一种说法来减轻内心的不安，即王述是因对自己以后不再往访才引起怨望的，这种说法后来竟被采入《晋书·王羲之传》。

双方恩怨如此，事情却未完结。接任会稽内史以后，王羲之以揶揄的口吻对朋友说过："王怀祖终丧应当去做尚书，到老就可以做到仆射。如果再来做会稽内史，那就懵懂了。"不料王述丁忧期满，朝廷却提拔他出任扬州刺史，会稽内史反而成了他的下属。赴任前夕，王述"周行郡界"，该拜访的一个也没落下，就是不上羲之的门，临行，一别而去。虽说有点憋气，但所作所为并未像羲之那样出格。

这下王羲之受不了了，但却未能忘情名位。他一听到王述的任命，就派会稽参军入朝去活动，要求将会稽由郡升格为越州。这是又一次出格的举动：为使自己免受王述的领导，竟要朝廷特地变动行政区划的建制和级别。打个比方，就像现在的绍兴市长贸然要求国务院把绍兴市升格为省那样可笑。即便他的堂伯王导还在世做宰相，也绝对不会考虑这一荒唐要求的。他派出的那个参军办事能力也差劲，有记载说该人“受意失旨”，或许把羲之的隐情都和盘托出了。总之，这事使王右军“大为时贤所笑”。

王羲之内心深觉惭愧和感叹，回家对儿子们说：“我不比怀祖差，但职位和待遇却相去悬殊，也许是你们不及坦之的缘故吧！”坦之是王述的儿子，据说他弱冠就“有重名”。不过，逸少的儿子中，除凝之才情较逊，徽之和献之实在也不比坦之差到那儿去。尤其是献之，后来的知名度还远在坦之之上。羲之数落儿子的那番话，实际上还是内心失态的外在流露。比起陶渊明《责子》诗中所说的“虽有五男儿，总不好纸笔，天运苟如此，且进杯中物”的旷达来，他离六朝名士的真精神确实还未达一间。

据《世说新语·仇隙》记载，王述到任以后，密令部属找出会稽郡各种所谓“不法”的事情，说王羲之“先有隙令，自为其宜”，也就是指控他先颁布有机可乘的规定，再自行其是胡作非为。《晋书·王羲之传》则说，王述检查会稽郡的工作，“辨其刑政”，使逸少“疲于简对”，大概是以疲劳战术忙得他连写工作汇报都来不及。无论何说为是，王述似乎也有点公报私怨之嫌。王羲之实在咽不下这口恶气，便托病辞职。但王氏是名门，自己又是名士，尽管辞职，朝廷还会来请他出山的。那时，倘若他再出仕，势必会贻笑士林；倘若再以健康原因拒绝，也会被人说成是矫情。思来想去，宦海风涛已与自己无缘。永和十一年（355）三月初九日那天，他一个人跑到父母墓前，摆好了供品，磕好了响头，发下了不再苟进的誓言。这篇百来字的《誓墓文》收在《晋书·王羲之传》里，文章并不赖，简洁明快，感情激越，令人千载之下也能想见其誓墓时的愤激和决绝。辞官的理由也是冠冕堂皇的，“进无忠孝之节，退违推贤之义”，担心“死亡无日，忧及宗祀”，因而“寤寐永叹，若坠深谷，止足之分，定之于今”。似乎只是身体力行老子所说“知止不辱，知足不殆”的古训，而完全无关乎其他。誓发得相当重，也确是指日为誓，信誓旦旦：

> 自今之后，敢渝此心，贪冒苟进，是有无尊之心而不子也。子而不子，天地所不覆载。名教所不得容。信誓之诚，有如皦日！

既然发了重誓，朝廷也不便相强。王羲之辞职以后，再也未入官场，忠实履行了《誓墓文》里的信誓。他对自己辞官遁世的选择似乎很庆幸，与友人一再谈起。他给谢万的信里说：“古之辞世者，或被发阳狂，或污身秽迹，可谓艰矣。今仆坐而获逸，遂其宿心，其为庆幸，岂非天赐！违天不祥！”他还劝一位朋友：“吾为逸民之怀久矣。足下何以方复及此？”王羲之有六个儿子一个女儿，内外孙有十六人。在家，他植桑栽果，率诸子，抱稚孙，游憩其间，有好吃的果子，摘下来与子孙分食，有滋有味地品尝着天伦之乐。他寄情于山水之间，也热衷于药石之道，为了这两大爱好，他遍历东南诸郡，往往不远千里，穷名山，泛沧海，感叹道："我终将快乐而死！"

王右军是否"快乐而死"呢？人们有理由怀疑：在他一再唠叨的话题背后，是否隐含着另一种情结？据《世说新语·仇隙》说，羲之"称疾去郡，以愤慨致终"。他是升平五年（361）去世的，离誓墓辞官时隔六年。也就是说，在这六年间，他表面上纵情山水，而内心至死都没有把自己与王述的那段芥蒂恩怨放下。明朝张溥评论此事说，"逸少与蓝田抵牾，愧叹谢病，犹逐翰音而未睹登天者也"，也是惋惜他想学名士的超脱而没有学到真精神。王羲之写过"争先非吾事，静照在忘求"的诗句，但在与王述的关系上，他不但未能"忘却所求"，反而一再"争先恐后"。他的《兰亭诗》早就说过，"有心未能悟，适足缠利害"，但自己最后还是"未能悟"，缠夹进一场无谓的是非，贻笑于时贤，见讥于后人。难怪近人钱基博一针见血地指出："羲之身在轩冕，哀乐未忘；不如陶潜之胸次浩然，亭亭物表也。"比起陶渊明，王羲之还差那么一截儿。

（原载2002年第6期《万象》）

一吊田横一断魂

——读韩愈《祭田横墓文》

对于韩愈（768—824）这位文起八代之衰的唐代散文大家，是不必多费赘辞详作介绍的。韩愈，字昌黎，河南河阳（今河南孟县）人，25岁那年登进士第。然而唐代进士登第并不就意味着宦海起航，因为等待任命往往遥遥无期。韩愈自称“前古之兴亡，未尝不经于心也，当世之得失，未尝不留于意也”，绝对是一个志在用世的人。三年里，他两试博学宏词科，指望一旦通过，就可以直接授官，但两战皆北。当时，未授官的进士奔竞于权贵之门，跑官的不在少数，韩愈在给同年的信里表白“在京城不一至贵人之门，人之所趋，仆之所傲”。也许正因如此，他“三选于吏部卒无成”。

贞元十一年，韩愈终于在用世与傲气之间采取了折中，在正月以后三个月里连续三次上书当时的宰相贾耽、赵憬与卢迈，企望能得到一官半职，满足其达济天下的用世之心。用他自己的话来说，“其所不忘于仕进者，亦将小行乎其志耳”。上书说得情恳意切，几乎到了“大其声而疾呼”的程度，希望那几位宰相能像周公那样吐哺沐发举贤用能，但三次上书都是泥牛入海。大约其后不久，韩愈第三次赴考宏词科，不料又是铩羽而归。他怀才不遇，用世无门，情绪恶劣到了极点。

这年五月，韩愈离开长安，重回河阳。途经潼关时，见到故乡地方官向朝廷进贡两只鸟，而在他看来，这鸟“非有道德智谋承顾问赞教化者”，仅仅因羽毛奇异就被荐进，便感叹不已，写了一篇《感二鸟赋》用以自悼，说明“遭时者，虽小善必达；不遭时者，累善无所容焉”。九月，韩愈从故乡去东京洛阳，取道偃师尸乡，祭吊位于当地的田横墓。吊古思今，浮想联翩，田横能以高义结纳壮士，演出了慷慨悲壮的历史场景，自己却生不逢时，报国无路，韩愈按捺不住盘亘胸中的郁勃不平之气，写下了《祭田横墓文》这篇不朽之作。原文不长，逐录如下：

贞元十一年九月，愈如东京，道出田横墓下，感横义高能得士，因取酒以祭，为文而吊之，其辞曰：

事有旷百世而相感者，余不自知其何心？非今世之所希，孰为使余歔欷而不可禁？余既博观乎天下，曷有庶几乎夫子之所为？死者不复生，嗟余去此其从谁？当秦氏之败乱，得一士而可王：何五百人之扰扰，而不能脱夫子于剑铓？抑所宝之非贤，亦天命之有常？昔阙里之多士，孔圣亦云其遑遑。苟余行之不迷，虽颠沛其何伤？自古死者非一，夫子至今有耿光。跽陈辞而荐酒，魂仿佛而来享。

那么，田横的故事为什么能激起韩愈诸多感慨呢？韩愈又是怎样在祭文中对这一故事掺和进自己解读的？

田横出身战国齐国的王族，趁秦末大乱，先后拥护族兄田儋与亲兄田荣称齐王，复兴故国。田荣败死，他自立为王，利用楚汉相争的特殊形势，烹死了前来说降的汉使郦食其，收复齐国故城，争得生存空间，史称“齐人贤者多附焉”。西汉统一后，田横率部属五百余人退守海岛（今山东即墨县东北），打算做长期抵抗。汉高祖刘邦担心田横盘踞海岛，终是后患，派使者前往赦免招降，说：“田横来，大的给封王，小的则封侯。不来，就派大兵诛灭！”

也许是为让部下免遭屠戮，田横带两名幕客随同汉使西行去见刘邦。走到尸乡驿，他找个机会对门客说：“我田横当初与汉王一起称王道孤，如今他为天子，我成亡命之虏，还有比这更耻辱的吗！天子现在要见我，不过想看一看我的面貌罢了。这里离天子所居的洛阳仅30里，你们拿着我的头驰见天子，脸色还不会变，尚可一看。”说完就拔剑自刎。

刘邦见到田横的头，感动得为之流泪，拜其二门客为都尉，以王礼在尸乡隆重安葬了田横。葬礼一结束，两个门客就在墓旁自刭殉死。刘邦由此认定田横的部将门客都是不可多得的贤士，听说还有五百人留居海岛，便再派使者前去招抚。五百壮士从汉使那里听到田横的死讯，也都相继饮刃自尽了。这个海岛后来就叫作田横岛。五百壮士的集体自杀，证明田横确能得志士之心。

田横五百壮士的故事既传奇又感人，其后不久就成为文人墨客笔下的典故与主题。已故历史学家程应镠有诗云："平生最爱幽燕气，一吊田横一断魂。"对于一个历史事件，可以从不同的角度去把握与发掘其丰富的内涵，同样，后人也都是从自己的遭际感慨去诠释这段故事的。

司马迁在《史记·田儋列传》中称赞道："田横之高节，宾客慕义而从横死，岂非至贤！"太史公从这段故事里读出的是节概与义气，他进而感叹天下擅画者，为什么不以田横与他的部下慕义死节作为绘画题材。抗日战争时期，徐悲鸿作《田横五百壮士》，或许就是受太史公的启发，借这一画题表明中国人民宁死不屈的民族精神。1949年傅斯年赴台以后，曾写过一个"归骨于田横之岛"的条幅，强调的也是所谓节义，与唐代诗人李玫所说的"六合茫茫皆汉土，此身无处哭田横"，意思大致相近。

但韩愈在祭文中，却换一个角度解读了这一故事，借历史之酒杯，浇现实之块垒，借田横的故事，诉自己的愤懑。当然这一角度也不是韩愈的独家发现，李白早在自己的诗里就吟唱过："海上五百人，同日死田横。当时不好贤，岂传千古名？"怀才不遇的有志之士往往在田横与五百义士身上，大做田横好贤得士的文章。不过，相比之下，李白的诗句还有点浮泛，韩愈的祭文则深入动人得多。这篇《祭田横墓文》，连同小序仅二百来字，至今读来也可谓是"旷百世而相感"，由此也可见韩文非同寻常的艺术魅力。细加揣摩，其中有不少表现方法是值得借鉴的。

其一，在文章旨意上，中心明确，层层推进。

据专家研究，韩愈这篇祭文是借题发挥用来讽刺当时宰相的。祭文的小序寥寥数语，虽是交代过渡性文字，却漫不经意地点了一句："感横义高能得士。"这句话实际是整篇祭文的主旨，全部议论也由此而展开。在正文里，韩愈尽管不再出现类似字面，却仍紧扣"义高能得士"的中心，逐层进逼，深化主题。第一层是前四句，以"事有旷百世而相感者"发端，说明田横因"义高能得士"而流芳百世，感慨这种高义已"非今世之所希"（"希"在这里意为"崇尚"）。这一层思接今古，也把吊唁者与被吊唁者联系了起来。第二层的落脚点移到吊唁者一边，先是指出当世没有人像田横那样的高义，发泄胸中不平，数落当朝权贵；进而痛感无人可以归从，倾泻内心愤懑，鞭挞世上庸人。

然而田横"义高能得士"，其结局却以自刭而告终，历史的类比难免有点蹩足与危险。对此，谁都会产生疑问：怎样理解田横的得士？于是，韩愈先把这一疑问由自己提出，再托出两种可供选择的答案："所宝非贤"与"天命有常"。作者不直接表态，而是笔锋再转，宕开一笔，举出孔子之道也曾不行于世，来暗示田横的结局乃是天命使然。潜台词不言而喻，把自己目前无人赏识也归诸天命。而后，他自我譬解：只要"行之不迷"，再多的坎坷挫折也不改初衷。通过这层层推进，祭文最后归结说"自古死者非一，夫子至今有耿光"，谁都不会再有异议。而所谓的"夫子耿光"，也自然回归到"义高能得士"的祭文主旨。

其二，在行文布局上，虚实相生，跳动变化。

清人刘熙载指出："文或结实，或空灵，虽各有所长，皆不免著于一偏。试观韩文，结实处何尝不空灵，空灵处何尝不结实。"这篇《祭田横墓文》也体现了韩文这一特点。在小序中，借用刘熙载的话来说，韩愈仍是"老实说出紧要处"，点明田横"义高能得士"对他的感动。但在正文字面上，韩愈虽然不再重复出现这一主旨，但却始终围绕着这一主旨在做文章。这就形成序文质直朴实、正文跳动闪烁的虚实相生感。

在具体行文中也是如此。正文第一句笔力千钧，极具爆发力，但紧接一句犹如虚晃一枪，故作腾挪，使读者感到两者之间的巨大落差。第三、四两句又扳回一笔，"非今世之所希”与“歔欷而不可禁”却隐隐紧扣序文交代的主旨。如果说，正文第一句作者蓄积了力量，奏响先扬的音符，则其后七句都是在做抑的文章。从正文第九句开始，文章布局以退为进，更加迂回曲折。先是解释田横得士与其失败的看似矛盾的疑问，随后拉来孔门多士作为论据，而后揭出自己的价值取向：“苟余行之不迷，虽颠沛其何伤”。“阙里”以下四句，乍一读来似乎是与主旨无关的旁枝斜出，而实际上，“阙里之多士”既为了证明义高得士与命运蹇达并无必然关系，也有意从孔子其道不行而其志不改带出自己的选择。也许正因如此，清末古文家吴汝纶认为，“阙里四语极变化”。

整篇祭文虽然不长，但读者却随着作者的笔锋，却大有峰回路转、步移景换的感觉，先扬后抑，以虚写实，时而正面表彰，时而暗中骂讽，时而翻转一层，时而宕开一笔，腾挪擒纵，姿态横生。难怪清末另一位古文家马其昶评论这篇祭文道：“词意皆腾空际，似为横发，又似不为横发，此等文不徒以琱琢造语为工也。”

其三，在修辞手法上，韵散兼顾，疑诘并用。

韩愈作为古文运动的倡导者，也是擅长哀祭碑志文的高手。就祭文而言，韩愈也表现出与六朝骈体有所不同，开启了唐宋以后古文家祭文的两种体式：一是散行不押韵的形式，例如《祭十二郎文》；一是散行押韵的形式，例如这篇《祭田横墓文》。这篇祭文，正文用的是错落有致的散文句式，短的仅五字，如“死者不复生”；长的如“孰为使余歔欷而不可禁”，多达十字。但正文通篇两句一用韵，在押韵上，作者也是有所斟酌的。前半部分共八句，一韵叙述一层意思，四句一换韵。后半部分十四句，文章逆转一层，诘问田横既然得士，为何不免一死，然后以孔子为例作解释，再进一步坚定表明自己的价值取向，最后回到歌颂田横，荐酒祭奠上来。纵观后半部分，意韵上虽然一波三折，委婉多姿，文气上却一气奔泻，酣畅淋漓，与前半部分相对完整的两层意思明显有所不同，故而后半部分十四句一韵到底，既增加了祭文冲决排宕的气势，也有力宣泄了作者郁积不平之气。

大量使用疑问句与反诘句，也是祭文的一大特色。如将正文每一押韵处视为一句，全文共十一句，除第五、八、十、十一四句以外，都使用了问句。在全部问句中，疑问句即第一、第六和第七句，其他四句都是反诘句。在修辞学上，疑问是为提醒下文的，必有答案在其后；反诘是为激发本意而发问的，必有答案在其反面，即常以否定形式表示肯定意思，或以肯定形式表示否定意思。修辞学家陈望道指出：反诘这种辞格一般只用于“知切情急的特殊情形”。韩愈深知修辞三昧，他的两句设问恰到好处，第一句“事有旷百世而相感者，余不自知其何心”，劈头发问，气势夺人。其实“旷百世而相感”的原因，就是小序里点到的“义高能得士”，而在正文里，紧接着两句就以反诘作了回答，以反诘的形式回答设问，处理颇为大胆，也更能表现出作者愤激的情绪。第六句设问“何五百人之扰扰，而不能脱夫子于剑铓”，在文中有一种起承转合的作用。作者推开一层，欲擒故纵，一方面预先把读者心中可能有的疑问提出来，使文章波澜起伏，一方面也使读者沿着作者的思路同行，使议论更深入透辟。而这一设问的答案，则是让读者自己去选择设问“抑所宝之非贤，亦天命之有常”，尽管接下来作者以孔子的比况表明了自己的倾向，但文章却因此而摇曳生姿。

据姚鼐说，《祭田横墓文》是韩愈的“少作”，个别句子还套用《楚辞》的成句，似乎还不够浑成老练。但是，韩愈吊古伤己，有感而发，在写法上又能精心结撰，这篇祭文无愧为传世名篇。对此，韩昌黎是完全不必自悔少作的。

（原载2004年第4期《中文自学指导》）

《遣悲怀》文本的正背面

谢公最小偏怜女，嫁与黔娄百事乖。
顾我无衣搜荩箧，泥他沽酒拔金钗。
野蔬充膳甘长藿，落叶添薪仰古槐。
今日俸钱过十万，与君营奠复营斋。（其一）

昔日戏言身后意，今朝都到眼前来。
衣裳已施行看尽，针线犹存未忍开。
尚想旧情怜婢仆，也曾因梦送钱财。
诚知此恨人人有，贫贱夫妻百事哀。（其二）

闲坐悲君亦自悲，百年都是几多时？
邓攸无子寻知命，潘岳悼亡犹费词。
同穴窅冥何所望？他生缘会更难期！
唯将终夜长开眼，报答平生未展眉。（其三）

一

记得十五六岁时，从唐诗选本上第一次读到这组诗，对诗中的人伦与典故似懂非懂，但作者对亡妻那种多情与专一，仍以第一印象收进了记忆库。

元稹（779—831），字微之，是唐代著名文学家，以诗的成就最大。他虽是北魏皇室拓跋氏之后，但其父只做到王府长史，地位不高，而且在他八岁那年就去世了。他因受异母兄的排挤，随生母从洛阳故里远赴凤翔，依附舅族。史家陈寅恪断言：就仕宦而论，元稹家世“至其身式微已甚”。不过，他的母亲很好强，亲自“教其书学”。元稹也发愤好学，十五岁就以明两经擢第。贞元十五年（799），他以弱冠之年初涉宦海，四年后登书判拔萃科，授校书郎，仕宦渐上轨道。正如陈寅恪指出：唐代政治社会中，“婚仕之际，仍为士大夫一生成败得失之所关也”。大概就在这时，元稹娶了韦夏卿的小女儿韦丛。京兆韦氏是唐代名门，其先人“累公累卿”，夏卿当时似正在礼部侍郎的位子上，这是主管中央人事的副部长。这一联姻，据韩愈为韦丛所作墓志，似是夏卿“选婿”的结果，“谢公最小偏怜女，嫁与黔娄百事乖”，即说此事。谢公借用东晋宰相谢安宠爱侄女谢道韫的典故来指韦氏父女，黔娄是战国时齐国贫穷的高士。谢安与黔娄之比，既含有对方屈身下嫁的意思，也从另一侧面透露出元稹在高攀这桩婚事上没少花功夫，因为这对他仕途的成败得失是至关重要的。韦丛死后，元稹有诗追述自己作为韦氏东床的虚荣心与满足感：“谢傅堂前音乐和，狗儿吹笛胆娘歌。花园欲盛千场饮，水阁初成百度过。醉摘樱桃投小玉，懒梳丛鬓舞曹婆。再来门馆唯相吊，风落秋池红叶多。”

关于韦丛，史料所载无几。韩愈表彰她“所事所言皆从仪法”，白居易称颂她“懿淑有闻”，是不辱名门的贤淑女性。她与元稹结缡不晚于贞元二十年（804）。据元稹《祭亡妻韦氏文》，她在出闺前20年里，“亲戚骄其意，父兄可其求”，是一个养尊处优、唯我独尊的大家闺秀。自嫁以后，“始知贫贱，食亦不饱，衣亦不温”，生活是清苦的，这不仅祭文有所记载，还有《遣悲怀》第一首为证。“百事乖”，指婚后物质生活不顺遂，借以领起颈頷两联。韦丛看到元稹没有衣服替换，就为他从草编衣箱里翻箱倒柜地寻找。元稹没钱喝酒便软缠硬磨着妻子，她就拔下金钗让他换酒喝。一个“顾”字与一个“搜”字，传达出了韦丛对丈夫深沉的顾惜；一个“泥”字与一个“拔”字，描摹出夫妻生活独有的情趣。一个无微不至的贤妻形象已传神写照地跃然纸上。韦丛安于清贫，仰仗老槐树的枯叶来弥补薪柴的匮乏，以野蔬为菜，长长豆叶也吃得很香甜。元稹《祭韦氏文》提到，韦丛对贫贱的生活，“不悔于色，不戚于言”；对丈夫，“他人以我为拙，夫人以我为尊”；元稹“置生涯于濩落，夫人以我为适道；捐昼夜与朋宴，夫人以我为狎贤”，以至令他发出“成我者朋友，恕我者夫人”的感叹。看来，韦丛确实是难得的贤妻。她生了五个孩子，只有一个名叫保子的女儿活了下来，从取名看，夫妻俩都希望能有个儿子，但直到去世都未如愿。“邓攸无子寻知命”，说的就是这事。婚后仅五六年，韦丛就不幸病故，年仅27岁，时在元和四年（809）七月。

元稹写了不少怀念的诗，正如他答姻亲诗所说，“悼亡诗满旧屏风”。而在三十余首悼亡诗中，最脍炙人口的还是这组《遣悲怀》。选编《唐诗三百首》的蘅塘退士孙洙甚至以为：“古今悼亡诗充栋，终无出此三首范围者。”其后，清人陈世镕也在《求志居唐诗选》里推许：“悼亡之作，此为绝唱。”

二

自潘岳创悼亡诗，代有作者，但众口流传而历久不衰的作品并不多。今人喻守真以为：作悼亡诗，“非有至性至情，不能讨好。倘然只敷说生前情爱，堆砌词采，亦不能动人。倘然纯用白描，直率叙述，又要流于俚俗”。但正如陈寅恪在《元白诗笺证稿》里所说：“微之以绝代之才华，抒写男女生死离别悲欢之情感，其哀艳缠绵，不仅在唐人诗中不可多见，而影响于后来之文学者尤巨。”就悼亡诗而言，在艺术感染力上，《遣悲怀》确有其成功之处。

首先，《遣悲怀》组诗章法变化，条理井然。《唐音审体》说：元稹“用笔专以段落曲折见奇，亦前古所未有”，就是高度肯定他在章法布局上的娴熟功夫。这三首诗似断而续，哀悼死者，又悲叹自己，有总有分，各有侧重，继承了杜甫《羌村三首》等连章组诗的特点。组诗以一个“悲”字贯穿始终，悲情犹如长风逐浪，层层推进，直达波峰浪巅。第一首诗追忆韦丛生前，着力刻画她贤淑的品德和形象，最后两句以“营奠营斋”回到无情的现实，与第二首相衔接。第二首主要描写韦丛死后元稹的万般思念与无尽凄凉。看到妻子的衣裳，就勾起往日夫妻之情，为了忘却，快些施舍衣服。而妻子做女红的针线却不忍打开，仍原封不动保存起来。想起妻子平日关照婢仆的旧情，不由对他们多一层哀怜。痛惜妻子生前贫苦，自己在梦里也给她送上钱财作为补偿。虽也知道生离死别之恨人人都会有，但贫贱备尝患难与共的夫妻，永诀时的悲哀却不同于常人啊！“行看”“未忍”都透出作者深沉的悲念。“尚想旧情”，照应第一首韦丛的茹苦甘贫；“因梦送钱”，仍紧扣上文的贫困。第七句宕开一笔，聊以自解，实际上却是采用了欲抑先扬的手法，推出“贫贱夫妻百事哀”的结句，以总收第一、二首。第三首第一句“闲坐悲君亦自悲”承上启下，以“悲君”为上两首作结，以“自悲”引出下文。由妻子早逝联想到人生短促，转而悲叹自己丧妻无子。作者用两个典故，以古人自喻，而故作旷达，但含泪的自慰，透露出的却是更为揪心的悲怀。第三联寄希望于将来，指望死后合葬，来世再做夫妻，借以自慰。但死后杳茫无知，即便同穴也是徒然，他生缘会更难期待。于是，愈思愈悲，不能自已，在几近绝望中逼出了最后两句“镂肝擢肾之语”，将悲悼之情推向峰巅，“唯将终夜长开眼，报答平生未展眉”。整个组诗极富层次感，正如《唐体余编》的作者所说，“层次即章法”。末篇末句的“未展眉”即回绕首篇的“百事乖”，作为前者的回报与作结，天然关合，纹丝无缝。

其次，《遣悲怀》组诗贯穿对比，反照强烈。在总体上，元稹将穷通与存亡构成两组对照的主线，两者又紧密地交织成一个整体。第一首前六句极力形容韦丛毫无怨言甘受贫困的情状，把“百事乖”的艰苦生活描写得形象而具体。第七句以强烈的反差点出富贵，轻轻一扬，力拨千钧，末句回到题面，如今俸钱虽过十万，爱妻却再也不能共享荣华富贵，只能以营奠营斋聊表追忆之心与抱憾之情。穷通与生死各处于对立的两极，无法融通与弥补，留给生者的只有永远的遗憾。第一首除了“百事乖”带有感情色彩，全诗以韦丛生前的四帧剪影与元稹此时的十万俸钱作明显的对比，结句只写“与君营奠复营斋”，不着一句评判追悔语，却仍能感受到作者的悲怅。同一意思，元稹《祭韦氏文》是这样措辞的："愧目前之戚戚，每相缓以前期；纵斯言之可践，奈夫人之已而。"相比之下，祭文说得太直白，反不如《遣悲怀》来得含蓄沉痛。如果说第一首主要以穷通作为对比，那么，生死则是第二首比照的主题。生前说过的那些关于生死的戏话，如今都成为眼前的真实，生死仅隔咫尺之遥。在第二首诗里，昔日的戏言与眼前的哀恨，以叠影的方式构成一组组对比，妻子穿著过的衣裳、使用过的针线，乃至妻子身边的婢仆，都构成今昔生死对比的联想物。因梦送钱财以一种虚幻形式将生死暂时连接起来，但梦醒以后却更痛切感受到生死永诀的残酷与无奈。第三首自悲，重点是以现实与愿望作无情的对比。人生短促，百年无几。永嘉避难，邓攸弃子而挈侄，如此多义，命运却使他终生无子；潘岳的悼亡诗写得再好，对死者说来还不是浪费笔墨？指望死后合葬，但那时双方都已无知无觉，期待他生结缘，更是无法实现的荒诞愿望。对比的结果是彻底的虚妄与完全的绝望，于是在虚妄与绝望中唱出最后两句，把悼亡之情推到了极致，敲响了组诗最强烈的尾音。

再次，《遣悲怀》组诗语言平易，感情真实。对元白诗，历来有"元轻白俗"的定评，就是说他们用语浅俚通俗。浅俚通俗决不等于浅陋恶俗。《一瓢诗话》对元白诗的特点有过正确的评价："元、白诗，言浅而思深，意微而词显，风人之能事也。”清人陈世镕以为：“元白并称，其实元去白甚远，唯言情诸篇传诵至今，如脱于口耳。”也是肯定元稹在悼亡言情诗的写作上，善于发扬“脱于口耳”的语言特长。对《遣悲怀》，孙洙就提醒读者：“勿以浅近忽之。”除谢公、黔娄、邓攸、潘岳四个典故，整个组诗浅显如话，不须注释而一目了然。“昔日”“诚知”“闲坐”“唯将”等四联，清通明白，脱口而出，将人人心中所有、人人口中难言的意思，用质朴感人的话语表达了出来。这几句看似毫不经意，无一不是道出人们普遍感情的警句，有着断肠销魂的艺术感染力。以不加雕琢的本色语言，十分逼真地状摹出难写之景，非常自然地写出难言之情，是元稹的高明处。究其原因，陈寅恪以为有二。其一，“非微之之天才卓越，善于属文，断难臻此”。所谓语言平易，就是以通俗浅显的外在形式赢得更多的读者。这在某种程度上要求作者能够更炉火纯青地驾驭语言，做到大俗中有大雅。此即《一瓢诗话》所说的：元、白诗“属对精警，使事严切，章法变化，条理井然，其俚俗处，而雅亦在其中，杜浣花（指杜甫）之后不可多得者也”。组诗第一、二首的中间四句属对工稳，历来为人称道；谢公等四个典故，使事贴切到位，也是毋庸赘言的。其二，“直以韦氏之不好虚荣，微之之尚未富贵。贫贱夫妻，关系纯洁，因能措意遣词，悉为真实之故。夫唯真实，遂造诣独绝欤？”在取材上，元稹随手摭取日常生活中印象最深刻的回忆与断想。关于韦氏只述其安贫治家之事，荩箧搜衣、金钗酤酒、野蔬充膳、落叶添薪，而不旁涉其他，专就贫贱夫妻实写，毫无溢美之词。即便自身的悲悼与怀念，作者也选取了施舍衣服、封存针线、怜及婢仆、因梦送钱等凡人俗事，如实写来。唯其事真情真，所以情文并佳，终成千古名篇。诚如喻守真所说：作悼亡诗，“写情要写得真，叙事要叙得实，才能引起读者同情”。从《遣悲怀》来看，元稹是深谙个中三昧的。唯其如此，元稹才成为潘岳以后悼亡诗的最著名诗人。《唐贤小三昧续集》评点《遣悲怀》说：“字字真挚，声与泪俱。骑省（指曾任散骑侍郎的潘岳）悼亡之后，仅见此制。”元稹是无愧于这一评价的。

三

元稹还有一组《离思》诗，其中一首云：“曾经沧海难为水，除却巫山不是云。取次花丛懒回顾，半缘修道半缘君。”《云溪友议》把其与《遣悲怀》同视为悼亡诗，说元稹对韦氏去世，“不胜其悲，为诗悼之曰：谢家最小偏怜女，又云：曾经沧海难为水”。其后不少唐诗选本，包括影响颇大的《唐诗鉴赏辞典》都取此说，认为“表达了对韦丛的忠贞与怀念之情”。这就涉及《遣悲怀》文本背面的相关问题。

元稹在《叙诗寄乐天》里交代了数十首有关“伉俪之悲”的悼亡诗后，说自己还有“以干教化”的“艳诗百余首”。陈寅恪在《元白诗笺证稿·艳诗及悼亡诗》里早将这两类诗剖分得一清二楚：“其悼亡诗即为元配韦丛而作，其艳诗则多为其少日之情人崔莺莺者而作。”他还告诉读者：《元氏长庆集》卷九《夜间》至《梦成之》“皆为悼亡诗”，而《才调集》卷五所录元稹57首诗，“所谓艳诗者，大抵在其中也”。中华书局标点本《元稹集》，《离思诗》五首收入《外集·补遗》，注明录自《才调集》卷五，并说原题《离思六首》，第一首即独立收入《外集·补遗》的《莺莺诗》。由此看来，“曾经沧海难为水，除却巫山不是云”，是因诀别崔莺莺而作，而不是为悲悼亡妻韦氏所作。

关于崔莺莺的故事，元稹所作《莺莺传》（一名《会真记》）虽有掩饰，却是夫子自道之文，透露了若干真相。据陈寅恪研究，元稹虽与莺莺爱得死去活来，在朋友圈里也早是公开的秘密，但最终还是在“曾经沧海”之后抛弃了崔氏，联姻韦姓。其中关键，并非崔氏只是绝艺之才女，而韦氏为治家之贤妇，而是“莺莺所出必非高门”。正因为崔氏非名门之女，元稹出于仕宦考虑，“舍之而别娶，乃可见谅于时人”。但他对崔莺莺始乱终弃，终究不是“多情者所为”。因而知其底细的读者，再读《遣悲怀》时就不免反胃与犯疑：元稹对韦丛去世的一腔悲怀是否出于真情？《遣悲怀》末首最后两句“唯将终夜长开眼，报答平生未展眉”，据陈寅恪的说法，“所谓常开眼者，自比鳏鱼，即自誓终鳏之义”。且不说七年以后，元和十一年（816），元稹在通州司马任上，同样出于仕宦的考虑，再娶河东名门裴氏之女裴淑。实际上，韦从去世不过两年，元稹即纳妾安氏。陈寅恪断定：元稹对韦氏的悼亡，与对崔莺莺“难为水”“不是云”的眷念一样，“两者俱受一时感情之激动，言行必不能始终相符”。

大约韦丛去世当年，元稹因触犯权贵与宦官，遭到贬黜。其后，他“沦谪既久，忽尔变节”，结交近倖，位至宰相，命下之日，遭到朝野正直人士的“轻笑”。他在仕宦与婚姻上同样缺乏定力与操守，难怪《新唐书》本传说其品性“浮躁”。唯其如此，后人不但对其为人多有微词，对其悼亡诗的评价也大打折扣。李兆洛的《养一斋诗话》就愤然指出：“微之诗云：‘潘岳悼亡犹费词’，安仁《悼亡》诗诚不高洁，然未至如微之之陋也。‘自嫁黔娄百事乖’，元九岂黔娄哉！”说《遣悲怀》陋于潘岳，说作者不配自比高士黔娄，主要还是从人品上抨击元稹。陈寅恪对元稹为人也绝无好语：“综其一生行迹，巧宦固不待言，而巧婚尤为可恶也。其岂多情哉？实多诈而已矣！”

后人倘若知道元稹人品，了解全部底细，把他的《遣悲怀》与那首“曾经沧海难为水”的《离思》对读，一方面不得不折服他无愧是善于刻画有情男女生离死别的高手，一方面却不由地会在心田深处升腾起一种真情被嘲弄、被玷污的感觉。《遣悲怀》与《离思》提供了两个各自独立的文学文本，在各自特定的时空里，也许元稹的感情都是真实的。但倘若将这两个文学文本及其时空背景拼接组合起来，就构成了有关元稹在男女感情问题上的历史文本。历史文本追究的是全面的真实。于是，在这一对读中，文学文本与历史文本之间就再难和谐统一了。唯一可行的办法，就是把文学文本与历史文本作分别的处理。阅读《遣悲怀》时，就将它当作悼亡名篇来鉴赏把玩。文学作品一旦问世，世人主要是从其字面文本去释读它的，一般并不在意它与文学家有什么内在关系。这里用得上钱钟书爱打的譬喻，一般读者只管放心吃鸡蛋，完全不必追究生出这枚鸡蛋的母鸡是否癞皮。至于后者，就留给文学史家与历史学家研究历史文本时去解决吧！

（原载2003年第7期《文史知识》）

千古伤心钗头凤

对南宋爱国大诗人陆游（1125—1209），大家都不会陌生。他是越州山阴（今浙江绍兴）人，字务观，号放翁，能诗擅词，著有《剑南诗稿》和《渭南文集》。强烈的爱国主义精神构成了陆诗的魂魄，但在其九千多首诗词中，有一组诗是他用以追思前妻的。凄婉哀感的风格，完全有别于《剑南诗稿》“兴会飙举，词气踔厉”的基调，如诉如泣地叙述着一个揪心断肠的悼亡故事。

一

绍兴十四年（1144）夏秋之间，20岁的陆游娶妻唐氏。她与陆游是姑表兄妹，是陆游母亲的亲侄女。从宋人记载，只知道她姓唐；至于说她名婉（一作唐琬），是出自清修的《历代诗余》，未必可以征信。从陆游以后用“惊鸿”和“美人”来形容她，可以想见其当年靓丽的姿貌。

结缡以后，陆游与她“琴瑟甚和”。她以外侄女成为儿媳妇，很注意恪守封建妇道。陆游有一首诗就是代她立言的：“妾身虽甚愚，亦知君姑尊。下床头鸡鸣，梳髻著襦裙。堂上奉洒扫，厨中具盘飧。青青摘葵苋，恨不美熊蹯。”意思是说，我虽不聪明，却也知道孝敬丈夫的母亲。头边鸡叫就起床，梳好发髻，穿好襦裙。把厅堂打扫干净，在厨房准备饭食。摘下新鲜的蔬菜，恨不得烹调得比熊掌还美味。

不过，不知为什么，陆游的母亲似乎很不喜欢这位亲上加亲的儿媳妇。据活动年代稍晚的刘克庄说：放翁新婚，“伉俪相得，二亲恐其惰于学也，数谴妇”，似乎是俩人过于耽溺儿女私情，父母亲才迁怒儿媳的，竟至于把她赶出了陆家。这显然有悖于情理。第一，从陆游在诗里自称“上马击狂胡，下马草军书，二十抱此志，五十犹癯儒”，他根本不是那种沉迷男女之情的人；第二，即便如此，陆游母亲也完全不必不顾与兄弟的情分，断绝这门姑舅联姻；第三，陆游的岳家也出身仕宦（陆游母亲是北宋名臣唐介的孙女），没有充分理由也是不会接受唐氏轻易被出的。陆游在《剑南诗稿》卷14里有一首诗，是说夏夜听到一种名叫“姑恶”的水鸟，据说就是被婆婆虐待死的媳妇变成的，它苦苦的叫声听上去像是在控诉“姑恶”“姑恶”。陆游有感而作的这首诗，隐约透露出唐氏被出的原因："姑色少不怡，衣袂湿泪痕。所冀妾生男，庶几姑弄孙。此志竟蹉跎，薄命来谗言。放弃不敢怨，所悲孤大恩。"原来唐氏是婚后不育，满足不了陆游母亲含饴弄孙的指望，这才脸色"不怡"，"谗言"逼人，终于被出的。封建社会有所谓"七出"，无子为七出之首。

陆游与唐氏夫妻情深，"实不忍离"，但又不敢违逆父母的决定，只得在表面上分手。暗地里，陆游另为唐氏安顿了一个住处，经常前往相会。她的母亲知道风声前去，小两口就预先走开，免得见面不愉快。但事情毕竟瞒不住，金屋藏娇也难继续，两人只得挥泪诀别。这大约是他们婚后第三年的事。

绍兴十七年，陆游再娶王氏；其后，唐氏也改嫁世居山阴的宗室士人赵士程。在《剑南诗稿》里，陆游的后妻她偶尔也露过脸，放翁游宦时也有"家在江南妻子病，离乡半岁无消息"的罣念，家居时也有"学经妻问生疎字，尝酒儿斟潋滟杯"的欢愉。但总的说来，王氏身影模糊，读者从放翁诗作里几乎勾勒不出其个性形象。她是庆元三年（1197）去世的，两人也走到了金婚之年。《渭南文集》收有陆游为她写的《令人王氏圹记》，除首句"呜呼！令人王氏之墓"，全文便是程式化的平淡纪事，再也没有动情哀恸之语。《剑南诗稿》当年有《自伤》诗，"白头老鳏哭空堂，不独悼死亦自伤，齿如败屐鬓如霜，计此光景宁久长"，但也只是自伤而已。相比之下，陆游却始终没有忘却前妻唐婉。读者从《剑南诗稿》与《放翁词》里不仅能够获得唐婉动人哀婉的形象，而且能触摸到陆游真挚深沉的感情。

二

山阴是当时绍兴府的治所，城南有一座禹迹寺，寺南的沈氏园是著名的私家园林。宋代私家园林往往在春秋佳日向公众开放，纵人游赏。陆游祖居在鉴湖旁，离城不太远，几乎每年春天都要到城里去赏玩园林名胜，沈园也是他流连忘返之地。绍兴二十五年暮春三月，陆游独自在沈园徜徉，恰巧唐氏与赵士程夫妇也在这里赏春。唐氏向丈夫说明了情况，士程倒也落落大方，让妻子送一份黄封酒和果肴前去。分缡至今，将近十年，历历往事，都在眼前，真可谓相见时难别亦难啊！相见是短暂而感伤的，陆游喝完了唐氏亲手斟上的酒，酸甜苦辣一齐涌到心头。唐氏夫妇走了，他惆怅感慨地在沈园的粉墙上题了一首《钗头凤》：

红酥手，黄滕酒，满城春色宫墙柳。
东风恶，欢情薄，一怀愁绪，几年离索。
错！错！错！

春如旧，人空瘦，泪痕红浥鲛绡透。
桃花落，闲池阁，山盟虽在，锦书难托。
莫！莫！莫！

这首词声情并茂，凄恻销魂，是宋词名作。词的开头由三个独立形象组合而成，而红酥手与黄縢酒，简直就像两个特写镜头，再衬托上春色垂柳的背景，把作者对唐氏的思恋之情渲染得淋漓尽致。作者以春色、桃花比喻夫妻爱情，以东风比喻外来压迫。“泪痕红浥鲛绡透”一句，寥寥七字，把唐氏的相思和痛苦刻画得栩栩如生。“桃花落，闲池阁”，看上去似是一组无关的空镜头，但空寂落寞的风景正是为了烘托“锦书难托”的无奈和怅惘。全词几乎全由工整的对仗构成，具有强烈的形式美。而上下阙末尾的三个一字句，先是连用三个“错”字，喊出诗人内心的不平与控诉，最后再用三个“莫”字，表达自己彻底的无奈与绝望，笔力千钧，震撼人心。难怪明代毛晋评论这首词时，以为“有一种啼笑不敢之情于笔墨之外，令人不能读竟”，也就是说，陆游把一种凄苦压抑的相思之情表现得恰到分寸，让人不忍心读完它。这首词今译是这样的：

红润柔软的素手，黄縢封存的美酒，
这满城醉人的春色，绾住了墙边的绿柳。

东风无情地吹来，欢情蓦然地结束，
一腔无语的愁绪，几年难忘的睽隔。
谁错？谁错？谁错？

春色动人而依旧，佳人相思而消瘦，
这一掬流血的眼泪，湿透了盈盈的帕袖。
春去后桃花飘泊，人去后池阁冷落，
山盟海誓虽永在，回文锦书向谁托？
罢了！罢了！罢了！

略晚于陆游的陈鹄在《西塘集耆旧续闻》里说，唐氏后来重游沈园时见到了这首词，无限伤情，和了一首，只知其中有“世情薄，人情恶”两句，全词却没能见到。但清初编《历代诗余》时居然收入了唐氏这首词，起句就是陈鹄所说的两句：

世情薄，人情恶，雨送黄昏花易落。
晓风干，泪痕残，欲笺心事，独语斜栏。
难！难！难！

人成各，今非昨，病魂常似秋千索。
角声寒，夜阑珊，怕人寻问，咽泪妆欢。
瞒！瞒！瞒！

不过，这首词是否唐氏所作，其真实性是大可怀疑的。但即便是赝品，镶嵌在这里，倒与故事氛围大体融合。一位西方作家说过：对男人来说，除了爱情还有世界；而对女人来说，爱情就是她的整个世界。十年诀别的郁郁不欢，如今再受到放翁《钗头凤》词的巨大刺激，和词以后不久，唐氏就“怏怏而卒，闻者为之怆然”。悲剧打动了许多人的心，放翁的诗名更是遐迩闻名，淳熙年间（1174—1189），这方“笔势飘逸”的题词被好心的人用竹木护围起来，成为沈园的一个景观。

三

三十几年过去了，物换星移，沈氏园也换成了姓许的主人，但人们还是习惯称其为沈园。绍熙三年（1192），陆游已是68岁的皤然老翁，这年重阳节刚过，他偶游沈园，见自己当年手书的《钗头凤》一词，已被新主人移刻到另一块石上。重读旧作，他十分怅惘，那次难忘的会面仿佛重现在眼前。极目看去，枫叶刚刚泛红，槲叶已经发黄，自己就像悼亡的潘岳，愁白的双鬓又染上了秋霜。林木遮掩的亭台池阁，令人感怀往事，不堪回首。生死永隔黄泉路，向谁去诉说这摧断肝肠的心事？当年借着酒意，在断垣颓壁上题了那首词，该是尘土漠漠，新主人才将它刊石的罢！词可再刻，但往事犹如几朵断云、一场幽梦，再也无法连缀起来了。这些年来，什么念头都消除尽净了，还伤感什么，回去向佛龛进上一炷清香罢。虽说万念俱灰，毕竟只是一种自我慰藉，对前妻的思念却情不能已，他感慨系之，写了一首悼亡诗，被近代诗论家陈衍推崇为“古今断肠之作”：

枫叶初丹槲叶黄，河阳愁鬓怯新霜。
林亭感旧空回首，泉路凭谁说断肠？
坏壁醉题尘漠漠，断云幽梦事茫茫。
年来妄念消除尽，回向禅龛一炷香。

庆元五年（1199），放翁已经75岁，有好几年没有入城了。这年暮春时节，他进城故地重游，写下了《沈园》二首，再次寄托对亡妻绵绵不尽的追思：

城上斜阳画角哀，沈园非复旧池台。
伤心桥下春波绿，曾是惊鸿照影来。

梦断香消四十年，沈园柳老不吹绵。
此身行作稽山土，犹吊遗踪一泫然。

对《沈园》二首，陈衍也有一段精当的评语：“无此绝等伤心之事，亦无此绝等伤心之诗。就百年论，谁愿有此事？就千秋论，不可无此诗！”意思是说，陆游与唐氏的故事是人世间绝等伤心的悲剧，正因为情之所钟，陆游才写出这样感人肺腑的伤心之作。就个人而言，谁也不愿意在自己的一生中遇上这样的悲剧；但就中国诗歌史而论，却不能没有这样的不朽之作。这两首诗的今译是这样的：

一脉斜阳，城头传来画角的哀鸣，
徘徊沈园，池台已非旧时的光景，
触目伤心，最是桥下清清的春水，
曾经映照，伊人盈盈走近的倩影。

香消玉殒，四十年来知几回梦醒？
树犹如此，沈园柳絮已不见飘零。
来日无多，此身将成那会稽山土，
伤心依旧，凭吊遗迹有泪雨如倾！

诗里所说的梦断香消40年，应该是从唐氏去世算起的；倘若从夫妇分袂那年计算，已经过去了50余年。据周密《齐东野语》说，放翁晚年移居鉴湖三山，每次入城，或者登上禹迹寺眺望沈园，或者盘桓园内，“不能胜情”。沈园成为陆游最梦牵魂绕的地方，那里在他的记忆中留下了他俩最后的会面，在他的心版上定格了唐氏最后的身影。不是春秋佳日，他无法亲入沈园，梦魂也会悄悄飞向那里。据清代学者赵翼的统计，陆游的记梦诗多达99首。其中固然有“铁马冰河入梦来”的爱国梦，却也有追怀前妻的爱情梦。依照精神分析学说，现实中无法实现的追求往往借助梦境来加以展开。陆游经常在梦里向府城南面走去，越近城南脚步就越沉重，因为沈氏园里留有他太多伤心的往事，梅花的暗香幽幽绕着游园客的衣袖，嫩绿的春色轻轻蘸着寺桥下的水波。城南的乡间小路又是盎然春意，沈园的梅花依旧，却是不见那人。她去世快50年了，连骨头都将化为泥土了，可陆游总是情不自禁地走到刻有《钗头凤》的石壁前，面对着墨迹题词出神。开禧元年（1205）岁暮的一个晚上，陆游又一次做这样的梦，写下了《十二月二日夜梦游沈氏园亭》二首：

路近城南已怕行，沈家园里更伤情。
香穿客袖梅花在，绿蘸寺桥春水生。

城南小陌又逢春，只见梅花不见人。
玉骨久成泉下土，墨痕犹锁壁间尘。

第二年的春天，陆游已经82岁，诗人不顾年迈，拄着竹杖，再一次来到城南，登上了禹迹寺。俯瞰城南，亭榭池阁散布在纵横交错的城坊之中，笼罩在暮春淡淡的烟霭之中。他感到自己就像一只孤寂的归鹤，飞回了可以栖息的园圃，独自抚摸着心灵的伤口。他再次来到自己的题词前，刻石上蒙满了尘埃，生上了苔藓，只有几行墨迹还清晰可辨，看来已经好久没有人来拂拭这堵颓败的围墙了。然而，这方词碑对于陆游来说，却是一段伤心的往事，一掬深沉的真情，在他八十余年的情感历程中具有无可替代的价值和地位。他写下了《城南》一诗：

城南亭榭锁闲坊，孤鹤归飞只自伤。
尘渍苔侵数行墨，尔来谁为拂颓墙？

嘉定元年（1208），又是桃红柳绿的春天，诗人已经84岁，他实在太老了。但是，在一种信念的支持下，他还是从鉴湖三山西村步行数里，最后一次来到了沈园。沈园依旧游人如织，繁花似锦，这些扶疏的花木多半还是当年栽种的，应该还是当初他与唐氏那次伤心会面的见证吧。然而在众多的游人中，却再也寻觅不到那惊鸿一瞥的倩影。是啊，那持酒劝饮的美人早已化为尘土，自己也将不久于人世。六十多年，一切都仿佛还在眼前，新婚，分手，瞒着父母的相会，沈园那次不堪回首的邂逅，这场令人心碎的幽梦似乎也太来去匆匆了。他写了《春游》一诗，最后一次深情怀念自己的前妻：

沈家园里花如锦，半是当年识放翁。
也信美人终作土，不堪幽梦太匆匆。

在陆游的心目中，唐氏永远是美丽的。只要爱是永恒的，恋人就永远不会老去。两年以后，他终于以自己对前妻埋藏在心扉深处执著的爱，结束了长达六十余年的一帘幽梦。文学史家朱东润这样评价陆游对唐氏的爱：

对于恋人的爱如此，对于民族国家的爱也是如此。唯有忠贞不渝、始终如一的爱，才是真正的爱，也唯有这样的爱，才能对危在旦暮的国家，发生无穷的恋慕。

陆游是在春天里去世，绝笔就是那首千秋绝唱《示儿》，凝聚着这位爱国大诗人的另一种爱。在陆游那里，两种爱有着一种相通的精神。

（原载2016年第6期《文史知识》）

第三辑　学人謦欬

大师三癖

吕思勉是一位把二十四史读过三遍的史学大师。在他传世不多的照片里，总给人不苟言笑的印象，似乎只知道苦读史书。实际上，除史学外，吕思勉兴趣广泛，也多有著述。他谙熟中医，著有《医籍知津》；在文学上，他不但擅长诗词，有《蒿庐诗稿》与《梦秋词》；早年还创作过中篇小说《中国女侦探》，还著有理论专著《小说丛话》。

对崇拜的大师，学术粉丝很难做到钱钟书说的那样，假如你吃了个鸡蛋，觉得不错，何必要认识那只下蛋的母鸡呢？即便无缘面谒，粉丝们也奢望知晓些大师的细节。那么，让我也来八卦一下他在学术外的那些癖好吧。

好奕

吕思勉说自己“不善棋而颇好奕”，七八岁时，见了棋谱就喜好。日后，他几乎收齐了传世的象棋残谱，“久置书簏中”。十二三岁时，他旁观父亲与姑父对弈，“乃略知死活”，据此推断，这里说的是围棋。不过，他认为他俩“棋皆极劣，不能教予”；母亲严管其读书，也不准他下棋。

1903年，吕思勉赴南京参加晚清末次乡试，有暇便到夫子庙茶肆观看围棋高手束云峰与汪叙诗对弈。1905年起，吕思勉在故乡常州教小学，结识了苏州学者刘脊生等棋友，脊生还与他通函论奕。1911年，他客居南通，曾与围棋名手陈饯宾对弈，对方约定让他三子。

民国以后，吕思勉在上海结识了常州姜鸣皋、吴伯乔与其他棋坛人士，包括在刻印古棋谱上颇有贡献的邓元鏸。姜鸣皋参与过公车上书，为官安徽时“所至宏扬棋道”；他曾注范西屏的《四子谱》，在商务印书馆刊行的《小说月报》上连载；还有奕友诗20余首，可惜散佚。《围棋纪事诗》说姜鸣皋：“姜被怡怡气宇昂，公车爱国热心肠。注传诗失良堪惜，余教犹能衍异乡。”也难怪吕思勉评骘常州籍奕人，“以姜君鸣皋为最高，吴君伯乔、屠君雄卿次之”。

吕思勉棋艺如何？据其自述，1918年客寓苏州时“技术亦稍进”，已与屠雄卿旗鼓相当。1920年起，他任教沈阳高师，自称“沈无奕人，三年中只与北京魏君华萱相遇，曾奕，奕数局耳。华萱亦北京名手，技稍逊于予也”。吕思勉决非自吹自擂之辈，据此推断，他的棋艺应该相当不错。

三年以后，吕思勉自沈阳南归，基本不下棋，但偶尔还会技痒。此后他长期执教于光华大学，也关注那些棋艺优长生。据他说，“学生中好围棋者二人，曰顾颂德、常熟郑之骧，技视予皆少优”。足见他与学生有时也会对弈，否则何以知棋艺知优劣！

吕思勉不但自己嗜棋，还以学者身份研究棋谱与棋理。1918年，他校阅了清代王再越的《梅花谱》，在识语中比较了象棋与围棋的异同，对两者棋谱行世的多寡，决胜棋法的精粗，提出了独到的见解。他还认为，博戏容易“长行险徼幸之心，益凭陵叫嚣之气”，不如棋艺“专恃智力，以决胜负，胜固欣然，败亦可喜，所谓‘其争也君子’”。八年后，他为这册校本新写了篇识语，交付文明书店出版。

1925年，吕思勉与棋王谢侠逊在《上海时报》的《象棋质疑栏》上以通信方式探讨棋艺。他不仅请谢侠逊到校讲解棋局，指导学生；还建议棋王搜辑汇刻传世象棋谱，“为前此精于艺事者昭悬万古，亦足为国家艺术增光”。1928年，他还为谢侠逊的《象棋秘诀》作序，强调棋理错综变化，“固与一切事物同”：“必始于至简，由是推之繁。惟至简者之所知不讹，则稍繁者之所推可信”。吕思勉从棋理悟出的是历史的逻辑，这与他民国初年那首论弈棋诗是一脉相通的：

静思世事与棋同，负局支持苦到终。
一著偶差千劫定，输赢毕竟太匆匆。

抗战时期，吕思勉避敌居乡，有时也“观谱下棋消遣”，如有会棋的学生来访，他也会邀下几局，甚至赠以自己校印的《梅花谱》。一位学生问他，能否用数学方法计算出棋盘运子的所有变化，编成棋谱，稳操胜券。吕思勉回答：“说不定将来会有一种计算的机械，得以解决这样的难题。要是当真如此，以机械代替技艺，弈棋的兴味将大大减低。弈棋的兴味，在乎斗智，并非斤斤计较胜负。胜与负，同样可以长进智慧。”这与他“其争也君子”说是一以贯之的。在阿尔法狗完败世界围棋高手的今天，吕思勉的预见与奕棋观不是很有意义吗？

吕思勉下棋的兴味至老不衰。1954年，他回故居养病，还常找友人弈棋。其11月22日日记云：“至大庙弄人民银行交电费，拥挤，至顺兴，拟小坐复往，与浦寿观围棋两局，遂逾银行办事时矣。自三月二十九日在和平与项君奕，归而病，自此未奕也。”大半年因病没过棋瘾，为过一把瘾，竟误了缴电费，活脱脱一个嗜棋邻叟的可亲形象。1957年，大师已到生命的尽头，还写了长达七页的《弈棋之经历》，回忆了交往的奕友，留下了值得珍视的棋史文献。

嗜烟

披卷研究之暇与伏案著述之余，史学大师吕思勉也喜欢抽上两口烟，作为精神调节，这是他不多的嗜好之一。

研究专家张耕华说，“吕思勉喜欢吸水烟，烟叶偏好福建产的皮丝烟”。据其所著《吕思勉先生年谱长编》，谱主四岁那年，其母日记云，“接闽信，桔叶膏、汀烟”，这汀烟应即福建皮丝烟。她是吸水烟的，其1908年四月日记说：“初八四句半钟至上海，夜半轮船转弯，民船转柁稍迟，桌间面盆、水烟筒、茶杯皆坠于地。”吕思勉抽水烟或受母亲的影响，历史也相当悠久。早在20岁日记里，他就记及，“午后购笺、信纸，并购□信、皮丝、白糖、信封等件”。次年，其《甲辰日记》也记道：“午后到九华取扇未得，并购茶心、皮丝，在第一楼啜茗。”这年吕思勉与夫人虞菱完婚，婚后常在苏沪等地执教。吸水烟须纸煤（也叫纸尺）引燃，这种纸煤以易燃的黄裱纸斜卷而成，松紧适度，中呈空心状，一头打成纸结，卷纸煤颇费时间。据张耕华说，吕思勉“每次回家省亲，虞菱总是为他搓好许多‘纸尺’。吕思勉身体单弱，外出或去上海时，随身所带的行李很少，但虞菱为他准备好的满满一藤篮的纸尺却是必不可少的”。

1914年春夏之际，吕思勉客居海上，与友人赵元成（赵元任的堂兄）、丁捷臣等共结诗社，半月集会一次，命题赋诗，切磋诗艺。一次，丁捷臣出题《水烟》，吕思勉赋诗两首。其一云：

谁切黄金作细丝，由来此物最相思。
清芬绝胜含鸡舌，酩酊何劳举鹤卮。
并世几人留醒眼，吾徒颇藉疗朝饥。
当年欲笑穷边叟，醉倒田间不自持。

首句描述了金黄色烟叶切丝加工的过程，一个“谁”字，表明他购买的应是加工好的烟丝，次句以最堪相思譬喻嗜烟之情，也别具趣味。第三四句渲染了吸烟的快感，那清芬之味绝对胜过口含鸡舌香，而飘然酩酊之感简直让人不必再举鹤型杯而畅饮不已。五六两句戏谑抽烟的功用，有了烟瘾后，举世没几人能保持清醒的眼光；而我等只仰赖它疗治早辰的腹饥而已。想当初嘲笑过荒僻边远的老汉，讥嗤他抽烟后醉卧田间而不能自持的憨态，实在大可不必。

其二云：

深闺长日镇相怜，笑杀如兰总自煎。
星火更资杯水力，斜风疑袅瑑炉烟。

微波喜与樱唇近，锦字重劳玉腕镌。
试共从头追往事，遐方荒冢倍缠绵。

这首诗摹写妇女抽水烟的情状，研究者认为，“是吕思勉与夫人虞菱拉家常时一起唱吟而成的”。闺房幽深长日无事，不妨抽烟慰藉那百无聊赖。“如兰”也许暗指虞菱（字繸兰），笑看像她那样总是自煎自吸。点点火星全仗杯水过滤，斜风袅袅疑似雕纹香炉在冒烟。樱唇总对着烟管吹拂微波，闲来无事还劳柔腕书写锦字回文。结尾两句写夫妇抽烟聊天，尝试着一起从头追说往事，说到那遥远的荒冢让人倍感悱恻缠绵。

结社评诗时，赵元成评“二律刻划入细，似可存”，但“微波与杯水意复，能否酌改”。吕思勉对游戏之作并不满意，自评“近纤，拟删”，打算殳落之。

据学生回忆，吕思勉待人接物“态度平易近人，不管与同辈或青年人交谈，都是诚恳相待。他爱手捧水烟袋，坐在藤椅上侧身倾听别人的论述，从不打断别人的话语，听完后才抒己之见”。就像鲁迅手夹卷烟娓娓而谈的经典照片一样，在学生记忆里，吕思勉手捧水烟袋在藤椅上侧身倾听他们谈话，也堪称最富个性的镜头。其爱女吕翼仁说，每当夫人或女儿生病时，吕思勉总“拿着一本书，一方银硃砚，一支笔，一杯茶，一管水烟袋，就坐在病人房里工作”，水烟袋与笔墨书一样，都是不可或缺的。

吕思勉晚年气喘得厉害，应与其长期嗜烟有关。他自置“医事备检”的文档，收藏着常州名医唐玉虬的函札，告知他“置旱烟管上吸之以治喘者，为风茄花，此物稍有毒性，亦不可多吸”。另存弟子汤志钧的便笺，也说及“洋金花可置于烟斗中服之，治气喘，但久服有弊。风茄花舍亲曾查询《本草》未见，不知是否别名”？看来，一生嗜烟终究害苦了这位史学大师。

爱猫

弈棋之外，吕思勉的另一爱好就是养猫。据他回忆，“年九岁始好猫”，当时家里养两只猫。老白猫性凶猛，他“畜兔二、画眉一，皆为所杀，然不恶之也”，仍视为“猫友”。另一只董猫“甚美”，因获之堂姑董家而得名，母亲特意送他饲养。这年，他随父赴江浦县学教谕任，“携之往江北，恐其失去，恒闭房门，不许其入院落，久乃释之”。在那里吕思勉新养三只猫，与董猫分别名为“志道”“据德”“依仁”与“游艺”，连为猫命名都寄寓着志趣。五年后，匆匆南归，董猫恰外出，未能携归，吕思勉“后常痛惜之”。

新婚不久，其父允诺将名唤“大龙”的牡猫送给归宁的二姑。吕思勉将大龙私下寄放友人处，“二姑既行，乃又抱之归，家人但以为猫适出而已，不知予与予妻所匿也”。他与新妇的爱猫之心跃然纸上。吕思勉说，“予妻最爱猫，家中之井用后必以物盖之，防猫之失足而坠也”。有人嗤笑她过虑，史学大师竟动用考据功夫，引证《辍耕录》坐实古已有其事，“则以物掩井，亦谨慎之一道也”。吕思勉爱猫几近痴迷。一日，他过常州东门外，一只金黄色的猫卧在养老堂东庑下，“见而美之”，堂中人原就讨厌这猫，见他留恋忘返状，就说：你喜欢，就带回去。吕思勉大喜：“汝肯送致我家，当畀汝钱二百。”那人果然高兴地送了来。

1936年，吕思勉写了好几篇猫的随笔。《猫友纪》引用孟子“舜之居深山之中，与木石居，与鹿豕游”，主张“友岂必其人也哉”，逐一追记相处过的猫友。在《太平畜》里，他将《春秋》张“三世”之说移之于家畜观：

> 犬者，乱世之畜也，养之以猎物，并以残人。牛马者，升平之畜也，人役其力以自利。猫者，太平畜也，人爱其柔仁，与之为友，而无所利也。

吕思勉还为猫编撰专史，题曰《猫乘》，汇辑了所能搜到的古今中外猫的掌故，例如《猫寿》《猫食》《猫相》《猫赛》等等。在一个猫哺幼鼠“子之如子”的故事后，他就“嗜杀非猫本性”有感而发道：

嗟乎，人之异于禽兽者，岂皆善于禽兽者哉！禽兽不知其恶而蹈之，人知其恶而犹独为之，其不可恕甚于禽兽，不待再讨矣，然人岂生而恶者哉？吁乎！（《猫哺鼠》）

这通猫论坦露出悲天悯人的仁者情怀。据出版家范泉说，上海“孤岛”时期，吕思勉“写下了一系列富有文艺气息的文章，如《武士的悲哀》《眼前的奇迹》等，为中国民族伸张了浩然的正气”，所用笔名有一个就叫“野猫”，也可见他对猫的钟爱。有一段时间，他常在信笺一角盖上他自刻的猫图案印章，“章仅盈寸，造型简朴，苍劲如汉印”。

学生回忆，每与常州来的乡亲谈完正事，吕思勉总会问一句：“到我家，见过阿黄吗？”他还曾津津乐道地“向同好者介绍上海城隍庙马戏团见过的一只头大、脸圆、毛长、尾粗的波斯猫”，而“头大、脸圆、毛长、尾粗”正是其相猫经的独得之见。1948年，他与学生逛邑庙，在宠物铺看到一只白色卷毛波斯猫，但索价“稻米十石”，只好望“猫”兴叹，“细细观赏了好一会才离去”。

猫成为吕家最受呵护的小生灵，吃饭时爬上饭桌，把吕思勉筷上的菜打下来吃，他也不生气，仅笑笑而已。据其爱女回忆，常州故居原有一架葡萄，每到初夏绿荫沉沉，却招来了壁虎。有一次，一只小猫突然死了，怀疑误食了小壁虎，“为保护别的小猫，就把葡萄掘掉了”。还有一次，名叫“黑大”的猫在堆放杂物而无人居住的楼上产仔，一天，它下楼找到吕夫人虞菱哀鸣不已，逐之不去，随之登楼，只见“小猫罥于网篮之绳不得脱”，几将毙命，“乃为解之”。吕思勉据此写了《猫救子》的随笔。由于吕家的善待，邻猫遁入习居为常，邻人也往往窃取猫之美者“来献以邀赏”。

1955年，故居来信说，名叫“小黄”的猫“四日不归”，或“为畜鸽者所杀”。吕思勉积忧成梦，数日后“夜梦在高台之边，见下有猫黄色，予警呼小黄归矣，欲垂绳救之，未果后醒”。两年后，吕思勉去世，其夫人在其遗体边放一支钢笔、一块表与一张猫的相片，与他诀别：

> 笔一支，表一只，是你生前常用之物；猫，是你生前最喜爱的动物。现在，你就把这些东西带去了吧！

明人张岱说：“人无癖不可与交，以其无深情也；人无疵不可与交，以其无真气也。”吕思勉好奕怡性，嗜烟有瘾，爱猫成癖，其深情真气也当作如此观。

（原载2016年第1期《文史天地》）

随同华纳西行的陈万里

好多年前看过陈毓贤的《洪业传》，近日读到她的《〈洪业传〉出版以后》（2013年1月13日《上海书评》），尤感兴味。文中说，洪业“记忆大体很准确，有些事乍听比小说还离奇，后来竟然被印证了”，接着举例道：

> 洪先生说1924年有位燕大学生替哈佛福俄博物馆的朗顿·华纳当翻译，跟华纳到敦煌去，见他用甘油渗透棉布把数幅壁画取下运回美国；次年华纳又带了大队人马来，准备把更多的壁画运走，这学生向洪先生泄密，洪先生马上告诉教育部副部长秦汾，教育部即发电到敦煌沿途各县市，吩咐地方官员招待这些外国人，加以武装保护，但小心防备他们破坏文物，结果华纳空手而归。

朗顿·华纳（也译作兰登·华尔纳，本文即称华纳）

此行空手而归，《洪业传》有详细的记述。这位燕大学生叫王近仁，洪业吩咐他“装着没有泄密，仍跟着华纳到敦煌去，第二天自己雇了洋车去见教育部副部长秦汾（号景阳），秦汾也是北京大学数学教授，他马上采取行动，打电报到每一个由北京到敦煌途上的省长、县长、警察长”，命他们待之如宾而防之如盗。阴谋未逞，“华纳私下告诉王近仁说一定是队伍中的北京大学代表陈万里作梗，因为每到一个地方，陈万里便去拜见地方官，地方官便坚持保护他们”。

《洪业传》还说，陈万里“出版了一本书，叫《西行日记》”。此书有甘肃人民出版社2002年新印本，颇能印证洪业晚年回忆言之有据。陈万里时任北大校医，并在北大研究所工作，他随华纳为首的美国敦煌考古队西行，是受北京大学研究所国学门的委派。沈兼士序《西行日记》云：“余与叔平（马衡字）亦审谛，微陈君莫能当其事者。”据《西行日记》，华纳此次西行，根本没能进入敦煌，兹摘引数则如下：

（五月）十八日，……翟荫（美方成员）君拟到敦煌后偕（王）近仁折回肃州止华尔纳（即华纳）君西来，以华尔纳君前岁剥离千佛洞画壁后，人民颇有反感，此来恐多周折也。……四十里敦煌县，进东关宿万玉店已十二时。县署派有县警招呼一切，途中亦有马警保护，出关后各县皆然。

十九日，……下午二时偕同行诸人赴县署集议。……会议先由翟荫君说明此来本拟剥离一部分画壁，运赴北京陈列，以便中外人士得就近研究，曾以此意商之陆省长，未蒙许可，嗣后即一意摄影，希望能得各界谅解，予以充分时间云云。杨知事、牛科长、周统领及教育会会长相继发言，均以前年华尔纳运去千佛洞画壁二十余方及佛像数尊后，地方人民群向知事诘问，今年庙会时，复有人向千佛洞王道士诘责，因此此番游历，为期势难太长。且在千佛洞居住，有种种为难情形，即军警保护亦恐有不周之处。说之至再，仅允游历日期不得逾两星期，千佛洞碍难居住，只能当日往返。

六月一日，……下午翟荫君偕华尔纳及柯乐克二君自玉门来（安西）。

二日，……下午一时（安西县）陈县长来请，商榷往万佛峡事，遂与华尔纳、翟荫、王近仁三君同去。……最先华尔纳、翟荫二君要求在万佛峡勾留一月，地方代表仅允三日，后静山统领折衷为一星期，最后复决定为先去一星期，如一星期后认为尚有摄影工作应须继续者，再行磋商。

要之，1925年华纳西行考察，没能获准进入敦煌，止步于安西万佛峡；其他美方队员也只在敦煌千佛洞逗留了三天，剥离壁画的企图终未得逞，陈万里的功劳是必须提及的。

然而，这次西行竟让陈万里意外蒙垢。其事仍与华纳有关，发生在泾川南石窟寺。据《西行日记》，陈万里“在西安购得《南石窟寺碑》拓片时，即以为此石既在泾州，为近年所发见，则泾州境内必有一南石窟寺”。6月23日，他与考古队一行抵达泾川，“至文庙参观《魏南石窟寺碑》原石（民国六年自王家沟移存于此）”，经多方打听，终于访得石窟寺所在地，“遂雇得农民一，负我渡河焉。既济，石窟外之力士神，赫然在望，狂奔就之”。次日，陈万里与美方成员再往考察，见原北魏造像外有后代重敷的泥胎，便着手剥离。据其日记说，剥离佛像外廓，“自是正当研究方法，余深然之，且为之助”。不料数十乡民蜂拥而至，诘责“毁坏佛像之罪”。“村众集者愈多，声势汹汹者亦不少”，考古队“被困于泾川之北者约二小时”，陈万里“始终居间调停”，最后决定补偿重修费用，纠纷才获解决。

2012年7月，笔者也到泾川访古，在王母宫获见《魏南石窟寺碑》原石，倩人摄录了陈列辞：

此碑原存于南石窟寺。系北魏永平三年（公元510年，距今一千四百多年）使【持】节、都督泾州诸军事、平西将军、泾州刺史、安武县开国男奚康生造。

这块珍贵的碑石不仅是我们了解当时开凿南石窟寺的直接依据，而且还为我们留下了当时地方的建置、官员等参考文字，同时还是极为珍贵的书法精品。

一九二五年原北大教授陈万里，曾伴同美国人兰登·华尔纳等前往敦煌考察，途中发现了南石窟，感到非常惊讶，欲盗走文物，被乡民扣为人质，县政府出面交涉，华尔纳赔偿了损失。陈教授返回途中单独到石窟作了调查并且带走了落在地上的南石窟寺碑一角，现藏于北京大学。

这段说明有两个问题。首先，细绎《西行日记》，陈万里带走寺碑一角，并非7月12日归途重经之日，就在6月24日首次考察之时。他在现场发现了碑头，怪讶“何以官厅当时能移碑石于文庙者，独不能并移此碑头耶？思之重思之，当时移置之动机，确非由于保存古物，殆无疑矣（据闻乡民因寺基涉讼所致）。因此决定拟将此残石带还北京，实诸吾校考古学室。盖不如是，残石之命运，非至破碎而不止”。村民到来之前，他已将碑头“装入布袋，安置一侧”。未料纠纷突起，他见处置碑头弃留两难，“卒毅然命车夫肩之实余车，而此十余监督之村民，竟未一加干涉也”。据日记说，“从此，约重四五十斤之残石，将日夕伴我西行，或至兰州而止。俟余敦煌回省后，复携之东归。”

最大的问题还在于，陈列辞将陈万里指为伙同华纳“欲盗走文物”的主谋，令其蒙上不白之冤。陈万里陪同西行，实质肩负监督美方队员、卫护文物国宝的秘密使命，他也确实每到一地就去拜访官府或警方，迫使华纳未便妄动。故而北大研究所国学门掌门人沈兼士在序《西行日记》时特别表彰他：

> 虽于敦煌未遑作从容精密之探检，然如记中所载，其成绩固已足惊叹。至于其爱护国宝、维持校誉，孤谊苦心，尚有为楮墨所不暇及者。然则陈君此行，于国人及本校之光荣为何如乎！

玩味这段序文的背书涵义，陈万里随行的任务，主要还不在于自己“作从容精密之探检”，而是“爱护国宝、维持校誉”。但在美方面前，这种“孤谊苦心”必须不落痕迹，这才是序文所谓“有为楮墨所不暇及者”的皮里阳秋。但当年泾川乡民的误解，却让陈万里至今还背着骂名。借着为陈毓贤大作进一谈助的机缘，顺便也还“原北大教授陈万里”的清白之声。

补记：

据王冀青《华尔纳与中国文物》（兰登·华尔纳《在中国漫长的古道上》附录，新疆人民出版社，2001年版），作家赵燕翼在1980年代曾向当地长者做过实地调查，在所作《南石窟寺杂记》里说：

> 一时群情激愤，怒斥洋人毁坏佛像之罪，吓得杰尼先生冷汗直冒。最后，由“通事”出面陪情道歉，请派群众代表同到县城，赔偿大洋六十六元，为佛重塑金身，这场风波才告平息。群众所称的“通事”，乃北大学者陈万里先生。

赵燕翼的调查记写得还是比较客观的，未见有对陈万里的谴责之词。而王冀青在引用调查记后说：“群众抵制考察队的活动显然是自发而起，陈万里此时是剥离雕像的当事人之一。”这与陈氏《西行日记》相符合。当然陈氏自以为剥离雕像外廓，“自是正当研究方法”，王冀青不以为然，认为石雕泥胎擅遭剥离，“如何得以修复”？而对陈万里自称出于保护残损碑头的考虑，毅然装车时曾获得“十余监督之村民”的默认，也严辞谴责为“伙同翟荫等人擅自拿走”。平心而论，剥离雕像外廓，是否真是陈氏所说正当研究方法，大有讨论的余地；但陈氏取走碑头，或鉴于当地群众未能重视残碑头的文物价值，移至北大保护，应是值得肯定的有功之举。

总的说来，正由于陈万里此次西行，华纳原定盗取敦煌文物的考察计划宣告破产，他“甚至连照相或访问石窟都难获准，除非做出不移走任何东西的保证”。

类似陈万里以国内学者的公开身份监视外国探险家盗窃中国文物的情况，在黄文弼两次参加斯文·赫定为外方团长的西北科学考察团时也发生过。黄纪苏据其祖父黄文弼日记说，1927年第一次考察时，“赫定一面称赞我祖父博学多闻，一面又埋怨碍手碍脚”（2014年10月22日《东方早报·艺术评论》）。1933年第二次西域之行时，黄文弼向教育部汇报了赫定在罗布泊及塔里木河一带挖掘古墓的情况。两人就此交恶。

在国力不张的当时情势下，陈万里与黄文弼一样，都无愧保护中国文物的有功之人。

（原载2013年2月3日《东方早报》）

鼎革之初姚鹓雏与柳亚子的交往

姚鹓雏是南社著名诗人，其三卷本《姚鹓雏文集》近年由上海古籍出版社刊行，分别为诗词、杂著与小说卷。日前，他的一通逸简由管继平先生发现（见2015年10月2日《文汇报》“笔会”载《卅载文字因缘在》，下称“管文”）：

亚子我兄社长左右：

违异来久，音问中绝。夐夐踽踽，如在空谷。孤僻之甚，亦自怪也。曩岁游从之欢，时复驰溯，止应天上，世短意多。情殷迹邈，而下走衰病荒落，学业不立，恧对故人，以是濡殢，懒于自通，惟仁者矜宥而已。自去岁来屏居沪渎，稍理故业，而客游卅余年，立锥无地，行年六十，体气已衰。幸精力尚强，写作未倦，或可藉是自效于新民主主义之世，服务群众，免为寄生。迩者，沪市成立文物管理委员会，搜集载籍已过十万，其他器物称是，爰有扩充为图书、博物两馆之议。友人有柳翼谋、沈尹默、汪旭初皆已罗致，颇谓如走亦勉可滥竽，独无为推挽于陈市长者，柳、沈诸君不便自中发之，用是踟躇耳。

从者雅意，故旧在远不遗，能否为我通一书于市长，提名作介。廿年暌违，甫一通问，便作此诿谁，无任惭疚，惠子知我，倘勿责邪！走顷以人民代表会议事来松江，匪久即去沪。如荷赐答，寄上海山阴路文华别墅十八号为便。专承

近祺！

弟姚鹓雏顿首　六月十三日

根据这封轶札，管文钩沉了姚鹓雏与柳亚子的一段交往，读来兴味盎然，但尚可补足些许细节，这既关乎沪上文坛故实，也反映了鼎革之际新政权对旧文人的统战。

这是“廿年暌违”后，姚鹓雏首次与柳亚子通函，求这位南社社长在上海市长陈毅那里“提名作介”，以便在新成立的市文物保管委员会谋一席之地。他之所以“甫一通问”就乞友说项，原因大概有二。其一，据《姚鹓雏文集·诗词卷》，他1951年有诗题说及，“癸丑岁赁居松城，不数年携家流浪，迄无一椽之托”（“癸丑”是1911年），其诗末句云“三十八年头尽白，依然无屋更无田”，也就是说，他1949年移居沪渎，“立锥无地”，如

何解决生计，应是其不顾“惭疚”驰函故人的首要考量。其二，政权鼎革之际，他既非陈寅恪式的文化遗民，但却非“侮食自矜”之辈，显然听从新政权的宣传，希望与之合作以紧跟时代，此即函称“藉是自效于新民主主义之世，服务群众，免为寄生”。

管文说，“姚鹓雏此信发出，柳亚子复信如何我不得而知”。实际上，这封复信保存在《柳亚子文集·书信辑录》里，今迻录如下：

鹓雏我兄道鉴：

病脑经年，万缘都废，顷始复苏。三月中惠教，久搁箧中，迁居时偶捡出，即依尊意，致函陈市长作介，请兄参加文物保存委员会，并说明尹默、翼谋、旭初诸先生均为旧识，可以访问。顷得市长复笺，略谓“姚先生为词章名家，早心仪其人，当设法照顾，使其得一服务机会”云云。虽未肯定，似意尚不菲，未知下文如何，甚盼兄与沈、柳、汪诸公商议，随时从旁催促之，好否？弟函中曾提及图书、博物两馆，届时如能实现，弟夹带中有数人，拟先与兄预约，度兄不责其冒昧也。赐教寄北京北长街八十九号便到。

匆颂

道安！

弟柳亚子上

九月十九日

复函延宕了三月之久，似乎令人不解。但据柳亚子同月28日给柳无忌家书说：“我自去年七月中旬起，神经衰弱症复发，不能用脑，更怕写信，这样已有一年多了。”足证他所说“病脑经年，万缘都废”，绝非敷衍搪塞之词。而说姚函“久搁箧中，迁居时偶捡出”，也有据可查。据《柳亚子日记》，这年9月11日，他“自北京饭店迁居北长街八十九号，王侯邸宅皆新主，居然朱门华桷矣”，成为北长街原王侯邸宅的新主人，他的《磨剑室诗集》也自迁居起编为《北长集》。至于信中说“三月中惠教”，疑作“三月前惠教”，始能与姚信落款日期前后衔接。如此看来，卧病经年的柳亚子在迁居时捡出来函，随即致邮陈毅，并将对方答复及时函告姚鹓雏，也可谓忠人之事。这封说项函作于迁居后三天，作为档案也保存了下来，《文汇报》1990年2月18日“笔会”曾予披露，后编入《柳亚子集外诗文辑存》（上海人民出版社，2011年），全文如下：

仲弘我兄同志：

匝日前奉上小诗一幅，度早赐收。弟顷自北京饭店迁居北长街八十九号（电话三五〇九〇），行箧中检得旧友姚鹓雏兄六月十三日一笺，特以奉阅。姚君为南社诗人眉目，与弟订交四十年，长于文学，其最近行履，则沈尹默、汪旭初暨宗兄翼谋耆老皆知之甚详。甚盼我兄罗致于上海文物管理委员会或畀以图书、博物馆职务，必不为羊公之鹤也。如荷许可，希就近与沈、汪、柳三先生一谈，请其转告姚君为感。如何处之并希示复。国庆期近，兄亦有意来京一游否？

此致

敬礼

弟柳亚子上

九月十三日

仲弘是陈毅的字。此信刊布时的编辑附记说：

陈市长接信后十分重视，当即签署了意见，批给潘汉年副市长。意见谓："1. 最近即派人去看他；2. 即以安置。"在陈毅市长的关心下，姚鹓雏先生与杨千里、夏敬观、冒广生等一起，被上海市文物管理委员会聘为特约顾问。

由于柳亚子附呈姚函，"特以奉阅"，遂使这封私信入藏上海市档案馆。而管文推断，"柳亚子接信后肯定没有敷衍，不仅鼎力推荐并且还圆满落实"，也足以有据坐实。至于"鼎力推荐"与"圆满落实"的具体过程，值得进一步考实。

接到柳亚子信后，双方续有邮筒往来，姚诗有《亚子函索近作既杂录诗词为报复成此篇再寄》，也印证了这点。《柳亚子文集·书信辑录》还有一函也与这事有关：

鹓雏兄：

九月廿九日两笺均到。松江来信早到，已于九月廿七日奉复，并再函陈市长矣！森玉先生初未相识，此次来京，由郑西谛作介，一见如故，已与畅谈。据渠言，陈市长对兄，早有罗致之意。惟管文蔚同志颇拟留兄于苏南，陈公勿愿与争，以是延搁。弟本托森玉先生返沪后，先向李亚农先生道意，函询管君，得一究竟，然后再作解决之计。森老大约一礼拜左右返沪，兄可面与一谈，渠亦甚愿引兄同事也。尊著绝句极佳，惟益触弟山阳之恸耳！匆颂

道安！

弟亚白

十月三日

此信转述徐森玉语牵涉到当时行政人事权限，有必要略作说明。尽管当时姚鹓雏“屏居沪渎”，他的人民代表资格却是松江选出的，故致柳亚子信提及“顷以人民代表会议事来松江，匪久即去沪”，也就是说，他的人事管辖权最终仍须听命于松江县的上级政府苏南专区行政公署，

管文蔚其时正是苏南人民政府主席。而苏南与上海当时各为独立行政区，并无隶属关系。唯其如此，管文蔚拟留用于苏南，上海市长陈毅“勿愿与争，以是延搁”，所以柳亚子要转托徐森玉通过李亚农函询管文蔚“得一究竟”。从结果看，这一沟通显然是有效的。

管先生推断大体没错，柳亚子《红桑一首用姚鹓雏韵》“也许就是写于那一段时期”。查《磨剑室诗词集》，这首诗题标明具体日期，即“十一夜车中作”，其次日日记也记及“昨夜失眠，枕上成诗十首”，就包括这首诗。

据《柳亚子日记》，10月11日，柳亚子偕夫人郑佩宜搭乘饶漱石的专列南下，13日抵沪，陈毅在与潘汉年前往车站迎接饶漱石时，便与他约定当日下午将趋谒拜会，日记说：“下午，陈市长来长谈，极痛快，此儿大可人意。”柳亚子私下月旦新政权的封疆大吏“此儿大可人意”，与他倩人在印章上刻“兄事史达林，弟畜毛泽东”出于同一做派。这种恣意率性固然个性使然，也基于他在鼎革前后与最高领袖的特殊关系。正如他的1949年6月14日家书所说：“中共对我极客气，对文化人亦极好。……此地是皇宫，我们居然享受帝王之乐，也算翻身了。一笑。”这种翻身感让他以光武故人高自位置。尽管陈毅迎迓的是饶漱石，但《磨剑室诗词集》有赠陈毅七律，仍题作“喜陈市长仲弘来迓，赋赠一首”，其颈联“佯狂使酒吾犹昔，礼士寻贤汝最能”，即指他推荐姚鹓雏而获得陈毅助力。

据《姚鹓雏文集·杂著卷》附《姚鹓雏年谱简编》，“10月13日，柳亚子抵沪，陈毅市长在百老汇大楼设宴，应邀出席”。但柳亚子13日日记说，“李亚农来谈，言陈市长将于十六日夜设宴，为余洗尘云”，再结合其16日特记及“饶主席、陈市长百老汇大厦（下午七时）”，则姚鹓雏出席洗尘宴应是16日。此前一日，柳亚子拉南社诗友高吹万之子高君介往访姚鹓雏不遇，则接风宴应是契阔多年后两人首晤。

诗友把臂，吟咏酬酢必不可少。柳亚子刚到，姚鹓雏就有《亚子至奉赠长句即题其北长集后》。其首联“雨散星飞二十年，鲁连玉貌亦霜髯”，比以义不帝秦的鲁仲连，说廿年分袂再次相见，柳亚子已飘飘霜髯了。结句“文工雅乐和平舞，百族团圆喜共占”，即指10月3日在怀仁堂少数民族文工团歌舞晚会上，应毛泽东之命，柳亚子当场献赋《浣溪沙》的雅事。

16日夜宴让姚鹓雏“流连胜会，慨念旧游”，遂赋七绝八首献呈赴宴者。颂扬饶漱石与陈毅那首说：“功成百战为人民”“磨石铭勋大海滨”。赠柳亚子一绝云：

卌年磨剑郁雄奇，热血冰心天下知。

四海一家今日事，挑灯起写月圆词。

结句暗用柳亚子“奉旨填词”时那句“歌声唱彻月儿圆”，堪称得体与到位。

据《柳亚子日记》，18日上午，姚鹓雏偕其婿到访，下午姚鹓雏再来。柳亚子与夫人当日赴无锡，姚鹓雏也随陪前往，作诗有《重九前一日偕亚子佩宜石公白蕉诸君游梁溪居城南宾馆翌日而病两首》《锡游病归作似亚子石公白蕉》，同行还有尹石公与白蕉。数日后，姚鹓雏以诗《再简亚子》，其一云：

九日光阴第二泉，与君饮啄且随缘。
荡胸云海成高眄，打枕风涛且熟眠。
胜地重来秋澒洞，故人久别话缠绵。
鸳湖烟雨苏堤柳，屈指相期更放船。

结合其前纪游诗说“诸君不负幽寻兴，行到梁溪第几桥”，足见这次联袂出游之轻松惬意，以至再期泛舟嘉兴南湖与杭州西湖。

其第二首结句说，“卌年文字因缘在，结习谁怜老更痴”，管文之题“卌年”引作“卅载”，据诗律平仄，“载”当是“年”的误植。而姚、柳文字因缘究竟30年还是40年，仍应一辨。南社创始于1909年，据柳亚子《南社纪略》说：民国元年（1912）“可称为南社的全盛时代”，接着他罗列当年阵容，已有姚鹓雏之名。上引《年谱简编》在这年4月1日下也说，“《太平洋报》创刊，以陈陶遗之介入报社，与叶楚伧、柳亚子、李叔同、胡朴安等论交”；同年5月9日下说，“以叶楚伧、柳亚子介绍入南社，入社书号268”，印证了《南社纪略》的说法。而《杂著卷》“书信编”收入现存最早的《答柳亚子》函，是刊载1912年7月8日《太平洋报》上的。再参前引赠柳有“卌年磨剑郁雄奇”之句，足证至迟民国元年两人已结文字因缘，至1950年已越39年，故“卅载”显然应作“卌年”。

10月28日，返京前夜，柳亚子回请海上诸友，姚鹓雏自在邀请之列，与宴的还有柳翼谋（即柳诒徵）、沈尹默、尹石公、汪旭初、李亚农、刘思慕、高君介与徐森玉等，皆一时英彦。

综上所述，《年谱简编》说：1949年“夏，由柳亚子推荐，受聘为上海文物管理委员会委员”，显然误将系年提早了一年，应是1950年10月，与其出任松江县副县长都在出席陈毅宴请柳亚子后。这年岁暮，姚鹓雏有《松江南关欢迎农民子弟参军》，尾联“爷娘鼓舞妻孥喜，一反兵车杜老吟”，说的是抗美援朝爆发后，他以副县长身份欢迎新兵入伍，还反杜甫《兵车行》为农民子弟参军点赞。次年，他又有诗题说及，“三月十五日，偕支会同人慰劳本县浦滨泖口等处圩堤工程人员”，所谓“支会”应即《年谱简编》1950年12月5日下说的“出任中国人民保卫世界和平委员会苏南分会委员”。姚鹓雏深知，他的所有政治待遇，都得力于居停主人柳亚子。时隔一年，他又有《重九书感》诗云：“已衰筋力惭优礼，在远朋侪隔苦吟。”作者小注说，“去年此日，与亚子联吟沪锡道中，今亚子居北，音讯久疏，故有五六语”，除追怀诗友倡和外，还由衷感激由柳亚子促成的“优礼”。直到1953年，姚鹓雏重游京华，与柳亚子夫妇在中山公园来今雨轩聚会，仍念念不忘以诗追忆1950年的海上交游：“南归置酒菊花黄，十日欢悰江水长。”

其时，姚鹓雏与柳亚子等许多旧文人一样，正沉醉在与新政权的短暂蜜月中。

（原载2015年7月12日《东方早报》）

钱春绮的十四行诗

一

一个“文革”冬夜，摘抄辗转入手的《新诗集》，体验了“雪夜闭门读禁书”的况味。除了德国大诗人海涅，也记住了译者：钱春绮。四十多年后，偶读他的《十四行诗》（上海文艺出版社，2009年版），发现这位翻译家兼诗人，在我摘抄海涅的年代，正在诗为心声地为这场历史留下笔录。

钱春绮原为职业医生，上世纪50年代初，因“不愿听人摆布”，以有关部门一道“永不录用”的指令，被迫弃医从文。正如他在《感谢海涅》里说：“亨利希·海涅，德国伟大的诗人／可以说，你对于我，有再造之恩／当我失去了工作，再无路可走／全靠翻译你的诗，才得以糊口。”（以下引诗皆据《十四行诗》）60年代，他以翻译海涅《诗歌集》《新诗集》与《罗曼采罗》而声名鹊起，庆幸“坏事变成了好事”，自己“成为了一个自由人，游到了译坛，成为一名翻译家”，与此同时，也确立了雄心勃勃的译诗计划。

然而，“文革”骤起，碾碎了他的译诗梦。钱春绮在80年代的译诗后记里忆及这段遭遇：“在十年动乱中，藏书被洗劫一空”；个别“译稿因转移他处而未遇难”；更多译竣的未刊稿，或连同“藏书被抄”，“免不了毁于秦人之手”；或“随着全部藏书都被当作‘四旧’送到废品回收站化作纸浆”。这些“遭鼎镬之烹”的译诗稿有荷马的《伊利亚特》、歌德的《浮士德》与波德莱尔的《恶之花》。在《悼亡稿》里，诗人诉说了它们的归宿与自己的哀恸：“一朝被无情拆开，哀哉／你们将被送进造纸厂／粉身碎骨，被化为纸浆／我就像那母亲尼俄柏／把她十四个亲生子女／在一天之中全部失去。”

熬过“文革”初期的疯狂岁月，深知再无可能从事译诗，钱春绮决意拿起诗笔，为自己谱出心曲，为历史留下实录。他在《转变》里说：“屈指我已经闲了十七年／我的笔竟然无用武之地／沉寂的文坛！荒凉的文苑／我只得抛弃幻想而转变／来写我自己所要写的诗。”诗里说“十七年”是指他被体制放逐的年份。《鳞爪》道出了他决定转变的良苦用心：

我总是在写些一鳞半爪，

不是为了马上拿去发表。
我深知道我的这些稿子，
它的内容非常不合时宜。

我常看到许多古代作者，
生前没有发表作品机会，
等他死后过了很多日子，
才由后人将它公诸于世。

就让我的著作成为孤本，
就以这种手稿样式保存，
让它埋没很长很长时期。

将来也许会有博古之士，
能发掘出这些参考资料，
探索这时代的精神风貌。

所幸这些“非常不合时宜”的诗稿，并没有“埋没很长很长时期”，在诗人生前就得以付梓，便是这部《十四行诗》。他的“文革”诗最早系年为1971年初夏，其时，运动初期的疯狂虽已退去，但政治大气候依然严峻，诗人敢于留下诗稿偷藏私箧，仍需有相当的勇气。尤其难能可贵的是，他在“林彪事件”前就对“文革”开始了如此清醒的质疑与冷静的反思，以诗歌形式为“文革”史留下了一份知识分子的思想档案。作为读者，我虽非“博古之士”，却试图通过这些一鳞半爪的记录勾画出诗歌所投射的时代，用民族的劫难提醒亲历者，用历史的实相警示后来者！

二

“文化大革命”以红卫兵“破四旧，立四新”拉开大幕，对所谓牛鬼蛇神的抄家活动，假借着高尚的革命名义，摧毁了人类的优秀文化。而优秀文化最明显标志就是“封资修”的旧典籍，谁家藏有这类图书，完全可能祸从天降。钱春绮叙述了一位医生的壁炉故事：“就在那一年恐怖的时期／壁炉吞吃掉几百册图书／他把心爱的李白和杜甫／把经史子集和小说杂志／一本本扔进壁炉的火里／壁炉享受了好几天口福。”听完故事，诗人感同身受，他有着自家藏书与译稿被抄没的切肤之痛：“如今壁炉已不再生火／可是我眼前却仿佛看见／依旧有许多书本在燃烧／书也面临过悲惨的灾祸／人们竟被迫把文化遗产／狠心地扔进壁炉烧掉。”“文革”过后，钱春绮出访美国，在爱默生故居前，“猛忆起我自己的故居／我也曾藏有近万卷图书／到头来都被工宣队抄掉／世上有哪国会如此霸道／不肯让人民有权利读书／对文化来个革命大扫除”。

这些十四行诗是诗人对“文革”抄家焚书的真实写照与痛苦追忆。

不仅抄家焚书，数千年来先人创造的文化瑰宝也视为污泥浊水，一概归入荡涤之列。1971年，钱春绮夏游洞庭东山紫金庵，巧夺天工的16尊宋塑因远离尘网而暂逃一劫，他感慨吟道：“而在‘文化大革命’的风暴之中／你们又能漏网，免受池鱼之殃／啊，罗汉像，这是多么值得庆幸！”诗人后来知道，大足石刻也是如此，“幸运啊，由于远离城市／你们才安然苟全性命／逃脱史无前例的劫难”。但横江大网既已张开，漏网之鱼毕竟少数。次年夏天，诗人游杭州，亲见文物古迹普遭厄运：“玉皇山山顶道观已经被砸烂／净慈寺住着部队，变成了军营／虎跑寺几间荒殿堆放着柴薪／甚至连岳庙也不再供人游览。”如果说，在这些不满与质疑中，诗人仍不失含蓄，当目睹其祖先祠宇钱王庙改为动物园，便再也按捺不住愤慨，以诗诅咒道：“王侯让位给虎豹猿猴／并非衣冠禽兽的禽兽。”锋芒戟指那些倒行逆施的衣冠禽兽。

1973年夏季，钱春绮来到庐山归宗寺，只见“从前挂在禅堂里的一口大钟／由于它那沉重而臃肿的身躯／红卫兵们无法将它投进熔炉／被委弃在破墙边的荒草丛中／王羲之的墨池，已经不堪回首”。“破四旧”给文化名胜以毁灭性破坏，“文革”结束次年，他游《普陀山》诗说：“七八十座寺庙，一百多座茅篷／佛教四大名山之一的普陀山／你忍受了时代给予你的摧残／带着遍体鳞伤。躺在大海之中／海水冲洗不掉创口上的血脓／从前寺到后寺，又登上佛顶山／我惊叹这一场大动乱的灾难／僧徒俱已星散，庙宇洗劫一空。”

相比对图书的禁毁与古迹的破坏，“文革”对文化价值观的颠倒黑白，其危害程度更是锥心入骨。1973年夏季，诗人游历庐山，巧遇归宗寺原当家和尚，向他诉说了经历的“种种苦况”：被迫还俗，娶了女尼。钱春绮听后写道，“不过，我想，他也尝到一些甜头／因为，他被强迫还俗，成立家庭／跟优婆夷共享人世间的爱情”，黑色幽默掩饰不去荒谬与苦涩。他寻访庐山脚下陶渊明遗迹，别说“也没有能保留一间诗人故居／作纪念馆之用，以供远客凭吊／甚至历代留传下的陶氏宗谱／也遭‘文化大革命’的劫火焚烧／无人敢将这唯一的文物保存”。

这年，诗人还到过扬州，在史可法祠前，“庄严的题额已经被抹去／梅花岭吹来萧瑟的秋风／何处去凭吊抗清的英雄／漆黑的祠门森森地锁住”。他远眺祠中昂首挺立的两株银杏树，仿佛拟人化为披着青衫的老翁，冷言冷语数落道：“瞧你们编写的历史真糟透／英雄却原来是个刽子手／三百年留芳，一旦被批臭／竟不及我们这两棵古树／如今还受到尊重和保护／永远保持着清白的面目。”诗人尖锐抨击所谓“大批判”，完全在混淆是非、歪曲历史。行旅至镇江，诗人从金山寺自然联想到白蛇传：“我恍然间进入神话世界之中／仿佛又见法海站在山门外面／那白蛇精来了，又在兴风作浪／率领水族丑类，那些虾兵蟹将／串演一出新型武戏《水漫金山》。”讽刺的对象直指“文革”中兴风作浪的“丑类”。

次年初夏，钱春绮西游洛阳，在白马寺吃了闭门羹，唯见门前伫立着“两匹被砍去耳朵的石马”，便私下发问：“随白马来的异国的高僧／竺法兰，还有，你，迦叶摩腾／你们可痛惜尽弃了前功／我无法凭吊你们的墓冢／来自远方的朝圣的旅人／见到的只是紧闭的山门。”他倍感欣慰在伊水边找到了白居易墓：“尽管到处有群魔在乱舞／却无人敢来挖你的遗冢／无人敢给你抹黑，啊，白公！”诗人深知，在人们的心底，是非不容混淆，黑白依旧昭昭。在西安，他徜徉碑林，坚信人类文化瑰宝是价值永恒的：“‘文化大革命’祭起了法宝／革文化之命，叫嚣扫四旧／也无法扫掉这宝中之宝。”

“文革”过后不久，诗人朝拜孔庙，意味深长地“说道：夫子啊，你又经受了一次惊恐／又做了一场噩梦，不过，请不要介意／你是我国的国魂，打不倒的不倒翁”。在杜甫草堂，他讥刺郭老同时宽慰诗圣：“你也不再用害怕为了屋上三重茅／还会有人再给你扣上地主的帽子／‘文化大革命’，那阵妖风已经过去了。”

三

对中国人民与中华民族来说，“文革”是一场创深痛巨的劫难。期间，最基本的人权横遭最粗暴的践踏，整个社会的上上下下，少有人能始终维护住做人的尊严。钱春绮的十四行诗从细节真实上刻录了“文革”是如何剥夺人的权利，践踏人的自尊，侮辱人的人格的。

“文革”时期人人自危，销毁可能殃及自己或亲朋的所有图书信函，几乎是过来人都有过的选择。浩劫过后，钱春绮回顾这一场景道：

我把你的信全都销毁了，
那是在“文化大革命”时期。
我把你的信全都销毁了，
又不敢抄下你的地址。

我只剪下了短短的一行，
我把这纸片夹在字典里：
“窗外下雨了，雨丝就好像
从我眼睛里流下的眼泪。”

我只剪下这短短的一行，
你写的规规矩矩的汉字，

留下了一段美好的回忆。

如今，封锁的国门已开放，
我常常想要写封信给你，
却无法知道你的地址。（《地址》）

覆巢之下，焉有完卵。“八亿人民，不斗行吗？”到处都是暴力与劫难，人的尊严却扫地以尽。且看钱春绮笔下的《老教授》：“你还有资本，还有健康的身体／为什么英雄竟没有用武之地／你就像一棵藏在山里的巨松／这栋梁之才却遭废弃而不用／瞧你头发已花白，年已过古稀／你还得忍受红卫兵的鸟气／他们气势汹汹地闯进你家中／打破你秃头，抄去你写的稿子／勒令你每天在家门口扫地。”只要对读季羡林的《牛棚杂忆》与梁漱溟、刘节的“文革”日记，就可知道，诗人为“文革”初期众多的学者教授留下了真实写照。他的故乡有位罗医生，在那大革“资本主义尾巴”的年代，被剥夺了私人行医的权利，晚年潦倒，郁郁而死。《悼罗医生》就是写给他的悼诗，“你终于闭上疲倦的眼皮／离开你不想久留的戏院／你一生行了几十年的医／晚年却打破糊口的饭碗”；最终，“你以靠女儿供养为可耻／你于是免去后辈的负担”。诗歌行文平实，却借医生之口“常叹气说已不想再看”，曲折表达出对“文革”的批判。

相比老教授与罗医生的命运，《悼汝乾》更是催人泪下。不知道这位汝乾究竟是谁，他不过是许多“文革”受害者之一而已。钱春绮以诗抚吊友人：

你像落叶般坠落入尘土，
悄悄结束了人生的痛苦。
我恍惚看到丈夫的一怒，
因为士可杀而不可受辱。

就像史册上无数的圣徒。
绝不肯低头向强权屈服，
你也不吝惜七尺的身躯，
以一死进行无言的控诉。

你留下两个弱小的孤女，
你怎么忍心离她们而去，
让她们一朝失去了慈父？

最可悲，你那未亡的孀妇，
她甚至不敢收你的遗骨，
不敢抚遗尸而流涕痛哭。

十年浩劫中，像汝乾这样“士可杀而不可辱”的文化人，从傅雷、老舍等名人排起，实在太多太多。这首诗是真实的素描，全景描述了一位文化人的悲剧。他不愿忍受“文革”对人权的蹂躏，对人格的凌辱，不惜抛下两个挚爱的幼女，以一死抗争强权，控诉“文革”。这种“丈夫一怒”，当时必被扣上“自绝于人民”的屎盆。诗的结尾对其遗孀的刻画可谓入木三分，明明悲痛欲绝，却不得不出于“划清界限”的考虑，佯装出死者“罪有应得”而与己无关的镇静冷漠。这首诗不啻是一首《生死别》，实录了那段历史的真实细节，尽管不足称史诗，但却无愧于诗史。那些不知“文革”为何事的人，那些仍为“文革”唱赞歌的人，读读这首诗吧！历史还能重回那样的年代吗?

这种非正常的生死别，在夫妻之间，在亲子之间，在手足之间，在挚友之间，在“文革”中实在司空见惯。钱春绮在《痛苦圣母》里指出：“一千九百六十年以降／我们依旧有许多人子／在十字架上忍受磔刑／我们依旧有许多母亲／含泪痛哭受难的儿子／像那位痛苦圣母一样。”诗人在这里显然超越了实指的境界，而把“受难的儿子”指代为当时的人民，将“痛苦圣母”隐喻为祖国母亲，人民在受难，祖国在哭泣她的子女。

四

面对“文革”期间的种种倒行逆施，钱春绮尽管充满愤慨，却敢怒而不敢言。有时，他会自我解嘲，“我的财产只有空酒瓶／红卫兵不屑光顾寒门／而且，多欣慰，我的子孙／无须埋怨自己的出身”，揶揄当时大行其道的“唯成分论”。在红卫兵抄家当口，他抱定顽强的信念：“你们尽管搜查，你们尽管抄家／你们尽管搬走我的一切动产／可是你们奈何不了我的时间／总得要把这笔财产给我留下／让我自己利用／你们无法没收，你们无法充公。”

在十年浩劫中，钱春绮既不是大义凛然挺身而出的张志新式的英雄，也不是绝不低头以死抗争的傅雷式的节士，他虽然明辨是非，却只是一介小民。“文革”后期，诗人有《雏鸡》题画诗。1974年春季，“反击美术领域文艺黑线回潮”时，京沪有所谓“黑画”展览以供批判用。也许，钱春绮看到的《雏鸡》就是其时“黑画”之一。只见画面上，“这些弱小的六七只雏鸡／不寻觅青虫，不寻觅蚯蚓／睁着它们的愤慨的眼睛／尽对着上空在怒目而视／它们显露出何等的敌意／是否有高高在上的苍鹰／正在盘旋着，拍击着青云／给它们制造生命的威胁”。诗人与画家“心有灵犀一点通”，低吟道：“画师的妙手！画师的感情／给我们画出现实的画图／在含蓄之中隐喻着深意／仿佛是赤手空拳的小民／面对着操刀而割的屠夫／他们别无有抵抗的武器。”诗人指出的这种“尽对着上空在怒目而视”的愤慨与敌意，在“文革”后期具有一种普遍性。正是这种愤怒的地火，汇成了1976年以“天安门事件”为代表的强大抗议运动，为终结浩劫“奠定了伟大的群众基础”（《关于建国以来党的若干历史问题的决议》）。对接踵而来的历史性转折，诗人有《1976年》诗抒发了“十亿人民都拍手称快”的喜悦。

雨过天青，痛定思痛。与全国人民一样，钱春绮对“文革”也有自己的思索。“文革”期间，红卫兵“破四旧”，造反派“打砸抢”，都堂而皇之借“革命”之名粉墨登场。而当年某些“革命者”，在历史的转折中却沦为“反革命”。诗人为这类人也画了肖像：

你总认为你没有问题，
他们却断然逮捕了你，
把你送进了劳教农场，
刑满多年才将你释放。

你总不理解所犯何罪，
你感到冤枉，感到后悔：
辛辛苦苦为革命卖命。
结果却变成了反革命。

难道你真的完全无罪？
助纣为虐不就是罪人？

你没在一旁呐喊助威？

你还认为你有点微功？
你还认为你忠心耿耿？
其实你曾经做过帮凶。（《罪人》）

诗人的反思是深刻的。“文革”浩劫之所以在中华大地上肆虐十年之久，姑且不论部署决策者与助纣为虐者，即便那些只在天安门前手挥《语录》的拥趸，也在客观上为这场运动“呐喊助威”，便不能说自己“真的完全无罪”。只有每个从“文革”走来的中国人，都承担起自己在其间不能推卸的那份责任，来一场“剥洋葱”式的清算与忏悔，才真有可能告别噩梦，“不走老路”！

（原载2015年4月22日《中华读书报》）

呕心剩有遗书在

今年是张家驹先生的百年诞辰，距他去世也恰40周年。

作为20世纪宋史研究的拓荒者之一，张家驹的本科毕业论文题为《宋代东南之繁盛》，其日后“中国社会中心迁转说”早已珠胎暗结在其中，学术水准远在今日一般史学硕士论文之上，足以表明其宋史研究的起点之高与廊庑之大。他从燕京大学走出，曾师从洪业、邓之诚、张星烺等名家，也听过顾颉刚与谭其骧的历史地理课，与周一良是同届同学，与侯仁之、王钟翰、程应镠为前后届系友，与国文系的陈梦家是燕大文学院的同届生。近年以来，对民国学术的评价莫衷一是，有人推崇备至，有人认定高估。且不说追念民国学术，其风向所指是当下学术生态之窳败；像燕京大学在短短数年竟造就了卓尔不凡的学者群，显然是不能低估，值得探究的。

通观张家驹的学术生涯，李培栋认为有两个高峰期：

“第一个高峰在燕京大学学习时期，延续到1942年；第二个高峰在上海师范学院的1956年到1962年。”第一高峰期大体跨度十年，代表作为《宋代社会中心南迁史》，这一时期约有过半岁月处于抗日战争的连天烽火中。第二高峰期只有短短六七年，代表作为《两宋经济重心的南移》，据李培栋说，“1962年后政治形势日益严峻，已很难进行研究工作了”。这一回顾，不禁令人唏嘘不已。倘若说，他的第一高峰期因外敌压境而被迫中断，那么，他的第二高峰期却纯然因内乱孔棘而彻底夭折。他是1974年辞世的，1962年48岁，即便寿数命定吧，其后12年正是学术研究的鼎盛期，理应有更多成果传之后世。但这12年中，他唯一发表的却是1965年岁末《文汇报》上那篇为配合“评《海瑞罢官》”而被“钓鱼”的文章《论海瑞的评价不宜过高》，这真是让人啼笑皆非的黑色幽默。

张家驹享年60，无论怎么说，都走得太早。这应与他的“文革”遭遇有关。“文革”开始不久，他的独子就在广东受迫害而死，据程应镠先生回忆，在那个特殊年代里，即便好友，他也“从没有对人诉说过这摇撼了他肉体和精神支柱的悲哀”。这一期间，他本人也打为“牛鬼蛇神”，在学校附近接受“劳动改造”。据李培栋说：“张家驹家在虹口，每天必须六时出门，才能赶上七点半的早请罪点名，晚上八点半放人，他回家约已十点钟，睡眠不会充足，他又是老胃病，中午只吃自己带来的一小热水瓶的面条，这样的生活，对于他来说，是多么残酷的折磨。……张家驹刚满60岁而病死，实际是和遭受这段摧残大有关系的。”我有时在想，倘若没有“文革”，1968年我应届考入上海师范学院（即今上海师范大学前身）就读历史的话，也许会向他学宋史；倘若没有“文革”，他没受摧残而病死，完全可以延长十几二十年的学术生命，为宋史学界做出更多的贡献。历史虽没有“倘若”，后人却应该警醒。

在学术史上，“名师出高弟”与“高弟出名师”的现象，都不乏其例。张家驹蹙居上海师院这样的三流大学，未有弟子能传其学，便绝无可能享受“高弟出名师”的表彰，这无形中导致其学术成就的被低估。我之所以在五年前发心编集《张家驹史学文存》，就试图客观还原他在中国史研究领域的地位与影响：

> 倘若借用西方科学哲学中库恩的“范式”理论，“中国社会中心迁转说”这一中国史研究中的“范式”是由张家驹创立的，其后的研究都是对这一范式的补充与展开。张家驹在中国社会经济史与宋史研究中的开创性地位也由此而不可撼动。
>
> 即便就其传世论著而言，他已经无愧为宋史学创立期的主要拓荒者之一，他的“中国社会中心迁转说”与冀朝鼎的“中国历史上基本经济区说”，足以

并称上一世纪三四十年代中国社会经济史领域里最具问题意识的两大命题，这样的贡献不可谓不大。（《文存》前言）

我与他并无师承关系，自信这样的评价决非阿私之言，而是建基于学术史轨辙的平允之论。

在完成了代表作《两宋经济重心的南移》后，张家驹的关注重心转向人物研究。1958年，他在《历史研究》上发表了《论赵匡胤》，次年，他的《赵匡胤传》即由江苏人民出版社印行。通过比照，可以推断，《论赵匡胤》是其整个赵匡胤研究的精华版，《赵匡胤传》则是这一研究的终结版。这册传记在剖析宋太祖立国规制优劣成败的两重性上，称得上辨证透彻而见解独到。其后三年，张家驹对沈括进行了深入的研究，与胡道静的《梦溪笔谈》研究珠联璧合，相互辉映，分别从人物与著述入手，共同奠定了沈括与《梦溪笔谈》研究的坚实根基。张家驹选择开国定制的赵匡胤与科技巨人沈括作为对象，其眼光识见毋庸赘言。其后尽管有多种赵匡胤与沈括的传记著作问世，但他的《赵匡胤传》与《沈括》却是全面论述这两位宋史人物的首部学术性传记。

当年因经费与篇幅所限，没能把这两部宋人传记全文收入《张家驹史学文存》，这是深以为憾的。今春，中国书籍出版社联系到我，希望再版他的《赵匡胤传》。我提议，能否连同《沈括》一并再版，作为对这位宋史名家百年诞辰的最好纪念，终获大力支持。至此，在短短五年里，他的遗著已全部结集或再版，这是差可告慰先贤的。

1978年一个秋夜，程应镠先生校毕亡友遗著《沈括》的清样，曾为一绝句，前两句云：“呕心剩有遗书在，忆往难禁泪满腮。”那年，我读大一，宋史学习还刚起步。不料36年后竟也为其校读另一遗著《赵匡胤传》，继业师之后与张家驹先生再续宋史缘。我与他没有亲炙之幸，自然少了那种“忆往难禁”的情分，但“呕心剩有遗书在”的感慨还是有的。任何领域的学术研究就像一次永无终点的远行，先行者的足迹永远是后来者不断前行的起点，不论后来者走出多远，也始终应对先行者深怀一份敬意。学术史的长河也遵循着大浪淘沙的铁律，轻飘飘的泡沫总要消退，沉甸甸的成果终将留下，学者的价值就在于他的遗著能够长久地传世。

（原载2014年12月13日《文汇报》）

流金的书与人

——《流金集》读后

流金是程应镠先生笔名，有时也署为鎏金，一般在写文艺作品时使用。去年，是这位学者执教五十周年纪念，海内外程门弟子发起为受业师编辑出版他的文集，以其笔名名之。《流金集·学术编》将于年内问世，《诗文编》亦在整理之中。笔者忝居程门弟子之列，虽访学日本，客居东京，却有幸先读包括《诗文编》在内的全部文稿，在遥祝文集出版同时，还想说些与书和人有关的读后感。

一

章学诚说：文集者，一人之史也。《流金集》中的学术论著、诗词散文，无疑也是先生人生历程的写真，人格学问的存照。

先生曾不止一次对学生说过："我首先是教师，而不是甚么学问家。"这固然是自谦，但也反映出教师生涯在他自我评价中的重要地位。而实际上，要成为一位德识兼备的教师或教育家，也许比成为一位学问家更难能可贵。作为一位教育家，他在德识两方面都堪为人师的。在他的道德人格中，传统文化的影响是显见的。他主张道德的具体继承，推重儒家“天下为公”的传统，对范仲淹的“先天下之忧而忧，后天下之乐而乐”以及张载的“为天地立心，为生民立命，为往圣继绝学，为万世开太平”最为心折。他认为：一个人“对道德没有正确的认识，就不可能是自觉的”。他正是深切领会了传统文化这些民主性精华，故而在一生行事中自觉服膺了他所推崇的传统道德规范。另一方面，他也经受了五四以来新思潮新文化的洗礼，民主、自由、科学、进步等思想观念也溶入了他的血液中。可以说，正是这两种文化的交融结合，铸就了他独立特行的人格：一生追求进步，向往民主，不计自身得失，专利生民国家。

在抗战军兴的年代里，先生参加过中华民族先锋队，也从事过八路军某团的宣传工作，为中华民族的生死存亡而奔走呼号。“廿二遭国难，立志填沟壑。两度黄河去，从军在汾洛。目击生民难，抗言论民瘼”，今天重读这些旧作，依然可以感受到他当时一腔热血的脉动。（本文引诗均出自先生诗稿）

从“一二·九”爱国运动到昆明“一二·一”惨案，乃至在其后席卷神州、震惊国人的学潮中，先生不论是身为学生，还是身为教授，都始终旗帜鲜明地站在进步学生一边。1946年，他执教滇中，追随闻一多支持爱国学生运动，亦被列入当局黑名单，闻遭暗杀后，幸有学生相助才得脱险境。“望门投宿思张俭”“忍泪脱从虎口来”，诗稿中保存了这些珍贵的纪实之作。

在所谓“反右”以后的近20年间，先生的命运完全听凭着政治运动而颠簸沉浮。然而，从其诗作可知，即使在那些“谪居犹忆日如年”的岁月里，他的处事原则和为人信条依旧是“得失久谙关世运，荣枯每惧损天真”，不枉道以从世，保持着独立本色的人格。

由于先生以一生行事身体力行地实践他所执著认定的道德风范，因而他在向学生强调传统文化的优秀遗产时，就完全是出自自家的体认，而不仅仅是浮泛的空论与苍白的号召。而学生也是从先生自身的道德、人格与传统文化的价值、影响，来认识两者，从而接受教益与熏陶的。

作为一位教育家，50年来，先生始终以历史为专业。在历史教学上，他既具深度，又富魅力，这种深度不仅仅是理论上的开掘和展延，更是出于对中外历史广博而深刻的把握，在关键点上旁征博引、中西比较，趁手拈出，随处点化，使听者豁然会悟，欣然有得。这种魅力，诚如他自我要求的那样：“每上完一节课，就像是写了一首诗，完成了一篇创作。”听先生的课，不啻是一种艺术享受，高屋建瓴而挥洒自如，有时激越雄辩，有时又深沉低回，引用一两句古典诗词，一下子恰到好处地把学生带入了另一境界。

现在始知，这种浑然一体、挥洒自如的讲课艺术，先生曾为之付出多少创造性的艰苦劳动。他曾说过：“我是要求自己把要讲的每一句话都写出来的，40多年都是这样的。”只不过在讲授时不带讲稿而已。他曾深情总结自己的教学经验：“要上好历史课，看来最主要的还是学习，比在大学读书时还要学习得认真。为培养人而学，为未来的建设者而学，为那些将要超过我们的人而学。”

在历史教育与教学上，先生的独特见解在《谈历史人物的研究》、《从学生不爱历史课谈起》等文中多有表述。首先，他认为：应该继承和发扬中国教育史上史学与教育携手合作的优良传统，发挥历史教育的社会功能。其次，他强调历史人物在历史教育和教学中的地位和作用。再次，他反对历史教学中的教条化和简单化的倾向。

二

先生虽自谦不是什么学问家，但作为历史学家，在思想方法与学术成果上都有弥足重视的见地。

在学术思想上，先生也显然深受传统史学观念手段的濡染和现代新史学理论方法的沾溉，两者交融结合，形成了他自己的治学方法与风格。

在史学的功能与作用上，先生是主张以史为鉴，古为今用的。他推崇司马迁和司马光，认为两司马“以古为鉴的作史目的，实际上也是在史学的领域对古今关系的一种解决”，以史为鉴，既是中国史学的一个传统，也是中国思想史的一个特色。他所主张的以史为鉴，古为今用，似有两层含义：其一，是指历史研究应该找出规律性的东西，以帮助当代人认识历史发展的方向与大势；其二，是指总结历史上某一方面的具体经验教训，作为当代相关问题的借镜。

学问之道，在于求真。以史为鉴，古为今用，也不能偏离这一原则。先生曾自述大学时代所受的史学训练，考证、校勘所占分量颇重。正是这种传统史学的早期训练，以及后来长期从事中国旧史的教学、研究的经历，在治学方法上，他形成了重视史料的鲜明特色，以至于强调：“学习历史，要有一点考证癖。”这种史料功夫，一是真实，二是全面（这实质上即是总体上的真实）。关于真实，先生指出：“从不真实的史料中，是总结不出经验教训的，当然也就谈不上以古为鉴。”关于全面，先生以为：只有在全面掌握史料的基础上，才“能总结出或抽象出一些规律性的东西来”。《流金集》中《释干》《释吏》诸文，纯属考据学派路数，借此可窥见先生在追求史料真实全面上的娴熟功夫。

然而先生治学思想并未裹足在史料考据那狭迫繁琐的

天地中。五四以来新思潮的澎湃势头，促成了他治史方法的另一侧面，即重视理论，推崇会通。他在《史学二题》中曾这样回忆自己学术思想的发展：

> 我们当时所受的史学方面的训练，考证、校勘占的分量颇重。有的时候，我也有一点兴趣。当自己以为能辨明一些史事的真伪，确知某一流派的源流，是不禁“手之舞之，足之蹈之”的。……也不知道为甚么，我对这种考证渐渐反感起来，对于有关这一类的文章，后来看也不屑一看了。在史学方法这一课上，我写了一篇学期论文，用当时的话来说，就是写了一个paper，主张写一部通史，不用一句引文，使人人可读，读得有兴趣。当时，我断定搞考据的人，左引某某曰，右据某某云，是写不出这样的通史的。

这段回忆，虽略有当时大学生偏激的向往与追求，对把握其治学方法另一侧面的形成却是有价值的。训练有素的史料功夫是历史研究的第一步，却远非其终极点。因而先生认为：“史料不等于史学。不论掌握了多少史料，都不能说他是史学家。”在《史学二题》中，他语重心长地指出：研究历史，“要对理论有一点兴趣，我是常常这样说的”。“霸业千秋余古迹，议论终须大手笔”，他的这两句诗同样表达了这层意思。

先生强调的史学理论修养，有两层特具的内涵。首先要有理论追求的勇气，也就是说，剖破藩篱、解放思想是提高史学理论修养的首要前提。他认为“迷信神，迷信鬼，迷信领袖，绝不是科学的态度”。在其晚年的讲学与论文中，曾多次引用宋代思想家张载“剖破藩篱是大家”的诗句，以为这是真正的解放思想。所谓藩篱，就是现在所说的框框。他明确指出：“要打破框框，思想上，学术上的都要打破，不要老跟着人转。要好学，要深思，才能不为前人所限，他人所限，自己所限。”

其次，这种对理论的追求，是没有也不应该有尽期的。他曾指出，“人们常说，历史是万古常青的。这就是因为理论要不断变化发展，对历史事实的认识，也今古不一，未来和今天又不尽相同”，“以为有一种一成不变的理论，是直接违背马克思主义的”。

先生诗云：“传经我爱他山石。”这里所指的史学理论的他山之石，并不狭隘地局限于历史唯物主义，显然包括人类思想宝库中一切对历史研究有参考价值的理论遗产。他在别一演讲中说过，“不能说在此（指历史唯物论）之前，一切理论都是无用的”，可为印证。

史学研究的成果最终是通过文字载体表达的。如果将史料基础喻为骨肉，理论修养譬为魂魄，那么文字表达则是仪貌，三者缺一不可。

先生自幼即养成对中国古典文学的浓厚兴趣，至老不衰。其保存至今的旧体诗，量虽不多，但自青年至晚年皆有所作。这些诗作，一方面对了解这位学者的经历、思想、感情是极为真切的材料，另一方面也反映出他在古典文学上的深湛修养。他自己认为大学时代对文学的兴趣远远超过史学。就在这一时期，先生参加过北方左翼作家联盟，还追随文学大师沈从文从事过文学创作，曾有《一年集》结集出版，个中作品所具有的浓厚的乡土气息与清丽的文字风格，真颇有点沈从文的流风余韵在。也许正是这种文学上的爱好、修养和经历，他在治学方法上亦甚讲究文字表达。他的史学论著，尤其是那些人物研究的作品，例如收入《学术编》的《论林逋》以及历史传记《范仲淹新传》《司马光新传》，无不形象生动鲜明，文风清峻雅洁，看似漫不经意地写来，绝无人工斧凿之痕迹，却自有一种文情并茂、摄人魂魄的魅力在，堪称史学与文学之相当完美的结合。先生曾对30年代著名史学家张荫麟所写的那些不用引文却使人读来十分有兴味的历史名篇深表心折。当时他并不知道张荫麟在写这些文章前，曾作过艰苦的考证，文中也利用了旁人的考据成果。及至后来知晓内情后，他在肯定传统史料考订重要性的同时，仍对史学成果的这种表达方法大加赞赏，其《南北朝史话》似乎就受到这种影响。这本篇幅不大的《史话》，曾被魏晋南北朝史名家周一良推许为每一句话都是言之有据的，全书娓娓写来，基本不引旧史成文。鲜为人知的是，他为追求史学著作在文字表现上的信、达、雅，其中《崔浩之死》一节竟先后属稿达11次之多。

总之，先生强调扎实的史料功夫，却不主张仅以罗列史料为能事；推重理论，但也反对学无根底的空疏之论。他认为宏观理论与微观研究的结合，独断之学与考索之功的结合，卓特的史学成果与出色的文字表达的结合，是可以也应该在一个优秀的史学家身上完成的。他在《日文版〈中国宋代研究文献目录〉序》中指出：也许西方的史学理论、研究模式与东方（中国及日本）的传统史学方法相互借鉴，会使各自的历史研究获得重大的突破。显而易见，他所推许的剖破藩篱的史学大家，应该是以其在史实史料方面广博精深的素养，在对历史发展带有普遍性或关键性的课题上以新的理论与方法，通过洗练优美的文字表达，作出新的概括和总结，从而取得超过前辈学者的卓越成果。这些或许即其学术思想和治史方法的微言大旨所在。

先生的研究领域主要在魏晋南北朝史、宋史、历史人物诸方面，著有《南北朝史话》及收入《学术编》的一系列论文，其中《四世纪初至五世纪末中国北方坞壁略论》是学界最早全面探讨这一问题的力作，《论北魏实行均田令的对象与地区》则是对众说纷纭的北魏均田制持独立见解的一家之说。在宋史方面，先生的实绩主要在史书整理与工具书编纂上，他是《宋史》《续资治通鉴长编》

这两部卷帙浩繁的宋代典籍标校整理的主要组织者与定稿人；此外，他还主编了《中国历史大辞典·宋史卷》，这是中国第一部断代史辞典，也是第一部宋史研究的工具书。在历史人物研究上，他撰有《范仲淹新传》和《司马光新传》，在历史人物的研究方法和历史传记的表现手法上有自己深思熟虑的见解。这些见解在《谈历史人物的研究》和《〈范仲淹新传〉自序》中多有表述，无须辞费。

三

《流金集·学术编》所收论著，几乎多写作、整理、发表在70年代末期至80年代中期（1978—1987）这十年中。这一现象，从某种意义上说，是先生学术命运与一生遭际的一个缩影。他在《谈历史人物的研究》中说过：研究一个人，“一定要了解他所处的时代”，“人才的出现和时代的关系是很密切的”。当然，在同一时代背景下，因每个人的人格、个性及价值取向的不同，也会对各自的人生走向起着决定性的作用。

自大学时代起，先生就把史学视为自己毕生的事业，他有诗明志道：“希罗多德真吾业。”然而，自卢沟桥炮响到石头城易帜，这是中国现代史上存亡继绝、翻天覆地的时期。他以自身的人格、个性行事，没有两耳不闻窗外事，躲进学术的象牙塔去惨淡经营，而是“志存家国嗤心性，血写文章论本原”。一如前文所述，他为中华民族的安危，为民主政治的开创，竭尽微力地参加了抗战活动和民主运动。这一时期他写的《论所谓中国式的代议制度》《论中国新文化的创造》，借用其诗来说，都是“斗争文字拚刀刃”，自然没有更多的闲工夫来撰著纯学术性的论文，而所写的有关中外历史文化的文章也无不触及时政。1949年后，他在繁忙的教育行政事务中，更少暇专意于史学研究。他也曾向往“四壁图书供啸傲，一灯文字任纵横”那种埋头伏案的研究生涯，然而，为了百废待兴的教育事业，他还是暂时放下了个人钟爱的学术。

1957年盛夏的那场急风暴雨也把先生一下子打入了另一世界。无休止的批判检查和劳动改造，几乎时断时续延续到“文化大革命”结束。他后来回忆这近廿年噩梦般的岁月道：“当时，谁都不会发表我的文章，更不会出我的书”，“被逼弃离学问，也没有钱买书”。据知，岂但无钱买书，反而要以鬻卖藏书来维持家计，这对一位学者来说，是何其伤心的事。尽管如此，在这段日子里，他还是草就了《南北朝史话》——当然，书最终问世已是十年动乱结束后了。如果说，从抗战爆发到所谓反右斗争开始前的20年间，他没有把主要精力倾注在学术研究上，是出于以天下为己任的价值观念，应时代的要求所作出的自愿选择；那么，自1957年以后的近20年间，他被剥夺学术研究权利和条件，则是那个可诅咒的时代强加给他的悲剧。“艰苦岁月天难问”“太息当年苦避秦”，先生用旧诗追述了这段不幸的遭际，然而“哀乐中年感逝川”，最富创造力的中年岁华却随着这苍天难问的逝川一去不复返了，这实在令人深扼腕而长太息的。

直到70年代末叶，先生才有了再从事学术研究的可能。其诗云，“登临敢说兴亡事”，“晚于青史识苍凉”。国家治乱和个人荣辱，使他对历史有了更深一层的认识和把握。“文章又见流传日，议论终须不傍人”，他以诗表达了自己对学术研究依然充满着自信和憧憬。然而历史却开了个玩笑，绕了个圆圈，70年代末期，一切竟又是百废待兴的情势，他再次被推上教育、学术的领导岗位，如果仅仅考虑一己的学术生命，推掉这些吃力而未必讨好的行政事务，他是完全有更充裕的时间来实现其“著书可待笔生花”的夙愿，为自己，也为史学界留下更多更好的著述的。然而，他的血液中似乎有着儒家传统“达则兼济”的遗传因子。他认为，比起个人的学术成果来，全民族教育、学术事业的复兴更为重要，亦更有价值。他以诗述怀道：“老去移山志未伸”“报国谁知白首心”。他的报国之心是九死而不悔的。

“忧患余生最自珍”，这是先生晚年的一句诗。然而诗中所说的“自珍”并不是保养自己，倒颇有点类似鲁迅

"要赶快做"的意味在。如果把先生从1978年到1987年这十年间的学术活动和论著目录列一个事迹著作编年的话，恐怕任何读者都会为之惊叹和起敬的。

1982年，先生曾奇迹般地战胜了癌症，并继续写出了两部历史传记和多篇学术论文。在《司马光新传》脱稿前夕，他还向我谈起过下一步的研究计划，拟以人物为中心，撰写魏晋南北朝史的系列论文，分之独立成篇，合之则是自成体系的专著。可惜自1987年起病魔再次袭击了他，使他再也不能通过笔耕甚至口述来表达自己的学术思想与见地了。

《流金集·学术编》的论著之所以多写作或整理发表在其晚年的短短十年中，先生学术论著之所以在数量上不能与同辈人相匹亚，个中缘由是须在文集外的背景资料中去探求的。从以上背景资料中，我们能读到一位正直学者的人格、信仰和运命，还能读出他所经历的时代及其对一位学者的种种投影。就后者说来，文集者又不仅仅是一人之史，亦是时代的个案性史料。从这点上也许可以说，《流金集》的背景内容比字面内容更有历史价值。以学生所认知的先生，在史学上的德、识、才、学，他是足以成为一代史家的。然而，青年时代，他"南北此心系烽火"；中年时期，他"谪居独忆日如年"；晚年却"病魔潜袭已兼旬"，终致才未尽而身先衰。"文字千秋空想望，才情一代负春华"，青年时代吟咏的这两句诗，竟成了他学术生涯的不幸谶语。这究竟是个性使然？还是时代使然？抑或冥冥的命运使然呢？

四

学生为老师编定文集，无论中外，都是古已有之的。后世学人或许会从学派嬗递乃至文化传承的大视野上去评价这种现象。但很难断言，在当时这些学生心目中，是否一定考虑得那么深远广大。也许，他们仅仅是感到老师的鸿篇谠论乃至片言只语，对学生来说都是有特殊亲切的意味：能使老师的人格、学问再度在他们心中活现，并由此引发自己对学生时代温馨而永恒的回忆。程门弟子们在编定《流金集》时，首先也正是怀着这种素朴的师生之情。

中国旧时向来把“天地君亲师”相提并论，这种提法后来被斥为儒家迂腐反动的纲常伦理。然而，其中是否没有一点深刻的合理性呢？从某种意义上说来，天、地意味着人类赖以生存时空的永恒存续；君在旧时代则是国家、民族绵延不绝的象征（如果有人不拘字面意义，把“君”释读为“国家领袖”的话，这项内容现代似乎也能适用）；亲是家庭、家族繁衍的前提。那么，师何以也提高到与上述四者并举的地位呢？这是因为，师是人类知识文化的嬗传者，他使人在德性和知性上所以成人，在人类延续中的重要性上也是阙之不可的。唐代思想家、文学家韩愈在其《师说》中指出："师者，所以传道受业解惑者也。人非生而知之者，孰能无惑？惑而不从师，其为惑也，终不解矣。"阐述的也正是教师在人类德性、知性传承上不可替代的作用和地位。我们还可以翻用韩愈之语，"师之所存，道之所存也"，即只有教师存在，人类之道（包括德性和知性在内的整个人类文化）方有可能永恒存在。

胡适有一篇题为《不朽：我的宗教》的文章，主张以一种"社会的不朽论"来取代"立德、立功、立言"的"三不朽论"，因为究竟怎样的行为方可称为"德"，怎样的事业方可称为"功"，怎样的著述方可称为"言"，界线、标准含糊不清。他的"社会的不朽论"主旨是：社会的生命无论横看纵观，都像一种有机组织；从横截面看，社会的生活全靠个人分工合作、交互影响的；从纵剖面看，社会历史是不断的，前人影响来者，来者更影响后人；社会是永远不朽的"大我"，个人是"小我"，而一切"小我"的人格、事业通过自身在社会有机组织中横面纵向的影响而汇入了社会"大我"的不朽中，从这个意义上说，任何转瞬即逝的"小我"也是不朽的。借用这一"社会的不朽论"，来估量教师在社会大生命的纵横坐标交叉点上的影响与作用，其直接性与重要性是不言自明的。

然而，在当代中国大陆，发韩昌黎式感叹的人不在少数：“嗟乎，师道之不传也久矣，欲人心之无惑也难矣！”教师地位在形式上的被尊重，与他们境遇在实质上的遭卑视，在不同的轨道上被同步推进。这显然是对中国古已有之的师道传统的一种愚弄，是对中华民族未来的一种彻底渎职的行为。

在这种氛围中，程门弟子在自己恩师执教五十周年时编辑出版这部文集，倒确实堪称是一部鎏金的书。这部书不仅仅为永恒不朽的社会大生命留下了一个“小我”的人格道德、学术文章，而且在书的封面上镌刻上两行大字：师道。真正的师道是仰之弥高，传之久远的。

（原载1994年第3期《民主中国》）

沈渭滨先生与细说体

2015年刚过年节，见到周育民兄，他说春节去拜访沈渭滨先生，情况很不好，我心里咯噔了一下。近年在应该现身的学术活动中，久未听到他犀利的议论与爽朗的笑声，才听说他身体欠佳。记得我最后一次见到他，似在王家范先生《中国历史通论》新版的座谈会上。满座王家子弟外，他是受邀的首席嘉宾，第一个发言，说了些什么，已记不太清。饭桌上，听说我将有新随笔出版，他便说，到时别忘了送我一本。而后亲昵地加了一句，你还是我的小师弟呢！

我是“文革”后恢复高考才进上海师院的，与他虽出自同校同系，但他毕业于“文革”前，1976年就调入复旦大学历史系，是我的师长前辈。入学不久，听说以我就读的三流院校毕业而能执掌复旦历史系教鞭的，当时他似是唯一的特例，我所在系的教师一说起，颇引以为荣的。但领域不同，迟至本世纪初与他才有学术交集。

当时，我受邀为黎东方的《细说中国历史丛书》续写《细说宋朝》，行将杀青前，责编崔美明女士告诉我：黎东方的几册《细说》由邓广铭先生作序，你们四册续作，因邓先生去世，准备请沈渭滨先生写序。我早知他的大名，由衷欣然期待。但责编接着说：有人表示，沈渭滨不是博导，言外之意怕压不住；我感到他水平很高，作序怎么不合适！学术圈自有衣衫取人的势利眼，是否博士生导师，是否"×江""×山"学者，竟成衡估学者水平的不二尺度。崔女士不信这套，渭滨先生的大序照用不误。他在序里对拙著揄扬有加，说我"对宋史中不少相关问题提出了自己的见解，寓学术研究于深入浅出的叙述之中，正合细说体雅俗共赏的特点"，颇让我好一阵子与有荣焉。这且不说，让我关注的是，他对细说体提炼并论述了"融会贯通""取精用宏"与"深入浅出"三大"自有其要领可循"的标杆，绝非像有的作序者王顾言他、隔靴搔痒，确是甘苦自知、深解三昧的通人之论。

2007年春夏之际吧，《细说中国历史丛书》改为《黎东方讲史》推出新版，渭滨先生也出席了发布会。当时，崔美明女士再接再厉，推出《细说中国历史人物丛书》，"帝王系列"已粉墨登场，"后妃系列"也正在后台画眉深浅中。他在发言中，再提"细说体"的历史普及化功能，认为这是一项提高民族文化素质，涵养爱国情操的大业，称得上嘉惠当今、造福后代的大好事；而一个漠视自己历史的国家是没有前途的。接着，他说及正在撰写的《细说慈禧》，大意说，慈禧主政的几十年，正当世变之亟，身处这样的时代，位居那样的身份，她确有不容易与难能为之处，所以对她，该肯定处就肯定，该否定处就否定，不能像以往那样，一味妖魔化。他表示将积自己多年研究与思考，写出与以往漫画化截然不同的西太后。发言时的神态，一如素有的神采飞扬与自信满满。

这年岁末年初，他的《晚清女主——细说慈禧》问世，是倾向于重新评价慈禧的。但我相信，《细说慈禧》肯定是他经过全面研究与深入思考的成果，也必然贯彻了他所主张的细说体三大要领，应是“后妃系列”中最富新意与独秉己见的一种。后来，他在《上海书评》上有过一篇论慈禧的长文，似是这册《细说》的精华版。又后来，听说文章遭到有关方面的严重指责，意谓怎能为这样的人物翻案云云。这让我有点戚戚然。就个人而言，仅凭向戊戌六君子大开杀戒，我对这位老佛爷绝无好感可言，但这种认识只是基于情感反激。在一个宽松的环境中，尤其作为史学研究的学术领域，对历代帝后的是非功过应该容许标新立异的言说自由，你可以不同意他的观点与结论，但必须确保其表达的权力，更不应动辄涉及政治立场。一次见面时，我表达了这层意思，他习惯地耸了耸肩，满不在乎说：“我管他呢！”

我于中国近代史，所知略限常识，对渭滨先生的专业成就，绝无置喙评骘的余地。他的著述，除了主编的《中国历史大事年表·近代卷》作为插架的工具书，读过的实在寥寥。印象最深的，也许是他为蒋廷黻《中国近代史》写的导读，洋洋洒洒50余页，密密麻麻百来个注，让我这个门外者，也直觉其用力之博大，见解之精深，在《蓬莱阁丛书》诸家导言中无愧翘楚之列。他很重视历史普及化，除了《细说慈禧》，2014年新出的《道光十九：从禁烟到战争》与早年的历史随笔集《曾经沧海》，都是着力于普及的佳作。

在随意聊天时，包括为蒋著《中国近代史》所作导言中，看得出他对陈旭麓先生十分崇敬，也听到过自称私淑之类的话。传闻逝世前，他正为陈先生写评传，力图以史家直笔写出其在各个转折期的思想历程与人生实相，实事求是，不阿私，不虚美。倘若这部传记能够完稿，足以为中国现当代知识分子史与学术文化史留下一个典型个例。但斯人已去，遗稿谁续？且借用他序《细说中国历史丛书》时追念黎东方的话，以寄托我的感悼：“大愿未竟，良可哀痛！”

（原载2015年5月25日《东方早报》）

治史羊城号重镇

——追念其凡兄

转眼，已到张其凡兄的周年祭。今夏曾接其高足来电，命我写篇文章收入他在编的纪念集，以追思他的师尊。在宋史圈内，其凡兄是我往还最久相知较深的老友，于情于理，都不能推脱的。

与其凡兄初见，应在中国宋史研究会的成立大会上。1980年，我还就读于上海师院（后改上海师大）历史系，已定下治宋史的方向，暑假刚撰就宋史论文的处女作，呈送给程应镠（流金）师批阅。早在上年，他已受命协助邓广铭、陈乐素两先生筹建中国宋史研究会，具体工作由上海师院负责，成立大会也定在我校召开。看了我的初稿，流金师特许我以本科生到会旁听，我也成为唯一听会的在读本科生。

当时办会诸多艰难，流金师调动其硕士生吕友仁、俞宗宪、李伟国、严耀中等学兄做会务，帮着送往迎来与沏茶倒水。会间，见同门师兄与几个外来的同龄学子相谈甚洽，后来才知道他们是来自暨南大学与杭州大学的宋史研究生，其中最壮硕魁伟的就是张其凡兄。那次会上，我与其凡兄并未接谈，连招呼都没打过。然而，他后来特别乐于追忆那次会议，并故作厉责状说：你们上海师大作为主人，竟让听会弟兄在资料室里拼书桌当床睡，于心忍否！实际上，当时经费有限，哪有可能让他们住招待所呢？我也佯作赔罪状，说我比老兄还低一等，只是蹭会本科生云云。我俩都愿意把初交定在那次会上，他也喜欢向圈内同辈炫耀我们见证宋史研究会成立的光荣历史，好像老革命爱说经历过长征那样。不过，其凡兄也确有值得自豪处。他是中国社科院研究生院的首批30名历史专业研究生之一，也即其常称的“黄埔一期”，后来多为中国各断代史的领军人物。他师从的陈乐素先生，先在杭州大学，不久就调入暨南大学，他也随导师旆旌南下，在羊城传承光大了乐老的学术事业。

与其凡兄正式订交应在1982年郑州年会上。记得会议结束，部分与会者游览古都洛阳，我与他，还有葛金芳兄都去了。我们仨在洛阳大街上边走边聊的情景，至今宛然眼前，三人在那次年会后才熟稔起来。1984年杭州年会与1987年保定年会，我都未赴，其凡兄与金芳兄已然都是活跃分子，也听说了他们在年会上的许多轶事，尤其是保定年会。

我直到1992年才再次出席开封年会，会上会下与其凡兄谈得较多，关系也更深挚起来。他提交年会的是《试论宋代政治史的分期》，提出了五期分法，引起了与会者浓厚兴趣。金芳兄参会论文则是《两宋时期的经济干扰与经济波动》，认为两宋时期经济运动以每六七十年的周期性交替反复地经历失衡与平衡的波动。宋史研究会自成立起，秘书处设在上海师大，流金师以秘书长主其事，同门范荧师妹以秘书协理会务；1984年起，流金师创刊了《宋史研究通讯》，我作为助手也参与些编务。在开封年会上，我感到他俩的论文涉及宋代政治史与经济史分期的大问题，对推动宋史研究颇具启发性，回沪后便向流金师汇报，建议在《通讯》上开辟讨论专栏。获得首肯后便驰函其凡兄，约他对论文作一摘要，以便次期《通讯》刊出。

近日，我找出了他在当年5月18日的覆信，谈及摘发其文的意见。兹录其主体部分如下：

> 5月10日大札奉悉，遵札示，正在对拙稿作摘要，估计过几日即可寄上。其实，《通讯》的全文发表，并不影响在其他刊物的刊布。不过，拙文全发，占篇幅就过大了，将影响其他内容的刊出，故弟亦以为摘要为最佳选择。为期引起讨论，弟已致函有关人仕【士】，敬请他们亦以二、三千字篇幅抒发高见，将稿寄范女士。请注意查收。
>
> 前不久，曾寄出开封年会时照片，请范女士转

交，谅兄已收悉。因胶卷是假富士（事先不知），故质量不佳，甚为遗憾。

久闻□□兄言及，兄诚可交。此次汴京相聚，晤谈甚快，深以□兄为识者也。来日方长，相交在心，今后诚望不吝赐教也。

他不久就寄来了摘要。这有1992年6月出版的总第21期《通讯》为证。这期《通讯》及时辟出了“关于宋史分期讨论”的专栏，刊出的就是其凡兄的《关于宋代分期问题之管见》与金芳兄的《10—13世纪我国经济的运动轨迹》，分别是他们与会论文的摘要。作为专栏的《编者按语》则是我操刀成文的，当然经过了秘书长的审定。《通讯》次期还刊出了徐规先生与何忠礼兄合作的《浅论宋代政治史的分期问题》，显然是呼应其凡兄高论的；另外还登载了殷啸虎先生的《宋代立法史分期问题刍议》。

其后与其凡兄就保持在“相交在心”的温度上。晤面的快谈，著作的互赠，信函的往还，岁月流逝，许多已不复记忆。仅录其1996年元月27日来函以见一斑：

12月25日大札，弟自台北返回才看到。因赴台北，多所事端，因此，贺卡未寄，聊以拙著为贺了。在此，预祝兄春节愉快！

吉林文史之《宋太宗传》，确为弟承担。95年内因事务较多，迄今只完成1/2，今年3月交出尚有困难，只好加紧赶了。

如大札所言，《宋初政治探研》专收研究事件为主之文，另外的人物论文，编为《宋初人物论稿》，包括赵普、宋太祖、太宗、张咏、曹彬、张齐贤诸人，约计30万字，尚未找到出版社呢。

今年昆明年会，弟拟前往。兄现在古籍所，与敝所同一拨款渠道，谅来经费不会有问题。香港何冠环等人，业已加入宋史研究会，昆明年会，他们均打算前去。

兄在日本一年，实在该将日本宋史学界及研究状况，撰文介绍，《通讯》是合适刊出刊物。

去年12月底，去台北参加第二届宋史研讨会，元月3日回到广州。此行差不多见全了台北宋史研究者，收获颇丰。以此而知，兄在东瀛一载，收获必多。

我的去札应是收到其《宋初政治探研》赠书的谢函，信中或建议他另将宋初人物研究结集刊行。这部人物论集最终出版虽迟至2009年，即《宋代人物论稿》，却集中了他对宋代人物研究的主要成果。

其凡兄治宋史，在政治军事史与人物研究上用力最多，在典籍整理上也成果丰硕（他去世后，我还收到转来的遗著《番禺集》与校点本《王文正公笔录》），论著俱在，学界自有公论，毋庸我来饶舌。他还颇具领导擘画之才，这里据我知闻，略作回忆。

自乐老去世后，他执掌暨南大学史籍研究所十余年，把研究所建成了以宋史为中心兼及其他方向的科研机构，同时以所里骨干为基础，为暨大争取到了中国古代史博士点。我清楚记得，当年他风尘仆仆，南北奔波，途经沪渎，约我与范荧餐叙时，在昏黄灯光下那一脸疲惫的面影。他表示，之所以吃辛吃苦跑博士点，只是为了提升暨南大学中国古代史学科与史籍研究所在全国的地位，自己占着所长位子是义不容辞的。由于他的忘我付出，暨南大学不仅顺利拿下了中古史博士点，而且很快成为大陆宋史研究的重镇之一。他又以自己的学术影响与人脉关系，以广东高校为基础，联络港澳宋史学者，创立了岭南宋史研究会，成为中国宋史研究会下属唯一的地区性研究会。

其凡兄的办会干才让我钦佩不已。他的导师陈乐素先生是史学大师新会陈垣先生的哲嗣，其凡兄先后为导师的100周年诞辰与110周年诞辰，为师祖陈垣110周年诞辰与120周年诞辰，都操办了规模可观的国际学术纪念会。我有幸都应邀与会，会议规格之高，到会名宿之多，都让人留下难忘的印象；而他作为会议的主办者，在现场那种纵然千军万马，我自指挥若定、举重若轻的大将风范，最让我由衷地心折。1997年5月，他挂帅的研究所联手中国元史研究会，在广州与珠海举办了“元史暨宋元文化学术研讨会”，他与元史名家邱树森先生出力最多。而邱先生之所以此前不久“孔雀东南飞”，从西北调入其凡兄业已主政的暨大史籍研究所，也足见其礼贤之风。那次会议既是宋元史学界首次联合研讨会，同时还是元史研究会的年会，活跃一线的元史大家，以蔡美彪先生为首几乎悉数到会。港台的宋元史学者有陈学霖、萧启庆、陶晋生、黄宽重等先生。记得参观厓山之战遗址时，元史界大佬向宋史界大佬戏谑道“元灭宋在此”。

其凡兄祖籍四川，长在新疆，大漠雄风对其个性也许不无影响。他为人真诚直率，真诚为他赢来了深交于心的朋友，直率也难免会引起些许误解。但深知其个性的好友在感受他真诚的同时，也都接受他直率的那面。几年前，我在广州报纸上较频繁地发表些书评或随笔。对这类小文章，他也十分关注，见面总赞赏有加，“你的文笔适宜写这样的文章”；他还劝我应该多写，发挥史学的社会功能。有时，他也会故意说：“你老兄居然杀到我的地盘上来了！”接着又开玩笑道：“老兄不要太得意，那样，我会让人把你文章给封杀的。”我也故作姿态道：“岂敢，岂敢，你老兄是广州的地头蛇么！”行文至此，悲从中来，而今而后，再也听不到他开这类玩笑时的豪爽笑声了。

其凡兄南人北相，体魄原是壮健的，每次同道晤面，无酒不欢，且非白酒不过瘾，酒量又奇好。这种烈酒嗜好，对身体却大有戕害。大约五六年前，他戒了白酒，转喝红酒，但身体确乎大不如前。我俩最后晤面，是去年11月上旬在杭州那次会议上。他是携夫人一起来杭的，我因另有讲座与会议提前离杭，握别时问他归程，他说陪夫人再转几天。谁知仅隔十来天，就传来噩耗，我先是不敢置信，继而痛感生命的脆弱与无常。

当时另有学术活动，未能南下作最后的告别，除了发唁邮，我把挽联转给前去为故友治丧的金芳兄，他说这是对其凡兄一生学术与事业的最恰当评价：

学传新会陈氏，俨然黄埔称名彦；
史论天水赵家，伟矣羊城号重镇。

（原载2017年11月16日《南方周末》）

第四辑　涛声隔岸

静嘉堂随想

初见静嘉堂

说得夸张一点，初访静嘉堂已是上一世纪的事情了。

几年前到日本做访问学者，日本汉学家山根幸夫先生知道我的专业，一见到我，就力劝我去静嘉堂看看，还热情为我准备好了给静嘉堂文库长的介绍信。访问静嘉堂，对我可谓是与专业有关的唯一夙愿。我早就知道：日本静嘉堂与清季藏书家陆心源的皕宋楼有着一段割不断理还乱的关系。

盛夏的一天，在此起彼伏的蝉唱中，我走完了东京西南隅丸子川畔那段巨木高耸绿荫蓊郁的上坂道，只见眼前是一方开阔的庭院。铺满庭院的细碎白石在夏日逼照下，不仅反射出眩目的白光，还升腾起一片灼人的热浪。一座米黄色的两层楼房，构成了庭院的主体建筑。

这就是静嘉堂！这就是曾经令中国几多学者魂牵梦绕的静嘉堂！

摁响了门铃，应门的是一位端庄娴雅的女士，日本影视里常见的那种典型。更换上她为你准备好的入室拖鞋，你就像来到日本人家中一样。虽然同为向社会开放的公共图书馆，但与高度现代化的日本国会图书馆相比，静嘉堂文库给人以私宅书斋式的温馨。问明来意，她拿着介绍函去请示文库长。

趁她请示的当口，我打量了一下文库的布局。这是一座和洋合璧式的建筑。进门是个客厅，客厅右边就是唯一的阅览室，左边是办公室，客厅的右侧到底有一架楼梯通往二楼，楼上应该是藏书室。阅览室称得上窗明几净，纤尘不染。正面墙上横挂着清宣统帝师陈宝琛书赠的“道家蓬莱”的匾额，抬头写有“岩崎仁兄正书”六个小字。古色古香的阅览登录簿略似线装书的款式，信手翻开，不少久闻大名的日本汉学家都名列其上。再一看日期，发现这本登录簿竟是最近几年阅览者的全记录，阅览者多时一天也不过三五人，少时仅一二人，也有镇日无人来阅览的日子。不一会儿，女管理员来问我打算查阅那些善本。

陆心源与他的藏书帐

我首先取阅的是《陆氏藏书目》，这是了解陆心源藏书的管钥。

同治初年，因战乱的影响，“世家巨室之藏，星散云飞，等于废纸”，海上藏书名家郁氏也无力保有其藏书了。此前郁松年曾经或辗转或直接将黄丕烈士礼居等江浙各大藏书家的珍藏先后“罗致邺架”。郁氏宜稼堂藏书散出之际，陆心源正任福建盐道的肥缺，财力雄厚，史称他“偶见异书，倾囊必购”，听说苏松太道丁日昌近水楼台，先购去了一批宋元精椠，便“大嗛之”。尽管陆心源最后仅以3200元廉价买下了宜稼堂48000余册精帙，但他与丁日昌终“以争搜古书成隙”。其后，归安陆府门庭若市，“书贾奔赴，捆载无虚日”，其藏书之多之精，不久便为江南翘楚。到光绪八年（1882），不计坊刻通行本，藏书已达15万卷。他构建了守先阁、十万卷楼和皕宋楼三个藏书室，其中数庋藏宋元旧刻精钞的皕宋楼最负盛名，据其自称，他共拥有宋刊200余种、元刊400余种。尽管后人说他在数量上有掺水之嫌，但经静嘉堂检点入藏的陆氏宋版即达122部，金元版也达133部，则其拥有的宋版元刊称得上清季私家藏书之冠。

《陆氏藏书目》实际上是陆心源供备忘用的书账，记在一本上下双栏、每栏14行的通用账册上，线装封面上钤有“静嘉堂珍藏”的长方印章。藏书目自第一号编至第九十八号，每一编号下分别注明四部分类，如“子三”“经六”等等。除每部书名下皆有册数或函数外，其他的标注项目很不一律。例如在《魏书》《晋书》等书名下注“宋”，在《水经注》下注“影宋”，显然指版本。而《北堂书钞》《南渡录》等书名下注有“未订”，当是提醒自己抽暇装订的。在《周益文忠公集》下注有“五十六本，五十元”，应为购入的价格。至于有的书名下涂以朱点，有的标着朱圈，有的打上墨叉，其用意只有陆心源自己明白了。整部藏书账前后字迹不一，明显不是一时抄录的，有些编号下殿后的几种书目似是后来购入再随手补录的。

不经意地，我在书账的封里，发现陆心源写着一句话：“所寻着之书并没有之书账都记在底下翻看可也。”遥想百年以前，当夜深人静、月明灯昏之时，陆心源面对着百宋千元，濡笔写完这句话时，该生出怎样的一种感慨呢？也许，他摩挲着价值连城的宋椠元刊，就像巴尔扎克笔下的老葛朗台半夜里打开堆满金路易的秘窟那样，快乐得无可形容。也许，他情不自禁地又与前辈藏书名家黄丕烈在做比较：佞宋主人黄丕烈当初以页论价购求了百余部宋版，便号藏书之所为百宋一廛；而自己楼号皕宋，所藏宋版书已是黄氏的翻番了。也许，他目睹辗转入手的黄丕烈旧藏，想起乾嘉时期鲍廷博所说，藏书“无好之者继起，则烟云纷乱，又率先珠玉货财而散落人间也”，也不禁浮起有关图书聚散匆匆的叹惜。但他绝对不可能想到自己苦心积聚的宋版元刊精刻名钞身后竟会被捆载船运，长离故国。

岛田、岩崎和静嘉堂

感喟不已地披阅完《陆氏藏书目》，我借阅了岛田翰的《皕宋楼藏书源流考并购获本末》。他是促成这桩买卖的关键人物，也透露了这一巧取豪夺式交易的部分细节。

岛田是一个精通和汉典籍的日本汉学家，深知其本国拥有的汉籍，“经部尚为完全，子部却多善本，而其所缺落在史部，尤在集部宋元遗集”。1906年，他跃跃欲试地来到中国江南，以便为日本收藏的汉文古籍补齐缺门。据其自称，若能如此，则日本“藏书之能事始毕，而吾平生之素望尽于此”。这年是光绪三十二年。

岁末年初，岛田挽人介绍，结交上了陆心源之子陆树藩，破例数次登上皕宋楼。时距心源之殁虽仅12年，却只见藏书狼藉，蛛网尘封，蠹鱼丛生了。他内心对陆氏子孙产生了一种混杂着轻鄙的慨叹：“聚散之速，莫书卷甚焉。苟子孙之不悦学，举先世之缩衣节食所购置者，以致荡为荒烟野草。”在悉发其藏检阅泛览以后，他即以专家眼光断定：“我邦藏书家，未有能及之者；顾使此书在我邦，其补益文献非鲜少。”从这时起，他便处心积虑地把为日本国悉数购下陆氏藏书当作一场文化战役。于是，他再三怂恿陆家把这批藏书出售给日本人。树藩开价50万两白银，岛田杀价到25万银圆。但这还是一张空头支票。他立即买棹归国筹款，有人告诉他：“能任之者，独有岩崎氏耳！”

岩崎指日本著名的三菱财阀创始人岩崎弥太郎之弟岩崎弥之助（1851—1908），三菱第二任社长。在日本举国脱亚入欧的热潮中，他担忧东方固有文化的流失，1892年在骏河台家邸始创静嘉堂，搜集和庋藏汉和典籍。其堂号典出《诗经·大雅·既醉》“其告维何？笾豆静嘉”。短短十余年间，他已购求到汉和善本5722部，15244册。文库尽管规模初具，但入藏汉籍仍有岛田所指出的不足。听到这一消息，岩崎对购书巨款一口允诺。

作为日本数一数二的财阀，岩崎家对文化事业似乎怀有特别的热忱。继弥之助之后，1917年，三菱第三任社长岩崎久弥又购入长驻北京的英国《泰晤士报》记者莫理循历年搜求的有关东方的大量西文书刊，后来以此为基础创立了东洋文库，与静嘉堂文库并称双璧。1924年，三菱第四任社长、弥之助之子岩崎小弥太在多摩川北的冈本另建静嘉堂文库今馆，并向公众开放。这些虽是后话，却表明在三菱财阀们身上，铜臭味并没有完全冲走书卷气。相形之下，中国近年的私企业主，所有的只是“腰缠十万贯，骑鹤下扬州”式的追逐声色排场的张狂、浮嚣和浅薄，更令人不得不对岩崎家刮目相看。

这桩买卖最终以118000圆成交。光绪三十三年

（1907）仲夏，陆氏藏书舶载起运，共4146部，43218册，“尽归于岩崎氏静嘉堂”。这一册数至今仍然将近静嘉堂文库藏书总量的一半。而被陆心源视若拱璧的宋刊元版则成为静嘉堂的镇库之宝，例如被日本政府定为重要文化财的北宋版《白孔六帖》和南宋蜀大字本《周礼》，都是天壤间仅存的善本。

最志满意得的当然要数岛田翰。作为专家，他对驻日公使黎庶昌及其僚属杨守敬在日恣意访求汉文古籍，“一时为之都市一空”，始终深以为耻，耿耿于怀。因而他对陆氏藏书悉数归日，按捺不住一种报复后的快意，一方面诅咒这是“数穷必复”，另一方面欣喜若狂地说：“何意当我世而见，不亦人世之大快事乎！”意犹未尽，便写了那篇《购获本末》，欣慰地表示：“予知今之所获，倍蓰于昔日所失也。然则此举也，虽曰于国有光，可矣！”岛田此行此举自始至终自觉地鼓荡着一种为大日本国在典籍庋藏上一振国威、一雪国耻的民族信念，难怪其兴奋和喜悦完全不亚于打胜甲午之战后的日本首相伊藤博文。

听说陆氏后人打算售书，董康、罗振玉等曾拟议筹款购下，以便让这批宋椠元刊仍留在国内，但最终回天乏力。眼睁睁地看着清季四大藏书楼之一的皕宋楼藏书悉数东迁，对文献学界的震惊不啻是甲午战败后割让台湾和辽东半岛。董康为之“太息者累日”，沉痛决绝地说道：“古芬未坠，异域长归，反不如台城之炬，绛云之烬，魂魄犹长守故都也。”董康后来虽在抗战时期出任伪职，但这时对故国文献一去不返所表达的扼腕，却是出自肺腑的。“割取书城归船载，蘋风凄绝骆驼桥。”时人的这两句诗勾画了陆氏藏书从归安起运日本时的情景，与李贺《金铜仙人辞汉歌》里“空将汉月出宫门”“渭城已远波声小”所渲染的那种刻骨铭心的绝望，完全是灵犀相通的。“割取书城归船载”的痛楚，也绝不下于康有为“千古伤心过马关”所隐含的屈辱。时人另有诗云：

三岛于今有酉山，
海涛东去待西还。
愁闻白发谈天宝，
望赎文姬返汉关。

诗人痛惜今后只能像白发宫女追忆天宝盛世那样谈论这些宋元善本了，但内心深处还存有一丝侥幸，希望有朝一日能够赎回这批国宝。谁说文物典籍的播迁能抹去深深的家国之痛和民族之情呢？

告别静嘉堂

其后，我多次到静嘉堂看书。从管理员女士那里听说文库正对全部宋元善本进行胶卷缩微处理。她还告诉我，文库在创建百年之际编辑出版了《静嘉堂文库宋元版图录》。翻阅着她拿给我看的豪华精美的《图录》，我满不是滋味。就我国图书文献学界而言，似乎还是“衣食不足则不暇治礼义”，无论从供需哪一方面说，都还没有阔气到这种程度。小到私人藏书，大到国家图书馆，其盛衰从来就与一家、一国、一个时代的经济实力息息相关的。

隆冬的一天，我订好归国的船期，去向静嘉堂作最后的告别。依旧是那位女士应门。中午时分，她依旧款款地送来一壶日本绿茶，然后轻轻带上门，让你在阅览室的专用餐桌上吃自带的弁当。饭后，我在餐桌边啜着略带苦涩的绿茶，沉入了遐思。

皕宋楼的宋椠元刊，看来在这里确实保存得很完好，仿佛亲见别家抱养的自家弃儿还算活泼健壮，内心略有些安慰。转而寻思：倘若这些宋椠元刊还留在国内，也许还享受不到如此的善待，不是听说因资金短缺管理不善，有些图书馆的线装书只能堆在潮湿的地下室里吗？倘若这些宋椠元刊还留在国内，也许还发挥不了类似的作用，国内一般学者中几人能有亲眼目睹宋元善本书的荣幸呢？说来不怕见笑，尽管专业与宋代典籍密切相关，我也是到静嘉堂才首次得见真正宋版本的。那么，是否可以说皕宋楼藏书东迁对中国图书事业是不幸，但对这批图书本身却未必是不幸呢？

想得再远些，就是宋椠元刊作为文物的民族性和世界性的问题。记得1949年以后，杨守敬从日本访来的古逸汉籍被携至台湾辟为特藏，曾任台北中央图书馆馆长的蒋复璁说："今日吾人赴日，可见陆氏之书；而日人来宾，如游台中，亦可见杨氏旧藏。遥遥相对，真可比美，也可说是中日沟通文化的事实。"对这种"相逢一笑泯恩仇"的言论，当时就有人点评道："固属达人之论，实亦解嘲之语。"一段中日文化史上的恩怨被说成是"沟通文化"的美事，是否阿Q精神胜利法也有点太过头了，是否历史的婢女也有点太容易打扮了。宋椠元刊无论留在国内，还是流落国外，作为一种文物与文献的双重载体，其价值都是永恒的。但人们常说：越是民族的，就越是世界的。宋椠元刊这种世界性的价值正是通过民族性来体现的。我不知道国家、民族是否真会消亡，也无法揣测那时人们的思想感情将会怎样。但只要国家还存在，民族还存在，任何国家、任何民族的成员都不会对宋椠元刊那样自己民族、自己祖国的文化瑰宝流落异域，而满不在乎、无动于衷的。

又到闭馆时间了。那位女管理员郑重地告诉我，静嘉堂即将举办宋元善本实物展，希望我不要错过这个机会。我是知道这次展出的，因为山根幸夫先生以他对中国学者的一贯热心早就把入场赠券送给了我。我告诉她，可惜展览开幕是在我启碇的次日。她惋惜地说："太遗憾了！不然的话，您就能看看我们的收藏了。"立刻，她大概觉得自己说漏了嘴，垂头低眉，轻幽幽地补上一句："对不起，这些原来就是贵国的。”仿佛是遗弃子女的母亲听到养父母略带歉意地说：“这本来就是你家孩子啊！”我一下子觉得心闸前五味在翻腾奔涌。

匆匆出得门来，久久伫立在一地白石的庭院中，沉思良久，却茫然无绪。暮色四合中，我沿着那条坂道走去，中途又回眸一瞥静嘉堂。宋椠元刊的聚散播迁，家国世事的变迁无常，中日两国的恩怨杯葛，似乎一下子都凝固在这座米黄色的建筑物上了。在最后一抹残晖中，静嘉堂越发显得苍凉沉重了！

（原载2002年第4期《中国典籍与文化》）

皕宋楼藏书去国百年祭

我在《静嘉堂随想》（载《中国典籍与文化》2002年第4期）中，就晚清四大藏书楼之一皕宋楼的藏书售日事，把陆树藩（字纯伯）归为坐吃山空与有亏大义的不肖子孙：

> 岛田（翰）挽人介绍，结交上了陆心源之子陆树藩，破例数次登上皕宋楼。时距心源之殁虽仅12年，却只见藏书狼藉，蛛网尘封，蠹鱼丛生了。他内心对陆氏子孙产生了一种混杂着轻鄙的慨叹："聚散之速，莫书卷甚焉。苟子孙之不悦学，举先世之缩衣节食所购置者，以致荡为荒烟野草。"

陆树藩的曾外孙徐桢基先生阅文后与我联系，不仅惠赠了大著《潜园遗事》（上海三联出版社，1996年），而且转告了他所知道的陆氏藏书售日的诸多内情。2007年6月是皕宋楼藏书去国一百周年，谨据桢基先生的口述，结合上海图书馆入藏的《陆纯伯文稿》，特撰此文，以期对皕宋楼藏书去国事补上一笔为人忽略的时代背景。

一

陆心源临终曾告诫诸子，藏书搜集不易，切勿散逸，以免像过去藏书家那样，有人亡书散之慊。心源逝世后，作为长子，陆树藩主持家中一切，包括在湖州的故宅与藏书，上海的丝厂与钱庄。与此同时，他“遇有宋元板书籍，仍复搜罗”，不到十年，“亦积有数十种”。但国内时局却急遽逆转。心源有三个藏书楼，皕宋楼珍藏宋版元椠，十万卷楼存放明版本，守先阁藏书原先是向湖州当地学子开放，供他们前来阅览的。但随着世风转移，长江三角洲人士日渐重商轻学，加之热衷新学者为多，轻视国学，因而阅览者日少。但对藏书的保养与管理，却需要投入相当的人力和财力。

1898年，陆树藩一度辞官，由京返沪，当时正值各地反洋教势力崛起之时。他唯恐因民教冲突而连累及先人藏书，不仅给其堂弟去信谈及湖州团练事，还多次返回故里协办团练，目的就是寄希望于团练，借以保障先人藏书的安然无恙。

不过，陆树藩总思忖着：先人藏书存放在湖州有欠安全，而以转移上海租界为宜。1899年春天，他致函上海工部局董事濮兰德，表示“拟将家藏书籍数十万卷作为公家之物”，希望工部局能够接受捐赠并创建藏书楼。工部局很快派出李提摩太，由树藩陪同，到湖州查看藏书。陆氏的要求主要有三条：第一，“书楼须以先君陆心源之讳命名”；第二，“建造藏书楼应由陆氏经理，将来永远归陆氏派人照料”；第三，“在租界内创设藏书楼，应由工部局董事通知各国政府，永远公同保护”。8月1日，工部局复函，以陆氏所开条件为基础，达成了三条协议。协商之初，陆氏甚至愿意捐资五万作为创建藏书楼的费用。一切进展顺利，树藩一开始就表示：“书籍均在湖州，俟定议后，如贵局欲运往上海，可以随时往取。”他在函复濮兰德时表态：“所允捐书籍一节，均照八月一号来信所议三条办理，毫无异议。此函即作捐书笔据。”但紧接着，义和团运动爆发，八国联军攻打津、京。陆树藩忙于发起成立京津救济善会，出任董事长，亲自赴京救援在京津的江南籍受难官绅商民。繁忙紧张的救济事务，再加上甚嚣尘上的排外之风，陆树藩捐书工部局的动议也就搁置起来，无疾而终。

时局更加蜩螗，皕宋楼藏书始终让陆树藩寝食难安。1902年，他又上书端方，说及保护先人藏书事：“十余年来，兢兢业业，守之勿失。近见时事日非，变生不测，刀兵水火，在在堪虞。即使后之人亦能抱守，设或稍有残缺，任生片羽吉光之憾，故职道愿将先人所藏之书，全数捐入藏书楼以垂久远。”他之所以上书端方，一来因为端方是他的旧上司，二来由于端方本人颇富金石收藏，也曾向他说起过“所藏金石，急切难觅传人，亦具嘉惠后学之念”。上书以前，陆树藩还在沪上谒见了盛宣怀，这位宫保大人对他的设想不仅大为赞许，而且表示也“拟以所藏古今字画同归于公”。因而树藩在给端方的信里建议，将陆心源之藏书、盛宣怀之书画及端方之金石，“合建一藏书楼与博物院于上海适中之地，发潜德之幽光，彰儒林之典则”。所谓“上海适中之地”，当然还是指公共租界。树藩之所以一再选择公共租界捐书或造书楼，显然寄希望于公共租界的安全性。这一用心在给端方的信里说得很明白：“西律载：建筑书楼之地，无论某国与某国开衅，局内局外之国均有保护之责。内地愚民宵小动辄仇教，兼与学堂为难，焚掠时有所闻。百密不容一疏，故以建于上海为最宜。”但这一设想，在陆树藩再次入京准备与端方面商时，端方却“移节湘楚”，调为湖广总督，而不了了之。也许，在盛宣怀与端方，也只是顺口说说而已。

1903年，北京的《燕都报》刊出《广藏书说》一文，先是盛赞陆心源：“皕宋楼藏书艳称一时，然犹谓私诸己也不如公诸人，于是另建守先阁，以为阖郡人士观书之处”，以为“陆氏之用心不诚加人一等”？而后笔锋一转，不点名地指责其后人：“无如守先待后，继述为难，子若孙泊志名利之场，无善述之美意，刻闻该楼亦散帙民间。当时一片苦心，竟置无用之地！”陆树藩读后颇为不悦，立即致信该报主笔，指出其“未免传闻失实”，并述明自己所做的努力：

> 自甲午年先大夫见背以后，树藩等遇有宋元板书籍，仍复搜罗，近亦积有数十种。无如穷乡僻壤，阅者寥寥，树藩等欲移上海，建陆心源藏书楼，作为万国公共之物。

他还录副致端方的信，希望该报能够登刊，“俾天下人知陆氏藏书依旧无恙，树藩等尚能抱残守缺，非不肖子孙”。此信刊出，至少表明，直到此时，陆树藩还没有售书的念头。另一方面，他也觉得更应该遵守先人遗训，保持藏书的完整性。

二

19世纪与20世纪之交，有些事件的冲击波竟然牵累了陆氏的资金与产业。城门失火，殃及池鱼，也无可避免地影响到陆心源藏书的命运。

第一件就是由义和团运动引起的八国联军进占京津。

江浙在京的官绅商民流离失所，奔命南逃，遭遇十分悲惨。陆树藩在上海发起筹建了京津救济善会，并以善会董事长的身份，亲自率员乘船北上赈救，翻译人等的川资、薪水均由其捐给，不取善会分文。1901年春，救济善会任务结束，自行解散，但公布账目后，发现捐款不足以抵冲支出，由其他人先期垫支的钱银须由救济善会总会归还，也就是说只能由他这个原董事长来顶缸还债。他向报界承认自己“创办救济善会，赔贴甚巨”。一桩善事，却让他负债累累，是他始料不及的。

救济善会结束以后，陆树藩按李鸿章的意思，又接手了顺直赈灾的慈善活动。此事后来虽由盛宣怀支持的济急善会接办，但他在灾赈中代为筹集过善款达百余万两，却为他人挪用，致使他不仅“代人受累”，而且“受累不浅”。他在《与宝子常太守书》里叙述隐情道：

> 弟赋性愚鲁，向不敢以不屑之心待人，平日见亲故之匮乏者，莫不竭力扶持。故办捐时，正当民穷财匮之秋，苟见其人来日有作为者，尤不遗余力襄其进取之志，人非一人，官非一项，以至欠弟款者共有五六万金之多。

陆树藩向来乐善好施，有“湖州善人”“陆氏善人”的美称，因此尽可以相信他的自述，当初将捐款借支给他人，初衷也完全出于同情心。但无论如何，按现代说法，在财政纪律，他犯了挪用专款的错误，这个苦果只能由他自己吞下。1902年秋天，直隶总督袁世凯向他催解这笔款子，他“到处腾挪，终难如数”，只得向那些挪借其赈灾专款者追索。然而，“闻风汇还者固不乏人，而一官匏系、自顾不暇者又占多数”，他也只得“终始成全，一身担当”。袁世凯则派专人来沪，“勒限催缴，如逾限不解，即行严参”。这时，树藩正任苏州候补道，为了“遵限垫解，幸免削职”，除了向亲友告贷，还由友人作保，向麦加利银行借款垫付。但一年借贷期转眼即至，他又得挖肉补疮。《与宝子常太守书》就是向当年借款者的乞求函：

> 还望俯念前情，归清本利外，再求惠借贰千金，以纾眉急，深感高谊。有无相通，缓急相济，道义之交，古来如此，想大君子亦必不见却也。当以一年为期，本利奉缴。

话说得沉重而恳切，也不知当年受惠的这位常大人是否做了回“大君子”，但这类信陆树藩恐怕没有少写，其苦涩无助的心境也不难体谅。

第二件就是日本资本主义的蓬勃发展对中国民族工业的冲击。日本史家井上清指出；

> 要之，以纺织制丝等轻工业为中心，机器工业在日清战争后得以确立。即以1900年民营工厂的调查而言，工厂总数的71%，原动力机器马力数的46%，职工数的67%，都为纺织业所有。……在输出品中，生丝仍占第一位，棉纱、棉织品次之，比重逐年递增。其输出地，主要是清国与朝鲜。（《日本的历史》下，43—44页，岩波书店，1966年）

由于受到日本人造丝倾销的打压，大约在1902年后的两三年里，陆氏在沪上苦心经营的瑞纶缫丝厂宣告破产，丝厂挤占了陆氏钱庄的大量资金，连累钱庄也无法运转，紧跟着倒闭。虽然按破产规定，只需向储户赔偿三成存款，但储户都是湖州同乡，碍于陆家盛名，树藩同意足数赔偿存款人的全部欠钱。

在一连串的致命打击下，陆树藩陷入了前所未有的财政困境，被迫出售在沪的房地产以及部分动产，来应付经济上的烂摊子。于是，才有1907年将皕宋楼藏书售日之事。

三

实际上，在陆树藩救济善会与顺直赈济等欠款公之于世后，就有人预料，此事若清廷不关心，陆氏藏书最后必会散佚。最先为此奔走的，就是陆家世交张元济。他以代商务印书馆购藏的名义与陆树藩接洽，终因价格出入而未能谈妥。为了填补亏欠款，这时的陆树藩已经不能不待价而沽了。其后，得知日人有收购的意向，张元济深知国内以私人之力已绝无完购之可能，便于1906年春，进京找军机大臣兼学部尚书荣庆相商，建议国家拨款购买，作为京师图书馆之基础，却未受清廷重视。国家自顾不暇，哪里还有财力与心思顾及私家藏书呢？

1905年末，岛田翰受静嘉堂文库之派，到皕宋楼观书，并试询售书价格。鉴于当时经济状况，陆树藩已绝无财力对旧藏进行保护，若分散售出又有违家训。他此前打算集中转赠，阴差阳错，“竟成虚愿”；这时出于支撑危局的现实考虑，必须集中转让，但开价太高，国内也无人能够接手。故而当日人以其能够接受的最低价讨价还价时，便一拍即合。其时，陆树藩错误认为：只要集中出让，保证了旧藏的完整性，而免其拆分散逸，就是不违先人的遗训。

应该承认，当时中日两国民间书籍购买是互有往来的，杨守敬就在1904年从日本访购到汉籍三万余卷，捆载归国。皕宋楼是私人藏书，买卖自由，清廷未加干涉，也无暇顾及，他人也不便非议。但这一事件，随着上世纪30年代以后中日关系的再度恶化，国人的反应也日趋强烈，其严重性也越来越凸现。

藏书的命运，从来就是与家国的盛衰休戚相关的，而历史在其中通过看似偶然的现象，却展示着必然的趋向。陆树藩救济善会与顺直赈济的欠款，似乎出于其处世行事的个人原因；但陆氏家族产业的连环倒闭，却蕴涵着历史的铁则。在两下夹击下，陆树藩走投无路，只能开个好价钱，转让先人藏书来自我救赎。而此时的国内，没有谁有足够的财力来接他这个盘，连清廷也不作为。而日本三菱财阀岩崎弥之助却一掷千金，志在必得。所有这些，冥冥之中演绎着一种必然的轨辙。静嘉堂收购皕宋楼，说到底是两种力量的对决。一是以三菱岩崎为代表的垄断资本主义与以陆树藩为代表的民族资本主义的对决，二是日本帝国与大清帝国的对决。这后一种对决，在军事上已经通过中日甲午战争分出了胜负，而这次不过采取文化财富转手的形式而已。

至于陆树藩，他犯了胶柱鼓瑟的错误，只着眼于先人旧藏转移的完整性，却使大量宋版元椠流入日本，无价之宝永去故国，背上他始料不及的骂名。在他，自然也有着无可言说的苦涩与无奈。而作为后人，我们在理解的同情之后，是否还应该去细细咀嚼这一事件背后那段历史的沉重？

（原载2007年第6期《万象》）

《燕山楚水》：一个中国通的处女游

我不大读今人的游记，认为那还不如去翻旅游指南或名胜大全，所获也许更多。对前代的游记却情有独钟，因为可以借以感知沧桑，咀嚼历史；尤其爱读有见识者乍出国门或初来中国所写的游记，那第一印象往往能见人所未见。当年，《走向世界》丛书没有少看，颇见中国人睁眼看世界后的新奇感与颟顸相。近年中华书局出了一套《近代日本人中国游记》，收入了维新成功后日本人看中国的历史文本，《燕山楚水》堪称其中白眉。作者内藤湖南，到过中国十次，前八次都有行记。丛书入选其处女游的记录，应有"除却巫山不是云"的考虑吧。

内藤其人在卢沟桥事变前三年去世，综观其一生，1907年受聘于京都大学东洋史讲席，成为他前后期的分水岭。先说后期，他是日本学界中国史学第一人，不但创立了关于中国史的宏大理论体系（近年被中国史学界津津乐道的"唐宋变革论"，不过是其中一个从属性的论点），而且与中国第一流的大学者都有密切的往来。辛亥革命后，罗振玉、王国维流亡日本，蒙他多方照拂。胡适在寄赠内藤的《章学诚年谱》上，恭敬写上“表示敬意与谢意”，因为章学诚在20世纪初叶的重新出炉与学术地位的陡然攀升，与内藤的研究与推挽大有干系。连后来成为马克思主义史学掌门人的郭沫若，也赶在内藤去世前两年朝拜了他的寓所恭仁山庄。这些虽是后话，却足以证明内藤作为中国通的含金量。

再来看此前的内藤，他先后担任过日本多家著名报刊的编辑、记者或主笔，以谙熟中国历史与现状而享誉新闻界。值得一提的是，他还担任过日殖时期《台湾日报》的首任主笔。他写过大量关于清朝与中日关系的政论，有研究者概括为“时论其表，史论其里”。来华前两年，内藤出版了他的第一部中国史论著《诸葛武侯》，如果当时让他在日本开讲“品三国”，效果肯定会特别好。他对中国历史文化的痴迷，有游记里他所过录的京调全本《空城计》为证，原汁原味的科白唱词一应俱全，那是他在上海看京戏后的消遣。

内藤首次中国行是1899年，以记者身份受报社资助做考察报道。这是他供职报社的采访安排，无关于军界政界的指令，大可不必给他扣上什么政治性的帽子，尽管他的中国游最终脱不出近代中日的政治恩怨。难怪他在离日前诗云“故旧当年空鬼籍，江山异域久神游”，意思说，我当年虽然只在“点鬼簿”上与中国历史人物成为故交旧识，而中国那一片异域的江山却也神游已久了。这样的中国通，与中国第一次零距离接触的游记，特有看头是毋庸饶舌的。

1899年，正是19世纪最末一年，上距近代中日关系转折点的中日甲午战争仅仅五年，恰巧介于戊戌政变与庚子国变之间。大名鼎鼎的幸德秋水在为内藤送行的诗里说“王气中原尽，八维纷如麻”，正是当时中国的逼真写照。作为一个浸淫中国文化的日本学者，内藤一方面对久已神游的中国文化有天然的亲近感，另一方面却难以跳出近代日本对中国的国家磁力场。他的中国处女游似乎并不轻松，内心始终处于一种矛盾紧张中。

在威海卫，内藤凭吊了甲午海战的旧战场，目睹中国“沉舰的桅顶还有数尺露在水面上”，感慨“丁提督的英魂呼而不归”，应该算是战胜国的游客对战败国的将帅表达敬意。当看到英国军舰“岿然坐镇在海湾里”，他转而抱憾日军“占领的雄大计划也成了短暂的梦境”。一到天津，内藤就去西门郊外“成百上千的无名土馒头”里，寻访同龄老乡的墓，他是为中日甲午战争“作为军事侦探最先遇难”的，遍找不得，血浓于水，顿生“凄怆之念”。

进入北京城，内藤第一观感是“果然不愧为大帝国的都城”。但他登上崇文门，环顾雉堞损坏，杂草丛生，“都城的风景无限的凄凉，让人觉不出这是君临在四亿生灵之上的大清皇帝的所在，我不禁流下泪来”。他没有必要作秀，这掬眼泪是为北京城与中国的衰败而由衷流下的。内藤还发现“北京的人家里没有茅厕”，于是“到处都是拉撒粪便的地方”，便下判语说“整个北京城感觉就像是个大茅厕”。他听说，北京作为明代都城，始建时“拥有规模很大的下水设备，不输现在文明各国的都会”，便感叹“清朝的文明和前朝相比如何，从这里不难推测”，潜台词无非是中国文明江河日下。

既然游中国，总要与中国人打交道。时当戊戌政变次年，菜市口血迹未干，士大夫被头挂退，噤若寒蝉，内藤“在北京没有可以交谈的人”。他在津、沪两地见到了严复、文廷式、张元济等士人，不得不承认他们“都有大国的风范”。严复刚出了《天演论》，送他一本，言谈之间“纵横无碍，不怕忌讳”，内藤叹为“第一流人物”。不过，另一方面，内藤对中国人又有一种鄙视感。他不仅声称，“平时和中国人擦肩而过的时候，连衣服袖子的接触都使我心中不快”，而且从日本公使馆门卫中有清朝五品官老爷，从八旗皇族以五元钱报酬教日本人说官话，鄙夷地认定：“面子、体面等等的意义，不能和现在的中国人讨论。”

动身之前，内藤劝告作暑期旅行的日本学生，一方面希望他们进入中国内陆“去探寻那些中国诗人自古以来咏怀抒情、而现在依然能尝到羁旅辛苦的地方”，去领略中国山水游的韵味；另一方面呼吁他们“踏访东三省、山东这些新近被欧洲强国侵占的地方，以备思考战略雄图”，甚至不加掩饰道：“中国大陆确实是一望之下容易鼓舞雄心的地方。”内藤也正是这样做的。他游览长江，沉醉其中道：“这样的景致，这样的恢宏远大，只有大陆中原才有，不是看惯了富于细腻景趣的日本风光的眼睛所能想象的。真是天地间一大壮观。”回到上海，他郑重地对张元济说：“这么美丽的江山，让他人放言为势力范围，我觉得使贵国士大夫的耻辱。”这一告诫，与他的赞美一样，固然流露出对中国景致的心仪，却最终站在日本国的立场上，对其他列强在中国的势力范围深致不满。难怪回国不久，他就撰文提醒：“不要忘记像江阴这样作为长江的关隘，有关注价值的地方。”

对中国的前途，内藤也希望能有转机。在游历中国时，他告诫中国的有识之士，先是说：“现在的时局，或许正是进行大变革的时机吧？”继而说：“总之，能使变革成功的就在于你们了。”简直就是中国改革的推动者。然而，来华前夕，内藤借明清之际的那段历史赋诗道：“兴亡关数倾难挽，夷夏唯天覆不颇。”意思是说，明清易代关乎气数，人力是难挽狂澜于既倒的；夷夏消长也唯有取决于天命，华夏运去没有什么不公平的。这两句诗的言外之意，可以用他在甲午战争当年《所谓日本的天职》中的言论来补足：“日本的天职，就是日本的天职，不是介绍西洋文明，把它传给中国，使它在东亚弘扬的天职；也不是保护中国的旧物卖给西洋；而是使日本的文明、日本的风尚风靡天下、光被坤舆的天职。我们因为国在东亚，又因为东亚各国以中国为最大，我们天职履行必须以中国为主要对象。”这番言论，总让人觉得与后来的“大东亚共荣”论有似曾相识之感。

不想纠缠在这个过于沉重的话题上，游记的轶闻也许更饶有兴趣的。内藤与张元济有一次关于康梁的对话。张元济指出，戊戌政变后，康有为“难道不知道，他的事业到那时已经结束，以后都是画蛇添足吗？”张元济曾卷入变法，其后，他转而一心投身出版事业，也许就出于不愿意再像康有为那样“画蛇添足”。内藤则向张元济透露，梁启超在日本“攻击西太后的时候动辄谈到下流的事情，正显露出他为人之低”。梁任公说了西太后哪些话，内藤没有形诸语言或文字。据《小航文集》卷3《复江翊云兼谢丁文江书》，梁启超亡命日本，“因揭宫闱秘事，大半捏造，那拉痛恨，悬十万之赏以购之，声价十倍，于是骆宾王之笔，胜于徐敬业之戈矣”。梁启超捏造的秘辛，即便不是下删若干字之类的内容，也肯定不堪入耳，难怪将慈禧激怒，被内藤看轻。

在中国处女游中，内藤作为职业记者，其眼光犀利令人折服。游记写他过大沽口时的观察：“大沽炮台沿着海岸展开，用土垒得很漂亮。但是仔细观察，会发现建得很单薄，外观细长，从实用的角度看形同儿戏。炮也没有大型的海岸炮。”果不其然，第二年，八国联军一举摧毁大沽口炮台，长驱直入攻陷津、京。而最早揭露炮台只是一个管看不管用的豆腐渣工程的，也许就是这个内藤湖南。一百年后，读到这里，联想到中国各种豆腐渣工程与时俱进而长命百岁，只有郁闷而已！

（原载2008年7月27日《东方早报》）

顾廷龙笔下的中国书法家首访东瀛

《艺术评论》2015年5月6日刊载了郭同庆的《翰墨因缘古，天涯交谊深》（下称“郭文”），作者根据《日中文化交流》1964年2月号（下称“日刊”），及其珍藏的潘天寿、王个簃与顾廷龙的访日书法作品，考证了三位海派书画大家首赴东瀛的往事，读来饶有兴味。但顾廷龙留有《访日游记》（收入北京图书馆出版社与上海科学技术文献出版社2002年版《顾廷龙文集》），逐日记录了访日始末，细节具体远胜于日刊流水账。为让书画同好了解这次首访花絮，笔者且做一次文抄公。但为篇幅计，只介绍与书画艺术有关的内容；又考虑可读性，基本采用转述，只在必要时才摘引原文。

一、行前的功课

1963年11月15日，顾廷龙飞抵北京待命。19日，亚非司司长林林向代表团介绍日本文化学术界情况。次日上午，全团成员赴对外文委，听一位周秘书长指示：“一、介绍日本政局概况；二、与（日本）书道家接触的要求；三、注意事项。”下午，这位秘书长亲陪代表团前往故宫博物院，由院长吴仲超亲自接待，观看14件唐宋书法真迹，包括李白《上阳台帖》等，旨在让这几位书法家作专业准备。中日当时没有建交，须转经香港直飞，故代表团一行在21日飞抵广州，林林到机场送行。这次出访，显然贯彻周恩来的民间外交政策，故而备受重视。次日，顾廷龙与潘天寿、王个簃专门商议在日“书写内容”，团长陶白约谈团员，随团对外友协日本处处长郭劳为设想了专业分工，顾廷龙专谈书法与碑帖。

23日，代表团抵港。次日，顾老准备查阅有关书法材料，征得团长同意，电话联系香港左派报人陈凡，借得《艺林》备览。居港这几天，所谈多与书道有关，顾老日记也颇有“写字”“大家写字”的记录。26日，顾廷龙与陶白“谈沈文及略论明、清书家优缺点，渠对沈文责唐太宗抑献崇羲为论据不足”，顾也“有同感”。这里的“沈”指沈尹默，两个月前，他刚发表《二王书法管窥》，认为在王羲之、献之之间，“李世民过分地扬父抑子”。27日，顾廷龙晨起“写字”，他这几天“间作六朝体，潘、王二老以为不恶。昨亦曾作一纸，陶公亦甚赏之”。

二、首站东京行

27日夜间，代表团飞抵东京羽田机场（郭文误作“成田机场”，但《访日游记》次日以日文转录《每日新闻》报道，标题明确作“一行六人が二十七日夜羽田着のBOAC機来日しむ”。），日方以书法家西川宁为首数十人到机场欢迎，在机场休息室举行欢迎仪式，“男女书法家咸集”“女书法家献花”，西川宁与手岛右卿相继讲话，陶白致答辞。28日，代表团拜访日中文化交流协会理事长中岛健藏。中岛谈及，韩国与台湾得知日本书家香川峰云访华，也各发出邀请，都为其所拒；但大阪、京都有曾去台湾的书家，“今已后悔，仍拟请彼等参加招待”，征询中方意见，陶白表态请中岛顾问决定。晚上，丰道春海举办私宴欢迎代表团，前首相片山哲夫妇与西川、手岛等作陪。席间，片山告知，将书道列入这次特别展，乃其“争取之力”，他借用毛泽东名言说，“书法应该继续东风压倒西风”，表达了对华友善的姿态。据顾老说，丰道“对中国有真诚的友好，出笔墨属题字，余即写‘促膝谈心’四字”，还在《访日游记》里特地过录了丰道的事迹。

29日，代表团参观日本美术特别展，顾廷龙颇有观感：

> 日画近来有大变动，大都趋于油画，已脱日画传统。间存传统者数帧，而此数帧与我国画极相似。书道有名家部分，有新作家部分。据介绍者青山杉雨【《游记》皆作杉两，似手民之误】先生云，因日本写惯平假名，所以写草书的人多，这是条件关系。写篆、隶的人少，写正字的人亦不多。两部分中各有写经一幅，均得唐人三昧。刻章大均方寸，体摹缶庐（按即吴昌硕），有一方较工细。书法以学王铎为多，篆隶从草法，不事工整一路，以放纵取胜。独丰道书园润劲道，当推正宗，有一联八尺草书，气魄甚大，颇得右军笔意。

午餐闲谈时，日本书家表示：“汉字要保留，不能全部以简字代替，所以这次陈列品中均为汉诗汉字。”下午，代表团访问东京国立博物馆，首先参观了馆藏中国碑志拓本，鉴赏了《李超志》《高湛志》《张猛龙碑》《嵩高灵庙碑》与《马鸣寺碑》等，继而观赏书画，有《唐日僧台州行牒》、颜辉的《寒山拾得模本》、梁楷的《太白行吟图》、石恪的《二祖调心图》、李公麟的《潇湘卧游图卷》与李迪的花卉扇面。最后看雕刻，除日本的，还有中国云冈石佛头。顾廷龙感慨记道：“陈列品中得自我国者实不少。”

30日，上午参观大仓集古馆，顾廷龙见陈列有一件秦朝大漆器，“难得，疑出自长沙”。下午，代表团访问日中友协，“座谈并题字”。12月1日，午后访问书道博物馆，原系明治大正时著名西画家中村不折旧居，他对中国六朝书法倾倒之至，1936年贡献出平生收藏的万余件中国古文物，创立了这座博物馆。主持者出示了馆藏珍品，让代表团观览，有《颜真卿告身》、蔡襄《谢赐御书诗》与数种宋拓孤本。博物馆留给顾老的印象是“屋小较黑，陈列稍挤”。向晚，代表团赴西川宁私宴，西川全家都到过大陆，对中国极友好。他收藏以赵之谦书画为多，主宾共赏了赵之谦与邓石如的书画，以及赵之谦与吴昌硕的印章，可惜“均经火烧”，或是战争的遗患。2日午间，应松丸东鱼之邀，王个簃与顾廷龙前往欣赏他收藏的吴昌硕印谱。松丸家曾有吴昌硕书画九十余件，“后被火，剩八十余件”。当晚是日本接待方酒会，到会者170余人，著名工艺品老店玉川堂主人赠送代表团自制笔四包。

三、关西行脚处

12月3日，代表团上午从东京飞抵大阪，开始关西之行。午餐由日本女书法家招待，当即日刊所说《关西女流展》主办的，一位女书家即席赋诗表示欢迎。午后，游览大阪城与大阪博物馆，馆方展示了明万历帝敕封丰臣秀吉日本王的诰命。4日，王个簃、顾廷龙与郭劳为由香川陪同，赴宫本竹径家私宴，主人出示了日本书家的复制品。5日，代表团上午参观南住吉小学写字课，有写钢笔硬笔字的，也有写毛笔字的，还有写整张毛边纸的大字。顾老看到，一个七岁女学生写一篆书“樂”字很有力。书法教员介绍了自己编的教学提纲。而后到校长室休息与题字。午后再到附近中学观看中学生写大字。晚上，参加日本书艺院的恳亲会，村上三岛致欢迎辞。王个簃谈了参观日本美术展感想；潘天寿回答关于使用硬笔与毛笔情况的提问，陶白做了补充；作为团长，他还提出了汉字如何发展与继承的问题。

6日，代表团赴奈良，游览国立博物馆与东大寺等名胜。晚上，潘天寿、王个簃赴今井凌雪家的私宴，顾廷龙与陶白则到杉冈华村家做客。杉冈收有汉字学生50人，女弟子百余人，他自言：“书道初亦作汉字，后即写片假名。”席终，主人拿出纸笔请来客题字。7日，上午，代表团到奈良市立一条高中参观书法课。课上，教师教初三学生对书法作品如何鉴赏，如何装潢，如何钤印等，并“取各生作业加以评论”。课后，学生与代表团成员座谈。团长陶白回答了如何安排临摹与创作的提问。学生问墨制成各种形式，是否为美观？顾廷龙作答：“是的。我国自明以来，墨不仅是用，而且收藏，有墨谱。制墨有流派，有风格，藏家与店铺有所不同。”下午，顾廷龙由今井凌雪等作陪参观天理图书馆，馆长富永氏请他在签名册上题记；主管中文书籍的今子氏读过顾老的《明代版画图录》，“致仰慕之意”。8日，代表团上午参观当地笔厂笔管刻字等加工环节，又先后观看手工制墨与机器制墨。中午，在堀冈治（《访日游记》阙作“堀□□”）私宅便餐，其人“藏砚、藏图章石”。下午，代表团赶回大阪，参加大阪、神户、奈良三地日本书家的欢迎晚宴，气氛“甚热烈”，一青年女子写赠了“中日友好万岁”的条幅，表示“此为我对中国友好之情”，顾老赞她能写字。当晚，代表团抵达京都。

9日，代表团游览京都名胜清水寺，团长陶白等写字相赠，顾廷龙则作篆字，89岁的长老大西良庆也当场挥毫。10日，参观泉屋博古（当即日刊所说“住友古铜馆”），两层楼都陈列中国青铜器，著名的楚公钟与𠑹钟皆在其中。顾老记云：“我昔日常临写之金文拓本，今原器多在此。”语气之间不无感慨。11日，上午访问水田庆泉，自书画收藏家的父亲死后他家道渐衰，藏品变卖不少，这年因其画入选日本美术展，收入才略丰。他展示了陈洪绶的《米颠拜石图》，王季重与陈继儒的书法，李方膺的册页。分手前，顾老为其题字留念，但私下认为，其所藏“石涛轴不真，陈独漉砚赠渔洋者佳”。下午，参观京都国立博物馆，馆方特地展示了丰坊的《谦斋记卷》、空海的《写题名录》、张即之书《金刚经》与宋拓《十七帖》，罗振玉旧藏的《智永千字文》与唐写本《毛诗》

等。顾老说，珍品太多，“时已傍晚，未及详记，绕室一周而出”。匆匆赶赴京都滋贺书道同人的欢迎晚宴，著名汉学家吉川幸次郎与平冈武夫出席作陪，宴会上半场，吉川陪陶白团长座，平冈陪顾廷龙座，酒过半巡，“两人换座相陪”。席间有人问，中国现对明清人书法是否重视，顾老答云：“既重宋元人书，亦重明清人书。”

四、东海道归来

13日，代表团结束关西之行，沿着日本旧称东海道的路向，乘电车折返东京，途中继续访问活动。当天，首站到达名古屋。下午，参观德川美术馆，多是德川幕府所藏文物。晚间，中京书道联盟宴请代表团，参加者133人，规模可观。席间，“交谈热烈，共望邦交早日恢复”。有一位姓榊原的书家携来一册《淳化阁帖》请顾老鉴定，还送他一包东西，“归启视之，则为其自写册页，系片假名”。14日，代表团参观渡玉毛织株式会社（郭文作“参观名古屋陶瓷工厂”，与《访日游记》不符），顾老为之题字。下午回寓所后，又“作字三帧”。

15日，代表团乘电车从名古屋到箱根旅游。次日，顾廷龙在芦之湖旅馆观看潘天寿与王个簃作画。17日，代表团改乘汽车，途经镰仓，顺道赴殿村蓝田的午宴，顾廷龙为其留题“名区揽胜逢良友”的书迹。 而后，代表团在杉村陪同下，到企业家兼收藏家高岛菊次郎家观赏字画。高岛目疾住院，由其夫人与公子出面接待。主人出示的书画藏品颇多，有王时敏与王石谷的长卷，王鉴与吴历的卷轴，徐渭的书画，石涛的《诗书册》，朱熹、张栻与鲜于枢等墨迹，宋高宗敕书，定武本《兰亭序》及赵孟頫十三跋残本，禹之鼎的《【城南】雅集图》（《游记》原作空框）绘王士祯等八人，后有翁方纲长跋题记，顾廷龙或赞为“均佳”，或评为“甚精”。而对蔡襄《谢御赐书名表》，顾老判云：“罗振玉跋谓与《三希堂》所刻不同，此赝品也，真迹在故宫。”他还认为，高岛藏《智永千字文》比京都博物馆那本好。藏品中有董其昌晚年名作《项子京墓志铭》，杉村请教此铭为何不见其文集，顾廷龙答道：“实则《容台集》有两个本子，一足本中载之。”当晚，返回东京，顾老对王时敏长卷有翁方纲题字生疑，以为长跋之后，“题一穷款，本身亦可疑”，但王个簃却认定不伪，“翁题亦真”，顾老表示“俟回沪后考之”。

18日，上午，潘天寿与王个簃作画，顾廷龙写字，应与在日酬酢有关。下午，代表团由西川、手岛等陪同，访问德川时代名门之后细川护立家，护立以收藏铜器、瓷器著称，主人出示了数件汉器、两轴字卷、一件敦煌卷子与十余方昌化鸡血石。晚间，潘天寿、王个簃与顾廷龙访随鸥社，社址应即金子鸥亭私宅。他们观看了鸥亭教授二十来个学生书法，据说各地来向他学书者达六百人。顾老记其教法：

> 每生以所临字呈阅，老师即席批改，逐一改阅，临欧、褚、颜、柳皆有之，一般均写大字，并有一二人作六尺屏四幅者，有一人临甲骨文。

合影留念后，主人出所藏日本近现代书作观览。他在播放来华所摄彩照时说：“现实写生无过于照相，固而西洋产生抽象派，不知有线条之美；现在始觉线条之美，书法中就已有此。”

19日，代表团上午再访国立博物馆，参观特别展中定为国宝的12件书法珍品，都是唐代名卷。下午出席中日书家交流的“挥毫会”，丰道海春首作册页，大家随意挥毫，顾老也写了一幅。晚间，日本书道联盟主办宴会，到场书法篆刻家达百余人，席间向三位日本书家授奖。20日，代表团上午参观五岛美术馆的茶道陈列，展品中有宋元时代中国僧人为日本僧人所作字。中午，赴青山杉雨家私宴，他家有小窑，能当场烧碟子、小杯等，主人拿出各种陶胚，让来客在其上自作书画，顾老也写了几件，然后入窑烧制，片刻即成。21日上午，顾老在杉村陪同下访问东洋文库，而日刊所记“参观根津美术馆”，应是潘天寿、王个簃等团员。代表团下午出席了松丸主办的吴昌硕纪念会，据日刊说，这是吴昌硕逝世37周年的纪念活动。

22日，代表团赴饭岛春敬私宴，开席前，主客一起观赏了主人所藏书画与名砚，其中有《广仓砚谱》收录的谢文节砚。

23日，这是访日最后一天。下午，顾廷龙写字，他有感于香川峰云全程陪同，“甚热情，因赋一绝赠之”，所书或即这首绝句。晚餐由代表团举行告别酒会，据顾老评价，团长陶白致辞，“极亲切，有内容，皆访问感想。最好是末了念一首《六一词》，又改了几句，适合目前情况。”随后日方代表丰道海春与西川宁讲话。席间有日本女书家与顾老干杯，而日本“青年书家书家说想望中国，愿与中国青年会面”。次日，代表团经港回国。

应该说，这次中国书法家首访日本，无论书法领域的双向交流，还是两国人民的民间外交，都堪称成果丰硕。关于前者，直到33年后，顾廷龙犹忆当年之行：

> 余于一九六三年冬以中国访日书法代表团团员前往以书会友，于东京、大阪、奈良、京都、名古屋、横滨等地，得与日本书法名家相交流，获观他们出版书法法帖甚多，余甚羡之。

这年，我国也终于出版了《中国书法全集》，顾老“快幸无似”，他也为这一集大成工程能远超前人（包括东邻），提供了上图所藏的吴宽旧本《十七帖》。他在撰文《欢呼中国书法全集之问世》时说：

访日时在东京博物馆获见姜宸英旧藏宋拓《十七帖》，此帖向有珂罗版流传，见到真迹，颇幸奇遇，但略有神气不足之感。归而出藏本阅之，则姜藏不如也。时适《艺苑掇英》创刊，余力促影印。今《全集》即采用此本，实获我心，喜何如之！

（原载2015年6月3日《东方早报》）

《朝日新闻》的图书广告

上飞机时，拿了一份当天的《朝日新闻》，浏览之后，才知道66年前的今天，昭和天皇因广岛与长崎的原子弹，决定次日发表求和“玉音”。如今又到一年一度的终战纪念，而半年前东日本的地震与海啸记忆犹新。《朝日新闻》辟有“歌坛俳坛”专栏，选刊读者的习作，也都围绕着终战与福岛核泄漏，正如一首俳句所感慨：“战争与核辐射合并诉说的夏天哪！”关于震灾的俳句，例如：

正在核辐射风口上的夏日祭啊！

留守残破乡国的夜之秋色啊！

读着这些悲摧的诗句，令人不禁唏嘘同情。关于终战的俳句，例如：

终战之日蝉声也哽咽。

败战日怀恋当兵时的青春。

在这种悲伤与怀恋中，对给他者与自身带来灾难的战争，是否也有深刻的反思呢？

为配合相关纪念，《朝日新闻》专辟“思考战争与和平”的图书广告栏，有一本冈井敏所著的新书《“对日本可以动用原子弹”》，其广告提要写道：

因人种的差别，原子弹没有投向德国，而是扔在日本。投向广岛、长崎的原子弹，不是军事行动，而是犯罪行为。原子弹用于日本人，这是罗斯福与丘吉尔决定的。尽管微妙，在日本，却力图遮蔽这一记录在案的‘原子弹可以用于日本人’的语句。以这样的精神怎么能够彻底弃核呢？

书名应是对美英两巨头说法的提炼或概括，广告语则毫不掩饰对核武器的诉求。广岛、长崎两枚原子弹确实给日本人民带来了灾难，永志不忘也在情理之中。但反思不能只是着眼于他者对自身的加害，却避而不谈自己对他者的加害，比如说吧，昨天是8月13日，74年前日本侵略军悍然在上海发动淞沪战争，报章上怎么就缄口不谈呢？

从书目广告得知，秦郁彦所著的《日中战争史》，初版于1961年，近日由河出书房新社推出了纪念版，广告把这本书捧为“古典名著”，称其“在学术层面上为日中战争研究建构体系”。是否如此，未能寓目，不便置喙。但广告说作者注重实证，这种实证建基于亲历者珍贵的证言，大量的实地调查，与旧军部及外务省等有关资料。实证，对史学而言，不仅是一种方法，更是一种理念，这对国人的抗战史研究也应大有启发。反观咱们的研究，仍更多停留在弘扬我方正义性的层面上，而不是对这场事关两国命运的战争进行全方位研究，对海外史料（台湾与日本）的全面利用，也还处于起动阶段。

不过，“和平”毕竟是主题，有一条新书发布会的通讯，题为《邻国心愿，和平画本》，报道六年前一次会议上，日中韩三国的儿童画本作家达成共识：如果不正视过去的历史，只说表面的和平，是没有意义的。于是，着手筹划，三国各推四名画本作家，分别在各自的国家以各自的语言同时出版12册一套的绘图读物。今年四月，日本童心社从中选出日中韩画本各一册，推出了日文版。其中日本的是《和平，怎样一回事？》，中国的是《京剧消逝的日子》，韩国的是《春天乍到非武装地带》）。在四个日本作家中，80岁的田畑精一年龄最长，他在发布会上说：“尽管一如既往，但以一人之力还是柔弱无援，大家一起来做，既是一种谢罪，也能连接着将来。”说得既有感情，也具理性。

另一页岩波新书的广告则以“思考地震海啸，思考复兴”为栏目标题，大江健三郎的《广岛札记》列入了重印书目，镰田浩毅的《生活在火山与地震的国度》、石桥克彦的《阪神淡路大震灾的教训》也都引人注目。

《朝日新闻》周末读书版广告，还是以江户时代的书籍画册为主打。中公丛书推出了《江户时代的遗产》，是一个名叫思查摩・B・汉雷的西方研究者的作品。田中优子《江户的想象力》，石川英辅《大江户社交那些事儿》，立川博章《江户街道景观复原图——御府内上野浅草周边》，都明确标举“江户”字样。矶田道史的《武士的家计簿》，尽管书名未见“江户”，恐怕还是以江户武士为叙述主体的。再翻过两版，同一个田中优子，集英社也在为她推出新书广告，书名叫《江户之恋》，副题可译作《生活在界限与随性之间》，广告语写道：

> 在江户小说或歌舞伎里见到的恋爱，总觉得在某处淡淡隐秘着一种剪不断却是危险的觉醒。初恋、性爱、夫妇、离婚、黄昏恋……以恋爱为切入口来漫谈江户，以江户为切入口来纵论恋爱，引导读者探访人生的深处。

四分之一版面的大幅广告，连同“好评发卖中”的炒作语，旨在将其打造成畅销书。同时推出的还有安藤优一郎的《江户佬的好胜心》、荒井修的《江户·东京下町的岁时记》，即将刊行的则有石山贵美子的彩色摄影集《漫步江户》。

江户时代，作为日本人常爱说的“前近代”，确实底蕴丰盈，韵味悠长，不知是否当得起“没有江户，何来维新”的评价？但在出版热点上，也许可以说是“说不完的江户”。对照中国出版界，“说不完的晚清”“说不完的民国”，庶几近之。

（原载2013年1月22日《南方都市报》）

福冈访古

年节刚过，去了趟日本九州。最后两天没血拼任务，便与大学旧友作访古游。福冈是距中国最近港口之一，留下了中日关系的许多遗迹，自然是寻访的重头戏。

听说志贺岛是中日交往发轫的胜地，先去一探究竟。岛原在海中，现与陆地有长堤连接。乘船过博多湾，到西户崎，打个出租，转眼就到金印公园。矗立的石碑上以汉隶镌刻着“汉委奴国王金印发光之处”。尽管《史记》说徐福率数千童男女入海，却未明言去日本，只能是传说。我国正史首载两国来往，在东汉建武中元二年（57），倭奴国“奉贡朝贺”，光武帝“赐以印绶”。有意思的是，1784年，这里农民修渠时掘出了这方金印，坐实了《后汉书》记载。金印长2.3厘米见方，高2.2厘米，重108.7克，近乎纯金打造，上镂“汉委奴国王”五字（“委”“倭”相通）。这枚日中交流的最早证物，作为日本重要文化财，在福冈博物馆常年展出。

1975年，两国正处在复交蜜月期内，当地辟为金印公园。还有两块石碑，一块是1980年杨尚昆题词：“带水横陈，两市相望，友谊永恒。”这年福冈与广州结为友好城市，他正主政广州。另一块是郭沫若诗碑，诗作于1955年访日期间，书迹乃1974年专为建碑挥毫的，末联说：“此来收获将何有，永不愿操同室戈。”福冈是其留学客居地，博多湾边留下过他的足迹与诗歌，立诗碑也是相宜的。

公园平台上雕嵌着两国隔海相望图，标明从福冈到中国主要城市的公里数。介绍铭牌或是当年行文：“由此遥望美丽平静的景致，令人感受到与大陆文化进行的越海交流。如今，极目远眺博多湾对岸的海滨与福冈市，矗立着福冈电视塔与收藏金印的福冈博物馆，在暮色时分尤有韵致。”但来游当日，寒雨霏霏，对岸海滨恍惚依稀，阴霾之中几无韵致可言。

历史风云也真是阴晴无凭。从公园北行千米左右，就是“蒙古来袭古战场”，一眼瞥见“元寇史迹蒙古冢”的石碑。日本史也将“蒙古来袭”称作“元寇来袭”，并以天皇年号将两次攻防战分称为“文永之役（1274）与“弘安之役”（1281）。我们不妨以干支纪年，称之为“甲戌之役”与“辛巳之役”。两次战役都是元朝发动的，最终也都以飓风骤至而宣告失败，日人视为有“神风”护佑（太平洋战争末期，日寇作最后挣扎，组建“神风特攻队”，命名即缘于此）。“蒙古冢”就是溺死或毙命博多湾上的元军敛葬处，当地旧称“斩首冢”。进入20世纪，这些遗冢大多湮没。1927年，福冈日莲宗僧人高锅日统倡建“蒙古军供养塔”，塔碑上端特镌“南无妙法莲华经”字样，表明立塔之际曾诵念《妙法莲华经》超度亡灵。

供养塔建成后，1938年，伪蒙古德王来参拜过；1941年，伪蒙疆政权兴安南省东科后旗长包尼雅巴斯尔一行也来过，参拜石柱迄今犹在。尤其令人关注的是，一方铜碑上镌铸着《大日本志贺岛蒙古军供养塔赞》，落款竟是“中华民国东三省保安总司令张作霖”。供养塔落成在1927年9月，次年6月，张作霖就殒命皇姑屯，这篇《塔赞》应立在这几个月内。对皇姑屯事件前夜的中日关系，这篇五言赞文似有特殊的价值。赞文回顾了历史：“何意忽必烈，泪海兴雄师。被馘诸健儿，荒原血长碧。博多大海湾，往往骷髅哭。迄今六百载，遗冢多湮没。”还算说在理上，尽管镰仓幕府拒绝通好擅杀使者在先，但元朝调发蒙汉、高丽与江南诸军，致使中华健儿殒命异国，毕竟是悲剧。但接下来，赞文却揄扬所谓“大东亚”论，鼓吹“中日同种族，文教通沆瀣”“俾亚细亚洲，蒸为大和宇”。在张作霖，也许还幻想与甚嚣尘上的日本军国主义势力虚与委蛇，指望他们“推此悲愍心，普及于东亚”，保护自己在东北的权益，却浑然不知，日本关东军早将其视为独占东北而必欲除去的对手。至于从冢中“枯骴亦虚空”出发，张作霖提倡“敌我何畦畛”“无我无敌人”，却是战争无是非论，客观上助长了日本军方的狼子野心。

既然“元寇来袭”是日本史的重头话题，次日，便继续寻访相关史迹。甲戌之役后，为预防元军再次来袭，镰仓幕府下令博多湾沿岸赶筑工事。从1276年3月起的半年间，西起今津、东至香椎的岸线上，砌起了日人称作“元寇防垒”的石筑工事。这条高约2.5至3米，绵延长约20公里的防线，在辛巳之役中有效阻止了元军上岸。好不容易，我在福冈西南学院大学附近找到了一段防垒遗址。早在1931年10月，日本文部省就将其列入“史迹名胜天然保护物”，定为国家史迹，还建起了“元寇神社”。其时，正当“九一八事件”不久，日本从元朝的受侵者摇身一变为中国的入侵者，全然忘却了元军来袭时的民族感受。

面对防垒遗址，联想到蒙古冢，我不禁一度陷入沉思。昨天打的去志贺岛时，日本司机问：“去那里看什么？”我那同窗用日语答道：“参观蒙古冢。”司机随口道：“蒙古来袭好厉害啊！”同学当即打趣说：“是啊，如果没有台风，日本已成蒙元的属地，那咱们现在就该蒙古话交谈啦！”这日本老头倒也不以为忤，说了声“是啊”。我却想起战后一部日本电影里一句雷同台词，名导小津安二郎让日本主人公感慨道：“战胜的话，现在你和我就都在纽约。”这种论调奉行的是“历史不责备胜利者”的价值观，以这种观念来讨论战争，实际上抹杀了具体战争的是非与对错，正义与非正义。就中日两国而言，无论古代，还是近现代，都曾兵戎相见。我们反对战争，祈求和平，也不主张永远背负着战争引起的仇恨，以致影响未来的和平进程。但绝不是说，就同意这种战争无是非论与胜者无罪论，只有坚持历史事实，分清楚具体战争的正义方与非正义方，才能真正理性地反思战争，面向未来，迎接和平。

即如辛巳之役，元朝调发了新征服的江南地区近十万士兵，遗民诗人郑思肖说他们“此番去者皆衔怨”。听到战败消息，他“鼓掌一笑”，赋《元鞑攻日本败北歌》表示欢迎。郑思肖不但在诗里揭露了东征强加给人民的苦难：“已刳江南民髓干，又行并户抽丁语，凶焰烧眼口竟哑，志士闷闷病如蛊。”还在序里抨击元朝“竭此土民力，办舟舰往攻焉，欲空其国所有而归”，斥其发动的是不义之战。作为遗民，他之肯定败战，或许还怀着新朝灭其故国的家国之恨，但对不义之战的批判精神却值得肯定。宋元之际，类似的反战诗人不止其一人，汪元量在《燕歌行》里也控诉过征东之役：“岂知沙场雨湿悲风急，冤魂战鬼成行泣！”如果说，七百多年前的元日之战，虽说镰仓幕府无理在前，但日本民众毕竟是元军东征的受害方，而两次战役也让蒙汉、高丽与江南的参战士兵遭遇了灭顶之灾；那么，70年前那场战争，日本是侵略者，是非正义方，中国是受害者，是正义方，早是盖棺论定的历史公论。当年，郑思肖、汪元量们能区分战争的正义与否，这种理性认识与悲悯情怀，对当下双方来说都不失为一帖清醒剂。今人的价值观总不至于比古人还倒退吧！

离开“元寇防垒”，踏访了福冈城遗址，再乘地铁至祇园站，出站不远就是名刹东长寺。山门前立着一尊石碑，上款是“弘法大师开基”，正中大书“密教东渐日本最初灵场”，落款为“西安青龙寺住持宽旭”，碑额镌刻着“南岳山东长密寺开创千贰百年纪念”。这位弘法大师，便是鼎鼎大名的日僧空海。804年，他随遣唐使抵达长安，问学于青龙寺僧惠果，获受密教嫡传。次年，惠果圆寂，他受千余会葬弟子公推，为先师撰写碑文。在日中文化交流上，空海的佳话或许堪与鉴真媲美：作为文论家，他的《文镜秘府论》迄今受到中日文学史界的推重；作为书法家，他据汉字草书创制了沿用至今的日语平假名。806年，他自浙江泛海归国，在博多湾一登陆，就营建了这座寺院，作为弘扬密教的最初道场。眼下，山门与五轮塔整饰一新，应该连同山门前那方追溯空海佛缘来自的纪念碑，都是2006年这座密寺创立1200年时的留痕吧！

踏出东长寺，天色尚早，踅向几百米外的承天寺。这座敕赐禅寺是1242年由太宰府贵族捐地营建的，迎请刚从南宋归国的圣一国师圆尔辨圆为开山祖。寺院当年占地数万坪，现存殿院仍然不少。有日式庭园以白碎石波涛状泻地，墙角虬曲一桠白梅，大有文人禅趣。一个院落里竖着三方石碑，两方与开山祖圆尔有关：居中碑上镌刻着“御馒头所”，靠左那方上刻“馄饨荞麦发祥之地”。圆尔在1235年远赴南宋，居留六年之久，历访天童、净慈、灵隐等名刹，后入径山寺师从无准，得其心传，继其法统。取道博多湾归国时，他不仅禅学名播遐迩，还带来了面食制作法。据说，日式馒头（まんじゅう）就是他最早带到这里的，那碑上“御”字是表敬前缀词，“所”字表示供奉的“处所”。而荞麦（そば）与馄饨（うどん）这些风行日本的面食，也是他从宋朝首传当地的，故而才立“发祥之地”碑。据日本学者木宫泰彦说，日本镰仓时代，“食物的烹调方面也时兴宋朝的做法，这可以从（镰仓）圆觉寺开堂斋中用了馒头一事看出一斑”（《日中文化交流史》）。从这两方碑石看，福冈竟是宋朝面食烹调法的传入窗口。

旁边庭院还有“茶筅供养塔”碑，不能确证与圣一国师是否有关。但日本茶筅（ちゃせん）也从宋朝传入，福冈作为首传之地，似乎没有疑问。茶筅是冲抹茶时搅动茶块的茶具，朱熹《家礼》一再提及，《大观茶论》有具体描写：“茶筅以觔竹老者为之，身欲厚重，筅欲疏劲，本欲壮而末必眇，当如剑瘠之状。盖身厚重，则操之有力而易于运用，筅疏劲如剑瘠，则击拂虽过而浮沫不生。”这是因“宋时用茶饼，将此搅之”，而日本茶道保存的正是宋人饮茶法，故茶具中必备茶筅。入明以后，我国饮茶改用片茶冲泡法，以致清代有家礼研究者对茶筅已不甚了然，令人有“礼失求诸野”之慨。

踏出承天寺山门，落日已经苍茫。两天福冈访古，倭奴国金印、蒙古冢、元寇防垒、密教东渐第一寺、宋朝面食输入地、茶筅供养塔……，诸多片断蒙太奇式交相叠印，大有剪不断理还乱之感。而这，也许就是中日关系史的某种缩影：两国之间，既有挥之不去的宿怨新痛，也有一衣带水的文化往来。基于这一缩影，在纪念抗日战争与世界反法西斯战争胜利70周年的今天，自然应有充分理性的深入思考。

当下，无论世界政治版图，还是亚太政治版图，中日两国都是举足轻重的大国；两国既是隔海相望的邻国，自近代以来又有着太多的宿怨旧仇。更为棘手的现状是，作为侵略方与加害方，日本右翼并未像德国那样完成了全民反思，拥抱战败；而中国作为被侵略方与受害方，也还有人未脱极端狭隘的民族主义情绪，时有“中日必有一战”的网论。确实，就像两家邻居在利益交集处会有纠纷一样，中日作为邻国，无论岛屿主权的确认，还是海洋权益的划分，也必然会引起摩擦与纷争。毫无疑问，在原则问题上，坚持历史事实，明确是非对错，是完全必要的。但这并不意味着，在解决争端时，有理方就可以轻率诉诸所谓“必有一战”。

正如今年5月23日习近平在中日友好大会上指出：“邻居可以选择，邻国不能选择。”这句话意味深长。邻居之间有纠葛，即便闹得不可开交，乃至打得人命关天，最后还留有迁居搬家一走了之这一招，而邻国则必须世代相处下去。因此，对两国政治家与老百姓来说，关键是否愿意承认：双方和平共处，不仅符合两国人民的根本利益，而且构成亚太稳定的基本保证，如此双方都是赢家；而倘若为了眼前权益而动辄诉诸兵戎，对两国民众都将是一场灾难，对两国前途都将是一次厄运。只要这一前提能达成共识，余下的任务便很明确：双方政治家运用政治智慧，两国老百姓保持理性认知，真正做到相向而行，竭尽可能去争取和平相处。

（原载2016年1月13日《中华读书报》）

传统天下主义与民族主义的纠结

今天，我们进行多学科学者的交流很有好处。我也是学历史的，但没有所谓历史学的傲慢，历史学者有的只是对历史的敬畏。我们今天是坐而论道。刚才听了赵汀阳教授的宏论，又听了许纪霖教授的谠言，探讨中国传统的天下主义和我们现在将要建构的世界秩序之间的接榫关系。这里有一个问题，我们都应该给予充分的注意：天下主义与世界秩序作为一种学理架构，一种方案设计，这是一个层面；另外一个层面，它的政治实践，它的整个历史过程，又是一个层面。我们中国传统的天下主义也好，近代西方崛起的世界秩序也好，从历史过程看，都已经走了很长的时间。传统的天下主义基本走完了它的全过程，而近代西方的世界秩序或者还没有走完，但当下也已经走到了一个关键的分叉口。在讨论今天这个主议题的时候，这两个层面的东西都应该加以充分的考虑。这就像我们搞制度史研究，既要知道它当初设计的框架怎么样，但是又必须看到它在实际运作过程中呈现的情况又是怎么样，这是既有密切联系又有严重区别的两个层面，千万不能混为一谈。这是我听了两位教授发言以后产生的一个总体感想，也许有助于对这一议题的深入考察。

许纪霖教授发言里包含了一种现实的人文关怀，他认为，民族主义一旦成为最高价值，可能会带来严重的问题。我们面临的问题是什么呢？民族主义尽管依然是现代性的一种内在要求，但在某些威权专制国家，民族主义很容易成为君临天下者的囊中玩物。有的时候，那些威权型首脑也知道民族主义会很危险，但自以为需要的时候总会掏出来玩弄一下，作为达到某种政治需要的工具或者手段。这点上，我相当同意许纪霖教授的意见。

讲到中国传统的天下主义时，许纪霖教授有这么一个看法，即中国文明传统不是民族主义的，而是天下主义的。我在想，中国历史上的民族主义与天下主义是一种混沌复杂的混合体。众所周知，“中国”一词，最先是地域概念，但也是一个文化概念；而在古代对外部世界的关系上，最初凸显的是其文化意义，不仅没有国家的涵义，民族的含义也相对淡薄。但自秦汉起，以汉族为主体的统一国家开始形成，“中国”一词不仅逐渐用来指称国家实体，同时也显然隐含着构成这一国家实体的主体民族。如果我们在这点上达成共识的话，实质上，中国传统的天下主义是以一种所谓优势的、强势的华夏文化作为其天下主义的文化支撑，自先秦就已萌芽的“中国即天下”的中国中心论，就应该承认其中有民族主义的传统。在中国历史上，中国中心论和华夏文化优越论，以及混合其间的民族主义因素，给传统的天下主义带来什么困境，这是很复杂的问题。从唐宋变革论的观点来看，从宋代开始是有较自觉的民族主义的。当然，这个民族主义和西方近代兴起的民族主义是有差距的，但仍有共同的因子在里面。

许纪霖教授认为，中国传统的天下主义、天下秩序的设计，中华文明是以全人类的普世关怀作为出发点的，我很赞同这一看法，确实有这个倾向。儒家文化里有很多关于人性的论述，关于人类基本价值观的论述，确实反映在儒家的思想层面。但我却感到，还有一点我们也应该注意，学理层面、思想层面的东西到秦汉以后跟君主专制政体一结合，就变得相当复杂，不是三言两语能够说得清楚的。

儒家的夷夏之辨确有其相对性，也就是说两者不是固化的种族概念，而是一种可以转化或打通的文化概念，这种转化或打通的途径就是所谓“变”，但究竟“以夏变夷”还是“以夷变夏”，则是问题的症结。从历史过程来看，所谓的“夏”就是华夏文化，是当时普世价值的体现；所谓的“夷”就是非普世价值。姑且这么说吧，中国传统的天下主义，就是以“华夏”的普世价值去区别并融化“蛮夷”的非普世价值。但接下来就有这样的问题，传统的天下主义如何转型为当下拟议建构的新天下主义，或者新天下秩序呢？这里，我们面临的任务究竟是什么？反观中国历史与环顾当下世界，我们中国的位置似乎恰巧倒置互换了一下，以前中国是以夏化夷，现在我们不承认西方世界所谓普世价值，倘以“西方世界”的话语系统，你们中国就将被沦落到“蛮夷”的位置上去，这就是我们面临的问题。

但是，我们毕竟处于现代世界。一方面，中国当然不会承认我们是西方视野里所谓的“蛮夷”；另一方面，我们还要构建出新天下主义，既要斟酌推敲所谓中国特殊性，又要固守所谓的中国模式与中国道路。也就是说，中国新天下主义的理念，如何把民族的特殊性上升为普世性的人类文明，这是令人揪心的焦点所在。反观中国古代的天下秩序和民族主义，这两个层面是很难分割开的，十分纠结地缠夹在一起。儒家文化里也确有其普世性的地方，问题在于，越是向前近代走来，这种普世性的创新活力越来越少。比如，中国传统里的平等观念、契约观念，本身就比较薄弱，到明清时期，再加上体制局限，这类观念与思想越来越稀薄，民族主义成分反而越来越放大，这是我们必须深入思考的问题。也就是说，借用“华夷之辨”或“华夷之变”的概念，中国古今位置的倒错，无论是自身的原因，还是他者的强加，都是当今中国必须认真对待的问题。

无论是传统中国的天下主义，还是现代世界的新天下主义，都会遭遇民族主义与民族问题。在传统中国的帝国形态里，在“中国即天下”的秩序下，在民族问题上当然也有战争或杀伐，但更多情况下,边疆地区与少数民族反而能够相安无事。而进入近代民族国家框架里，民族问题往往反而显得严重。我的思考是，传统帝国虽然也有主流意识，但它在边疆民族、边疆地区上对异质文化的统一诉求并不是那么强烈，只要你维持对中央政权的承认与臣服，朝廷就可以给予充分自治的权力；而近代的大一统国家，主流意识形态一统性诉求特别强烈与全面，包括政治体制的、宗教信仰的、民族认同的方方面面，所以这样一来，只要某一个层面或环节处理失当，就往往达到双方难以共存的地步。

许纪霖教授提到1980年代一国两制的设想，来源于帝国传统的多元治理智慧。实际上，认真梳理中国帝制时代对民族问题的应对方式，甚至说成是一国多制也可以，这个设想是值得借鉴与推广的，不失为解决不同民族区域与不同政治实体之间相互关系的一种思路。征诸于历史经验，尤其是蒙元时期与清朝时期的经验，只要这些民族区域或政治实体认同中央政权，朝廷就不再过多强加统一意识形态的东西，在宗教形态与民族自治形态上，完全放任其宽松自治，只是不给以外交权。

在当今的新天下主义里所碰到的民族主义问题，许纪霖教授强调，换一个角度观察，今天的中国实际上是一个伪装成文明帝国的民族国家，因为它以民族国家的方式治理着一个庞大的国家，而且以民族国家至上的思维应对国际事务。我认为，这一说法有相当的道理。所以，在我看来，克服这种民族国家至上的内在思维，成为我们现在能否接受新天下主义这个国际秩序的关键。当下问题却是，我们以民族国家作为应对内外事务的主导思想与制胜法宝：对外以“核心利益”回击或回避国家之间的利益冲突；对内则以前代的民族屈辱与当下的民族复兴的说辞与口号来鼓动民族主义，若有必要的话，还借民族主义以抗衡既定的天下秩序。由此看来，许纪霖教授讲的这个问题，恐怕还是存在的。

当然，民族国家现在还有它的存在意义，但不要把狭隘的民族主义过度化地运用在新世界秩序和新天下主义上。尤其在与中国有着最利益攸关的东亚秩序上，我们要克服一种过度民族主义的情绪。刚才，许纪霖教授提到东亚历史上有过三个帝国秩序，一个是中国传统朝贡体系为核心的天下秩序，一个是一次大战后至二次大战时日本的大东亚共同圈的东亚秩序，一个是冷战秩序。我认为，中国在处理当下东亚秩序上有一种观念必须克服，就是应该走出中国人根深蒂固的母国文化恩赐观念。这是一种强烈的大中华主义，认为朝鲜、越南、日本文化都是从中国文化这一母体上成长起来的，我便是有恩于你的。这与现代世界的平等观念是完全背离的，父亲生下了儿子，给予他遗传基因，培育他长大成人，但儿子成人以后，在人格、权利上双方就都处于平等的地位，就应该理性回归平等的人际关系。中国现在也是这样，首先要走出第一个中华帝国的天下秩序，克服母国文化的恩惠观念。其次也不要总走不出第二个大东亚共荣圈的伤痛阴影，在这一东亚秩序里，固然有中国人民所受到的严重伤害，这种伤害我们应该记住，坚持历史事实，明确是非对错，是完全必要的。但是不能抱持一种非理性复仇心理。最后就是摒弃冷战秩序的习惯性思维，总认为中日必有一战。只有走出从历史到现代的三种东亚秩序，才有可能建立真正的东亚新秩序。

推而广之，整个新天下秩序，中国与中国人恐怕也应该摒弃与此类似的三种习惯性思维，以一种理性、开放的心态去重塑自己的形象与话语，方针与战略。

（原载2016年第5期《探索与争鸣》）

附记：此文据2016年3月在《探索与争鸣》主办的“天下秩序与人类命运共同体”高峰论坛上的发言记录略加修订整理而成。

第五辑　书味会心

私人阅读的两个三十年

倘以我进入历史专业的1978年划界，我的阅读史也大体可划为两个30年。以今视昔，既不必因前30年的泛览式阅读而后悔咋不早日进入后30年的专业性阅读（尽管历史条件也不允许），也不必因后30年阅读的专业训练而鄙薄前30年阅读的泛览无归。两个30年，在我也是延续一体的，前者必然限制着后者的廊庑，而后者也凸显出前者的基因，是非得失，冷暖自知，难为外人道。这里只说说两个30年阅读中难以忘怀的几本书，虽然我从未将它们归拢在某个“秘密书架”上。

第一个30年，可举前五种书为代表。我的父母虽是识字寥寥的工人，家里也没什么书，但四五岁便为我识字发蒙。小学三四年级起，乱翻年长我十来岁哥哥的教材打发余暇。那年头高中《文学》课本，专选从《诗经》《楚辞》到四大小说的古典作品，借着题解与注释，似懂非懂地读得津津有味，或是我喜欢上古典文学的最初诱因吧。

稍长，自己买书，印象深的有《唐诗一百首》与《唐宋词一百首》，彻底醉心于古典诗词的美。读中学后，买过王力《诗词格律十讲》，戋戋一册，初步搞懂了平仄、对仗与押韵。“文革”书荒，也抄过《唐诗三百首》。回望今日书架，尽管置备了宋元以前诗词曲各种总集，却主要用于查检，唯有闲来把读《唐诗三百首》时，才唤起少时那种亲切感，看来读古典诗文的标志性读物，还非它莫属。

四大古典小说中，《红楼梦》当然伟大，但较多贵族气；《三国演义》很精彩，却聚焦于高层权斗；《西游记》也有趣，毕竟是神话，离自个儿都有点远。相对而言，《水浒传》更平民化，喜怒哀乐最能激起同感。《红楼梦》只读过一遍，离毛泽东要求五遍还差得远，读过次数最多的还算《水浒传》，不计小人书，金圣叹腰斩本、一百二十回本与一百回本都读过，甚至包括“文革”少儿版，还用它为当时代课中学介绍过概梗，以便让从未接触这部名著的娃娃们也能投入那场运动。大学毕业，专业是宋史，与梁山泊故事有了交集。进入新世纪，在《万象》上开专栏，将宋代诗文与《水浒》风物互证，写点随笔，倒也受欢迎。喜欢的古典小说虽不止这种，列为代表却是相宜的。

少年读书有随机性，《燕山夜话》是初中借读的，也许只借过两集单行本，但有介绍东林书院名联《事事关心》的那集肯定读过。有两点印象拂之不去：一是文史典故类文章也可以写得如此趣味盎然（后随眼界拓展，才知好随笔多了去）；二是对东林党人的家国情怀钦佩之至。没过两三年，“文革”骤起，姚文元奉旨大批《燕山夜话》，但1970年代初我竟仍冒大不韪为自家小阁楼私下取名“一心三声楼”，出典就是“风声、雨声、读书声，声声入耳；家事、国事、天下事，事事关心”那副名联。邓拓平反，特购《燕山夜话》合集本插架，纪念那段阅读史。从世纪之交起，我也技痒，涉足文史随笔，说不清两者是否有潜在的关联。

“文革”期间，中外文学名著都判为“毒草”，但私密小圈子里仍在传阅，一旦流经手边，一两天就得狼吞虎咽完，再传给下家。我的欧美文学名著，十之七八都以这种闭门读禁书方式完成的，最打动我的是普希金的《欧根·奥涅金》。这与二十上下的青春萌动虽不无关系，但查良铮译笔委实让人一咏三叹（包括他译的《普希金抒情诗选》）。读毕，尽数日之功抄录全书，至今仍珍藏私箧。虽也抄过海涅与但丁的诗，但总比不上喜欢这部诗体小说。“文革”过后，才知查良铮就是名诗人穆旦，也购读过别家译本，却大有“曾经沧海难为水”之憾，赶紧补买查译新印本，试图找回那“巫山一段云”。

在那非常年代，读鲁迅名正言顺。运动起来不久，有同学从校图书馆“强借”到十卷本《鲁迅全集》。有一阵子，我手边也截留过几卷，小说、散文与杂文都杂乱读过。但好景不长，“复课闹革命”后，那套书追了回去。好在鲁迅著作始终绿灯放行。“文革”末期代教中学语文，课余分类辑录过鲁迅关于中国文学史的全部论述，用的是1973年版单行本，才把《鲁迅全集》通读一过。撇开文坛恩怨的是非曲直，鲁迅的杂文，在点击中国问题死穴时，针砭入木三分，笔锋冷峭犀利，一掴一掌血，迄今无出其右者。

大概1974年吧，托关系买了部《史记》，专读那些引人入胜的纪传世家，从故事趸入“史家之绝唱，无韵之《离骚》”。好在三四年后，高考1977让我叩开了史学之门，才知道“止看列传数篇，于史学无当”（张之洞语）。随着考入历史系，前30年泛览式阅读也告终结，转入下一30年的专业性阅读（这是仅就主要精力与阅读范围而言）。如此说来，《史记》既是我购读二十四史的发轫，也是我阅读类型转变的起点。入行以后，对太史公高标“究天人之际，通古今之变，成一家之言”，有了真切的感悟，虽身不能至却心向往之。环顾今日书架，一部《史记》领头的二十四史与司马光的《资治通鉴》，是使用率最高的典籍（这当然与我的专业有关）。但两司马无愧为中国史学的双子星座，而《史记》与《通鉴》也堪称传统史著的璀璨双璧，凡对中国文史略有兴趣的知识人，都应置诸邺架，随时翻览的。而志在中古史的研究者，倘能潜心研读《通鉴》中司马光考异与胡三省音注，对博涉典制故实，略窥考证路数，都大有裨益。

考入历史专业不久，听说治中国古代史须备地理、职官、年代、目录四把钥匙，便自觉搜求这方面的基本书，而于目录学用力最多。鲁迅虽半嘲讽地说过，《四库总目提要》是“能做成你好像看过很多书”的“秘本”，他自己却是下过工夫的，因为它是古典目录学的集大成之作。其四部总叙与各类小序连缀起来，俨然一部乾隆以前的中国学术小史，通读一遍，实有必要。这部200卷的巨著，一般用以查阅的。每遇未谙的典籍，研读相关的提要，在治学用书上，往往得益良多。当然，也如鲁迅所说其倾向出自“钦定”，考述也或有讹误，宜与余嘉锡的《四库提要辨证》与胡玉缙的《四库全书总目提要补正》等配套使用。

倘真要深入史学堂奥，四把钥匙还远远不够，仍有许多待补的短板。文字训诂、校勘辨伪等专门之学，自清代到民国，虽不乏传世之作。但我却以为，张舜徽的《中国古代史籍校读法》最切合速成之要。张氏一生著述繁富，但此书专讲读史门径，最便初学。总论从文字句读讲到目录版本，分论先说校勘学，次论读书法，附论介绍辨伪辑佚，厘然有序，井然有法。尤其读书法一章，以著者积年治学所得，指点阅读全史与整理史料的津梁，读来尤感亲切有味。尽管入门以后，我已将其束之高阁，但仍应不忘当初引领之功。

历史学不仅是史料学，也是解释学，治史者自应有点理论自觉。其时国门乍开，西学掉臂而来，弗洛伊德的精神分析，马克斯·韦伯的价值中立，托马斯·库恩的范式革命等等，令人耳目一新而应接不暇。即以史学理论而论，卡尔、克罗齐、柯林武德、勒高夫与波普尔等名著也先后译介过来。尽管理论非我所长，却多少受点熏染，而克罗齐《历史学的理论与实际》震动最大。他的理论曾被化约成“一切历史都是当代史”的口号而风靡一时，这与刚从十年动乱走出的大环境息息相关。大至史学界对中国封建社会长期延续原因的激辩，小到在下对宋代台谏系统制衡权力成败的关注，都折射出史学工作者无不以当代的关怀去追问以往的历史。

除了西方史学观念，研读中国20世纪“新史学”的代表作，从中揣摩体会大师们的治学方法，也曾是我的自修课。记得入手最早的是顾颉刚《古史辨自序》，他这篇长序一气呵成堪称兴会淋漓，而我一气读完也几乎手不释卷，不仅心悦诚服其“层累地造成的古史说”，在史料检讨与史实解释上也有感悟。其后，将梁启超、陈寅恪、陈垣与吕思勉等诸家名作陆续请上书架，无不开卷有益，欣然有得，但篇幅已不容许我历数家珍。这段阅读史，让我的学术旨趣也有点转向，写过类似《史坛南北二陈论》的文章。

我如今早过耳顺之年，后30年阅读史也已成过眼云烟，却不知今后的阅读与写作，能否进入“从心所欲不逾矩”的境界？

附录：我的书单

《唐诗三百首》
《水浒传》
《燕山夜话》
《欧根·奥涅金》
《鲁迅全集》
《史记》
《资治通鉴》
《中国古代史籍校读法》
《四库全书总目提要》
《历史学的理论与实际》
《古史辨自序》

（原载2015年10月8日《南方周末》）

放言为何有忌*

承蒙华夏出版社的抬爱，为我印行一册小书。自2011年我的《敬畏历史》印行以后，新刊文章已足以结集，体裁仍不外乎随笔与书评，题材还以历史为主打。其中，关乎宋代的文章最多，准备另编专书；宋代以外的书评随笔大都辑入这册《放言有忌》。

书名“放言”，典出《论语·微子》：孔子说逸民虞仲、夷逸“隐居放言”。何晏《论语集解》引包咸旧注说：“放，置也。不复言世务。”也就是放置、放弃之义。“放言”也就是隐居不再说世事。刘宝楠《论语正义》引包咸注后说：“《中庸》云：国无道，其默足以容。即此义也。”但中国的典故也真模棱两可，同一个刘宝楠，同一本《论语正义》，却征引李贤注《后汉书》“放言”，更倾向认为是“放肆其言，不拘节制”，还说

---

* 此文为《放言有忌》自序。

"此解似胜包氏"。截然相反的两种解释，似乎都有道理，却折射出诠释者的价值取向："放置"说的理由是，无道之世，不说话最高明；"放肆"说的理由是，"汉自中世以下，俗遂以遁身矫洁放言为高"。但无论何说，隐居遁身似乎都是"放言"的前提，否则身在官场，人属体制，不说话与乱说话，都是不允许的。

笔者虽已从在编体制退出（至于那个最大的体制，当今之世是谁也无法隐遁逃避的），却远没有超脱到"不复言世务"的境界，只要嘴巴还能够说话，只要还允许嘴巴说话，也不想放弃宪法赋予公民那一份言论自由的权利。然而，"放言"的现代内涵，似乎远比古典涵义更为复杂微妙。那个古典所诠释的"放肆其言"与"放纵其言"，原义指无所顾忌、自由放松地说话。而现代汉语里，"放肆"与"放纵"却蕴涵着贬义的倾向，指对某种限制的不当逾越。在我看来，现代社会里，"放肆其言"与"放纵其言"的唯一尺度，就是宪法规定的阈限。就言论环境而言，"放言"也可理解为在宪法范围内开放言禁，放开言路。就言论者的心态而言，只有这样，才不必担心穿小鞋，写检讨，划右派，蹬大牢，才有可能真正的"放言"，即放心地说话，放胆地说话。

自1978年以来的后30年，尽管还有不宜说之的话题（例如几不讲之类），但无论"放言"的环境，还是"放言者"的心态，与1978年前30年相比，是不可同日而语的。我们固然不必用30年否定前30年，却绝对不愿意借前30年来否定后30年。我们还要祈愿：中国公民，中华民族，将永远告别古典所说“放置其言”的时代，在宪法的范围内，无所拘束地“放肆其言”与“放纵其言”。唯其如此，丛书主持者建议，书名不妨就叫《放言无忌》；我却以为，既然宪法是划出范围的，更兼之还有某些说之不宜的话题负面清单，放言还是有忌的，故而就决定用如今的书名。

本书大致分为三辑：《读史》《读书》与《读世》。分类并不严格：《读史》自然包括读今人的史著在内，《读书》当然也在读史著叙述的历史，两者的畛域并不泾渭分明；而《读世》读的尽管是当代，但现实既然构成将来的历史，某种意义上，不妨说是读当代史。总之，内容大体有关历史，跨度却从中国古代到中国当代，甚至还对俄国当代史的某个问题说三道四。浅与杂，是难免的，但多少有点历史的通感在内——尤其是前两辑。至于读者，在再诠释中将生发出哪些历史的通感，只能听诸高明。

书内小文大都作于最近几年（唯有不多的几篇成稿在上世纪），主要揭载于《东方早报·上海书评》《南方都市报·阅读周刊》与《中华读书报》，文末标明出处与日期（《天安门诗话》还注明初稿年代，公开发表已在其后近二十年），既方便读者读其文而知其时，也借此向有关媒体敬致谢忱，没有他们的助力，我所有的放言只能憋屈腹中连气都放不出。这也让人不得不深有感触：尽管当下仍有诸多诟病之处，但时代毕竟在曲折中坚韧前行。而每个公民都应在宪法阈度内，执著守护权力与自觉践行义务，继续为这种前行之势放言与助力，借以汇成大辂无从逆转、覆辙不再重蹈的巨大合力。

最后需要说明两点：其一，这次结集时，个别文章补正了刊载时因篇幅等原因而删改的文字。其二，最有意思的是《普京是怎样清算斯大林主义的》一文，发表以后一段时期，我竟收到网络渠道转发来本文改题版（把题目改为《梅普是如何清算斯大林主义的》等等）、匿名版（鄙人虽为著者，姓名却被隐去）与扩容版（在拙文框架中增补相关史实）。在笔者所有文章中，也许是阅读者最广泛的一篇。

（原载2014年7月20日《东方早报》）

当《资治通鉴》纳入“应用史学”的视域

姜鹏先生的《德政之要》（上海人民出版社2015年版），副题“《资治通鉴》中的智慧”，与他此前以百家讲坛结集的《汉武帝的三张面孔》（华东师范大学出版社2012年版）与《帝王教科书》（西苑出版社2014年版），都与《通鉴》有关。《三张面孔》通过《史记》《汉书》与《通鉴》三个文本，诠释各时代史家对汉武帝的相异视角、不同评价与背后原因；《帝王教科书》，即如腰封提示，以治国理政为切入点，“从应用史学角度总结政治经验，提炼管理智慧”；这是第三本，进一步发掘《通鉴》资源与价值，让普通民众获取为人的智慧。既然出版界高调标举“应用史学”的概念，作者再三尝试《通鉴》“古为今用”的新可能，由此也引发我的思考。

一、“应用史学”的可能性

必须指出，应用性始终不应是主流史学的始发动因与根本目的。这是基于，一旦预设了应用性，就从根本上动摇甚至阉割了研究过程中价值中立原则，史学必将走向歧途，堕入误区。上世纪六七十年代，中国曾以革命的名义，有过“为革命而研究历史”的口号，预设了目的性，让史学最终沦为政治的婢女，不仅为“文革”登场鸣锣开道，还借批儒评法为虎作伥，危害创深痛巨，令人记忆犹新。

那么，在克里奥女神的苑囿里，是否绝无应用史学的立足之地呢？那倒也未必。就史学目的论而言，自不应有“应用史学”的地位；但就史学功能论而言，却不妨从长计议。史学功能可分为学术功能和社会功能的两个层面，其学术功能是社会功能的前提与基础，其社会功能是学术功能的延伸与补充。当史家通过价值中立的艰苦研究，尽可能客观地恢复历史的实相，给出合理的解释，其学术功能便大功告成，转化为原创性的成果。在此基础上，史家通过创造性的再劳动，让这种相对独立的基础性成果走出学术象牙塔，使广大民众耳熟能详，完成学术功能向社会功能的普及性转移，便是应用史学的职责任务。在史学的学术功能与社会功能这两者之间起转化、中介之功的，就是应用史学的用武之地。这样说来，应用史学的存在，不仅有其可能性，而且有其必要性。

作为传统史学的高峰，《资治通鉴》既含丰富的史料价值，又具独特的史学价值。关于前者，后人都可以像胡三省说的那样，“如饮河之鼠，各充其量”，充分发掘这一史料库，从事应用史学的再创造。从南宋袁枢的《通鉴纪事本末》与朱熹的《通鉴纲目》，再到清代诸帝的《御批通鉴纲目》或《御批通鉴辑览》，都可视为对《通鉴》的具体应用（它们最终也成为再现编著者史观的全新史著）。

关于后者，尽管有学者判定：“《资治通鉴》的最大特色在‘通’，而不在‘鉴’”（朱维铮《中国史学史讲义稿》239页），但司马光显然旨在“通”而后“鉴”，并最终落脚在“资治”上，是以应用为归宿的。而《通鉴》贯穿的历史观与价值观，其内涵复杂而丰富。大体可以一分为二，一部分因历史局限性而与现代价值抵牾扞格，应予批判扬弃；另一部分按照冯友兰的“抽象继承说”，其包孕的传统思想经当代观念与当下语境的适当阐释，仍足资现代人借鉴与继承的。也就是说，《通鉴》在价值观上也为应用史学预留了足够的空间。

《通鉴》的双重价值不言而喻，但对现代人来说，仍横亘着一大障碍。一方面，由于年代久远，面对原典，普通大众在文字与故实上不免望而生畏；另一方面，由于卷帙浩繁，即便能读古文的非专业读者，在快节奏压力下也少有时间精力从头至尾读完全书。于是，在接受方式上，现代读者也亟须应用史学的排忧解难，以实现阅读形式的现代转换。台湾柏杨编选的现代语文版《资治通鉴》，在这两方面作了尝试，其“柏杨曰”的按语则折射出他的历史观与价值观。

近年以来，在应用史学领域，解读《通鉴》的著作时有所见。以笔者所知，有王学典的《〈资治通鉴〉：中国古代政治动作与权力游戏的历史巨著》（中国纺织出版社，2008年版）与陈晓光的《为官的智慧：〈资治通鉴〉里的50种官场人生》（中国青年出版社，2012年版），而其中翘楚则非姜鹏莫属。

二、应用史学视域下《通鉴》的当代解读

《通鉴》是司马光看历史的成果，后人看《通鉴》无非借助其史料与史观看司马光眼中的历史，以期获取通感，有所启悟。但后人释读《通鉴》时，自有自身史观与时代要求在，不同的价值取向便有不同的释读结果。在应用史学层面，也必然有纷异的面相。这正应了那句名诗：“你站在桥上看风景，看风景的人在楼上看你。”

中国旧史学历来重视资治、垂训、教化、借鉴等功能。宋神宗御赐《资治通鉴》书名，即旨在“戒于往事，有资于治道”。司马光进书时也祈望他“时赐省览，监前

世之兴衰，考当今之得失，嘉善矜恶，取是舍非”，能做个好皇帝，“懋稽古之盛德，跻无前之至治，俾四海群生，咸蒙其福”。足见《通鉴》确是既为当时帝王而作，也为后代帝王而备。

正基于此，梁启超指出，《通鉴》“著书本意，专以供帝王之读。故凡帝王应有之史的知识无不备，非彼所需，则从摈阙。此诚绝好之帝王教科书。而亦士大夫之怀才竭忠以事其上者，所宜必读也”。在史学经典里，就总结中国政治智慧言，《通鉴》堪称是最全面也是最成功的，以至“成为后代帝王学习中国传统政治法则、提高治理能力的首选教科书”（《帝王教科书》19页）。如今，帝制早已终结，知识型官员也不再称以“士大夫”，之所以仍以“帝王教科书”名书，无非“通过《资治通鉴》归纳出很多治理国家、管理社会的一般规律”，以便治国理政者从中汲取政治智慧与历史教训。

在历史观与价值观的当代诠释上，《帝王教科书》特辟《意蕴深远的开篇》一章，聚焦《通鉴》前五卷的“司法必先守法”思想，强调其最能体现司马光“最基本的治国理念”。这是著者对《通鉴》政治观的诠释。司马光的治国基本理念是否如此，不妨仍有讨论余地，他的以法治国与现代法治也非一回事，但姜鹏再三致意，显然有他对当前法治的现实投射在其间。这种融入现代价值观的解读，在他与《通鉴》有关的书中随处可见。

如果说，《帝王教科书》关注“治国平天下”大事，为官员群体或管理精英们归纳传统政治智慧，那么，《德政之要》则为普通大众指点其“阅读价值”。以著者之见，“毕竟绝大多数读者都是普通人，没有机会，也没有能力像伟人那样指点江山”；但他确认，“《资治通鉴》适合所有人读，不管你现在处于怎样的社会岗位上”。

作为旧史代表作，《通鉴》也无例外地贯穿着道德史观。司马光将人分为德才尽全的圣人、德胜于才的君子、有才无德的小人与德才俱无的愚人；而用人之际，“苟不得圣人、君子而与之，与其得小人，不若得愚人”，因为“小人智足以遂其奸，勇足以决其暴，是虎而翼者也，其为害岂不多哉！”《德政之要》借用司马光的君子标准，以《通鉴》为原料，精选典型人物或事件，按修身、齐家、治道三大主题重新编排。揣度其别出机杼的良苦用心：《修身篇》专论君子的个人修养，《齐家篇》专论君子的家庭教育，《治道篇》专论君子的社会应对。也就是说，《德政之要》对《通鉴》的解读，旨在让这部“沉淀着千余年古人智慧的史书”能培养出更多的现代君子。

在阅读方式上，《德政之要》根据现代人习惯，每个题目都先引《资治通鉴》或相关典籍的原文，再辅以白话文解读与分析，“希望以这种方式让现代读者更加便利地进入到古代典籍中去”。在选用其他典籍以补《通鉴》引文不足上，著者也下了工夫，既斟酌其关联性，又掂量其代表性，征引了《论语》《礼记》《周易》《尚书》《汉书》《后汉书》等经史名著，还引用了朱熹、真德秀、颜真卿等名人论述，以期经史打通，血肉丰满，使读者所得更多。

三、应用史学的原则与边界

在史学走向大众的过程中，应用史学有其用武之地。但对史籍作现代解读时，也应注意应用史学的原则与边界。

坚守先进正确的当代价值，无疑是应用史学的首要前提。仍以《通鉴》为例，作为史家的司马光，尽管其思想在当时有其进步性，借助现代诠释，很多仍能为今人所借鉴，但有些思想毕竟有时代局限性，与现代价值观无法兼容，而这种局限性往往与进步性处于共生状态，在作当代解读时必须有批判性的提示。此其一。作为历史教科书与政治教科书，《通鉴》的取向是明白无误的，即“关国家兴衰，系生民休戚”。但具体叙事时，他势必既写值得后世借鉴的善政，也写起到警示作用的恶政，写前者旨在“善可为法”，写后者为了“恶可为戒”，相辅相成方为整体。但《通鉴》体量巨大，历史上明君德政屈指可数，乱君窳政却不绝于史，倘将后者串起来看，难免招致“相斫书”的诟病，何况后世也确有独裁者奉其为“阴谋教科书”。这种从《通鉴》热衷权谋术的下流读法，并非司马光之过，就像制毒者专从治病救人的某些药物中提取毒素制造毒品那样，是决不能归咎于药物制作者的。但应用史学对其作当代解读时，在价值观上则必须当头棒喝。此其二。

有鉴于此，姜鹏拈出两个关键词，作为普通读者的阅读指南：“格调”与“格局”。所谓“格调”，即“它告诉你人类历史上积淀下来的真正的智慧，而不是一部汇集小聪明、小计谋的故事丛林”；而所谓“格局”，即读之“能给读者带来更广阔的视野”，以培养“渊博的学识、深刻的思想、丰富的社会阅历、卓越的洞察力，以及一丝不苟的精神和持之以恒的毅力”。在《帝王教科书》与《德政之要》中，都有类似价值观上的总体提撕，这种做法值得赞许。

坚持无用为用的学术取向，依旧是应用史学的基本精神。任何时代的史学与学家，都各有其自身的现实关怀在，无论基础史学，还是应用史学，无不如此。在基础史学层面，学术中立与无用为用的原则，已渐成学界共识。但在应用史学领域，有人或许认为，既然是“应用史学”，就应该直接服务于当前社会的现实问题或政治任务。这种论点值得斟酌。应用史学既然是史学的分支，也应信守史学大家吕思勉“历史是历史，现局是现局”的警示，与现实保持适当的距离。应用史学的使命只是向普通大众普及好历史实相，让受众自己从中获取历史的通感与现实的启悟。应用史学当然也会有现实关怀，但这种关怀绝不是直接为任何现实问题给出行之有效的答案。

应用史学倘若急功近利地服务于现实，往往会出现各种偏差。其一，以历史上的人与事直接与现实中的人与事作牵强附会地联系或类比，罔顾史实，妄加褒贬，这种做法最有可能重蹈上世纪一再徘徊的“影射史学”的覆辙。其二，借用历史上的故事或典制，来为当前政策或主流口号作浅薄的注脚或夸张的图解。我曾批评有人以曲解宋代政治来背书中国模式（参见2013年10月20日《东方早报·上海书评》拙文《宋朝政治难为现实背书》），就是典型个例，殊不知这种赤裸裸的“应用”，既侮慢了历史，更轻薄了现实。其三，过度痴迷于依据历史演绎出来的路径或法则，试图借此为纷繁复杂的现实问题或寻找解药或指点迷津，以实现应用史学的借鉴功能，也必然忘却黑格尔的那个提示：“一个灰色的回忆不能抗衡‘现在’的生动和自由。”行文至此，应用史学的无形边界已经可以划出。在应用史学的视域下，姜鹏对《通鉴》的解读，基本上守住了这一边界。

（原载2015年11月4日《中华读书报》）

打捞碎片拼缀实相

又到岁暮盘点书单时。打量今年购读或获赠的图书，如要找点共性的话，日记、书信占了相当的份额。近年以来，史学界高度关注这类史料的发掘，出版界也随风跟上。这几年出版的《孟森遗稿汇刊》《黄侃文集》与《朱希祖文集》都收入了各自的日记。而三大册《傅斯年遗札》（社会科学文献出版社，2014年1月）逐年收录了这位中央研究院长自五四时期至台湾去世的全部现存函件，不啻是民国学术史研究者的采山之铜。这些日记与书信，不仅是这些学者生平传记的第一手史料，如欲还原与丰富民国学林细节，也足以爬梳出鲜为人知的许多残片。

《中国近现代稀见史料丛刊》推出了以日记与书信为主打的第一辑，同样表明了丛书编辑者的取向。作为章太炎的师尊，俞平伯的曾祖，俞樾在晚清学术史上的地位毋庸辞费，而《俞樾函札辑证》（凤凰出版社，2014年3月）在这套丛刊中分量也最重。辑证是下了功夫的，虽未必全据为定谳，却颇有益于读者。《前言》煞尾的话表达了整理者的旨趣："希望读者能暂时抛却爱好宏大叙事的眼光，通过本书所辑录的俞札，来探寻有关其人、其学术乃至晚清学术史的些许细节。"我同意这一说法，却还想补充：宏大叙事与些许细节并不必然冲突，关键在于，治史者应以宏大的视野去捕捉具体的细节，倘能如此，众多细节足以垒成宏大叙事的坚实基础。这套《丛刊》中，《莫友芝日记》的作者也是晚清学界名流，官学两界交游广泛，整理者为便于读者检索，附上了人名字号索引，这种做法应成为整理与出版日记书信类史料的规范，而同一《丛刊》的《贺葆真日记》少了索引，未免遗憾。

在现当代史方面，我之购读《徐铸成日记》（2013年5月，北京三联书店），只因为1957年那篇《〈文汇报〉的资产阶级方向应当批判》名文发表时，徐铸成正是该报社长兼总编，很想知道他当时记了什么。但到手一看，这年只有其《访苏日记》。编者说他"一直有记日记的习惯"，也许"在政治运动中被查抄而未发还"吧。尽管有点失望，但次年日记记录下他打为"右派"后接受劳动改造的真实情景，1966年日记透露出"文革"前夜他的惶惑心境，都是引人关注的。于是连类而及，把前几年出版的《徐铸成自述：运动档案汇编》与《徐铸成回忆录（修订版）》也一网打尽。《运动档案汇编》主要是他"文革"期间思想汇报与交代材料，因是第一现场的实时记录，相比以今视昔的晚年回忆，价值也许更高。这类运动档案，这些年来颇见汇编出版，例如《自诬与自述：聂绀弩运动档案汇编》《检讨书：诗人郭小川在政治运动中的另类文字》等，对了解那些文化名人自然不可或缺，也更有助于后人把握那段历史的实相。

在今年问世的日记类里，《梁漱溟日记》（2014年9月，上海人民出版社）是最值得推重的巨制。这位新儒家大师的日记全编跨度长达50年，其文化内涵之丰厚沉重诚如腰封所揭示："本良知直道而行的私家实录，半世纪彷徨觅路的国运缩影。"不妨摘引几段：1953年9月18日，"午后大会发言被阻止。会上我的问题付全国委员会"。19日，"午睡尚好，即夜来睡眠亦视前为胜，似与反省而心气平有关"。20日，"忽悟菩萨止于悲之理（如为人子止于孝之'止'），在儒则只有一片恻隐之心"。30日，"重担子须是硬脊梁汉方担得（大程子语）"。这是他与最高领袖那场冲突后几天的日记，让人对他无欲则刚的大担当唯有仰止。相形之下，《赵景深日记》（2014年1月，新星出版社）的跨度、篇幅与格局虽不能与《梁漱溟日记》同日而语，却仍有自身的价值。作者是中国戏曲史名家，涉笔甚至记及每日矢溺，显然未考虑发表，真实性也更强。其中文坛轶闻固然值得重视，但时段从1976年6月至1978年5月，恰与历史大转捩相交集，例如1976年12月3日日记说，"谢国桢来，谈起江青不许郭沫若出《中国史纲》，周汝昌请求江青允出《红楼梦新证》”，记当时知识人的生态与心态颇具历史现场感。

阅读激发起关联性兴趣，便去翻阅插架的《刘节日记》，这是李辉主编的《大象人物日记文丛》一种。作者有意保留了历史现场的细节残片，其1966年日记开篇就记录了红卫兵初起时刘节这样的“学术权威”的遭遇：1966年8月31日“上午集体劳动，下午送书籍、文件、唱片等物至筹委会。理发。又送历史系书物两批。晚十一时半，有同学两批来封存书物至夜分一时”。9月1日“上午小组学习。十时十分，物理系同学又来查封书籍、陈设。下午小组学习。晚写检讨交代一段。做高帽一顶”。当年入手披阅，抱憾其“文革”日记太过简单。这次再读，深愧当初既少“理解之同情”，也缺史料之眼光。补课之余，便在孔网上补购到这套文丛中的《吴祖光日记》与陈白尘的《缄口日记》。前者记及1957年“反右”运动山雨欲来之际的“后悔无补”；后者所收《牛棚日记》早就广为人知，另收《听梯楼日记》则是这位剧作家从“文革”后期到改革前期行迹心态的全记录。

日记刊成专书始自宋代，书札裒为专集还要晚些，这与印刷术普及而易于传布或许相关，也托庇于中国人强烈而自觉的历史意识。秦汉以后，尽管对修史控制日严，但史分官私的双轨趋势却长期并存。自唐代起，专设史馆，宰相监修，国史官修成为不变原则，严格划分了本朝史（即国史）与前代史的修史权限。明清易代，不仅本朝国史，连前朝正史（即明史）也成为官修的禁脔。尽管如此，野史笔记却在唐宋以后代有流传，保留了些许历史实相，以至鲁迅说："如看野史和杂记，可更容易了然了，因为他们究竟不必太摆史官的架子。"诚然，在传统分类中，日记归于史部传记类的杂录之属，书信则厕身集部别集类末座，不仅远离正史的殿堂，其史料完整性甚至难比野史笔记，但只要不为发表而写，这些残丛边料的可信度竟或高于野史笔记。

近代以来及至当代，这类日记书信作者辈出，代有其人，尽管因兵燹与运动而颇有亡佚，但藏之民间者仍不在少数，这就为晚清史、民国史乃至"文革"史留下了珍贵的史料。犹如考古出土的碎瓷片，这类史料乍看价值有限，但在有敏锐识见与过硬功夫的考古文物学家手里，完全能够垩出一座宋瓷珍品来。因此，我们一方面要呼吁尽快抢救从晚清到"文革"的各种史料，一方面也应以"不容青史尽成灰"的史家执著，从包括日记书信在内的史料中打捞起历史现场的残存碎片，拼缀出各种专题史的历史实相。友人萧功秦"把一个历史学者的专业知识与对历史的感悟结合"，"用百年史的眼光"，解读了《家书中的百年史》，勾画出近现代中国大历史的缩影，可谓深得我心。

（原载2014年12月24日《中华读书报》）

也说晚清民国学术及其他

“思勉原创奖学术研讨会”主办方指派给我的任务，是评点葛兆光教授的发言。他的题目是《温故知新》，如果我的猜想不太离谱的话，他从事《中国思想史》研究时，就温故言，第一，当然要重温中国史上有名者或无名者的思想史料之“故”，采铜于山，这是人文学科原创的第一要件；第二，学界在他之前已有同类名著，所以也要温习前辈研究之“故”，才能找准自家的原创点。说到知新，我想，他的大著能够荣获“思勉原创奖”应该是评审专家对其原创性的肯定，用不到我再来饶舌。不过，我发现，他的发言没在这两点上现身说法，或许是那部大著的《导论》卷已有充分的阐述，自然也无须我来辞费。他的发言围绕着晚清民国学术与所谓国学，倒是说了许多高见，我只得临阵磨枪，活学活用，说点一孔之见。

先说晚清民国学术。拿出那一时期的学术来说事，与当下的学术当然是互为参照系的。葛兆光教授认为，人文学术的朝代间比赛，标准既不统一，排名也难作数。他从典范转移角度让关公战秦琼式的比武者闭嘴，大有四两拨千斤的巧劲。在他看来，晚清民国学术，发生了库恩所说的“范式革命”，借助新发现，做出新解释，成就新学问，完成了传统学术向现代学术的转型，不仅当下从事的学术仍在这一范式的延长线上，而且后来追加的新发现、新解释也都延续着晚清民国的路向，他在别处说及，即便他倡导“从周边看中国”，也“在追踪晚清民国前贤的足迹”。他没明说两个时代学术的高下优劣，也许怕一旦点明，会刺戟朝代比武论战的某一方。但他的结论不言自明，我不仅赞同，还想进而说点人文学术朝代间比赛的标准。就人文学术而言，库恩“范式”论不失为硬指标：凡能创立范式者是大师，在大师所创范式引领下，在推进本学科研究上形成独特流派者是大家。倘若论战双方都认同这一量化标准，不妨各取一个等长时段，列出前后时段创立范式的大师，孰优孰劣是不难决出高下的。

再说所谓国学问题。葛兆光教授还是从业已转型的现代学术潮流（实际上就是新范式开创的路径与方向）出发，认为现在所谓回到“国学”，比起原先包融经史子集四部之学的传统学问还要狭窄，如此这般，岂非要让现代学术退回到晚清民国之前；倘若如此，现代学术所致力于“新知”的新材料、新问题、新方法与新解释，也都无从谈起。这一担忧，我同样心有戚戚焉。

然而，我还想指出的是，当下，对这两大论题的言说者来说，还有一个分辨其言说环境的问题；而言说环境又可以剖分为不同层次加以把握与玩味。

例如，在晚清民国学术与当代现今学术高下论中，就有言说者的个人语境，拿着本朝功劳簿者就会倾向今胜于昔，而抬出前朝万神殿者或许有拿不到本朝功劳簿的酸葡萄味。至于在言说者个人语境之外，隐身在争论双方背后，那种是今非古派与以古非今派之间不同群体的价值取向，也是不言自明的。

再如所谓国学问题，清末民初创立国学概念时，那是民族主义的语境；本世纪初“国学热”再起时，则是呼唤人文传统重新回归的语境（在这一语境下，我也使用过“国学”概念，做过“国学”的讲演）；但“国学热”后，语境也随即转换，四五年前，我把曾经的讲稿收入学术随笔集时就特别强调：“自那以后，‘国学’大有被别有用意者劫持之意，这与我的初衷是大相径庭的。”至于现在，犹如葛兆光教授在别处所指出的，“国学不仅得到官方首肯，而且被列入体制作为学科，各地纷纷成立国学院”，显然又是另一番语境，这且不深论吧。

这里，我也要略说葛兆光教授的言说语境问题。他的发言电子稿是据其学术随笔集《余音》序文改写的，我把刊在2015年年第11期《书城》上这篇文字找来，发现他对颁奖发言与序文发表时不同语境的斟酌拿捏还是颇费苦心的。即如讨论到晚清民国学术中“新范式”确立与旧学术转型的第三大关节时，序文提的是“自由环境”与“时局刺激”，对两者都作了相对肯定的论述，原文俱在，可以覆案。而在发言时，他把“自由环境”淡化为“学术环境”，尽管主旨不变，但缓冲了敏感性。序文说明，由于晚清民国“那个时代机缘凑合，时势催人，确实促成了人文学术的现代转型，也拓展了人文领域的知识扩张，更成就了一批至今还值得纪念的大学者”，而机缘时势里当然包括“自由环境”造成的“丰富内涵和多元取向”。

葛兆光教授在研究或讨论晚清民国学术时，也免不了与当下学术作比较与反思。针对当下学界缺乏从容沉潜，充斥庸俗实用，他在几年前反思学术史时随口套用过一句话：“这个学界会好吗？”他在那篇序文里承认，对这一问题，直到现在“也不知道答案是什么”。这一问，虽然不以钱学森之问高攀，也确实有点悲怆苍凉的。

以我的理解，也许葛兆光教授自己也比较纠结：一方面承认“时势比人强”，这也是他认为晚清民国学术大师辈出的时代原因（我个人认为，就人文学科而言，大师时代已告结束，何时到来尚难预测）；另一方面，他秉持着学者的良知依然执著认为，不能坐等“时势”，而应保持“一种拥有自己的真理，不与流俗和光同尘，不事王侯高尚其事的精神”，以学术作为自己的使命，“也许，这个学界才能变好，现代的学术超越晚清民国时代才有可能”。我认为，倘若仍有学者秉持着这种精神，即使一时不能像晚清民国那样涌现出诸多开宗立派的大师，原创性大家终会代有人出，思勉原创奖也仍将后继有人的！

（2015年12月20日在第3届思勉原创奖颁奖仪式上的发言）

写在《吕思勉全集》梓行之际

吕思勉被严耕望推为中国史学四大家之一。在他身后20年间，已刊著作在台港时有翻印，大陆除印行其遗著《隋唐五代史》外，反而寂无消息。1965年顾颉刚重读吕思勉题赠《章句论》时，大发悲叹："吕氏一生写作甚多，而身后竟无人提议为编一全集者，并其著述目录亦不可见，悲已。"（《顾颉刚旧藏签名本图录》）这种状况当然与此20年间大陆政治与文化生态息息相关。

进入上世纪80年代，吕思勉的旧作再版与遗稿新刊才走上正轨。进入21世纪后，在其弟子李永圻先生的推动下，张耕华教授不懈搜求与艰苦校订吕氏全部已刊、未刊的旧著、遗稿，自2005年起历时七年，由上海古籍出版社相继推出18种吕著单行本或合编本，纳入总名《吕思勉文集》的丛书，为编纂《吕思勉全集》奠定了坚实的基础。与此同时，他们还合撰了《吕思勉先生年谱长编》，收入未能编入《文集》的吕氏日记与散札等资料。

15年间，耕华教授不务声华，埋首吕著，焚膏继晷，孜孜矻矻，不仅成为吕思勉研究的硕学专家，而且无愧弘扬吕思勉学术的第一功臣。经由其手总成的26卷《吕思勉全集》终于在2015年岁杪推出，与业已行世的台湾联经版《钱宾四先生全集》、大陆三联书店版《陈寅恪集》与安徽大学版《陈垣全集》一起，让四大史学家全集最终呈现“四美并”的局面。

关于吕思勉史学，我写过《用新方法整理旧国故——吕思勉与新史学》的专论。近日披阅《吕思勉全集》，记下这些片断性随感，或可视为对旧文的补充。

一

严耕望是钱穆的学生，吕思勉是钱穆的老师，也是严耕望的太老师。他所推举的四大家即陈垣、陈寅恪、吕思勉与钱穆，入选条件是“及睹其风采，或读其书时，其人尚健在”。据他说，钱穆受吕思勉“影响最大”，吕思勉对钱穆也“深为奖掖”，师生同成大家后，仍切磋问难，互有补益，这有钱穆《师友杂忆》可以对证。抗战胜利不久，钱穆再访母校，吕思勉请他演讲，钱穆开讲便说：“今日此一四十年前老学生之讲辞，乃求不啻如其四十年前老师长之口吐出。今日余之讲辞，深望在场四十年后之新学生记取，亦渴望在旁四十年之老师长校正。学校百年树人，其精神即在此。”民国师道如此，不禁令人动容。《吕思勉全集》有近8卷20种左右的教科书，科目涉及历史、地理、国文、修身、文选等，其受业弟子中有钱穆、唐长孺、杨宽、张芝联、黄永年、徐燕谋、汤志钧等大师名家，说他是史学大师，固然实归名至，却鲜有说他是教育家的，未免有点论之不公。

严耕望论定四大家立学术标准三：一是史学涉略面，二是史学著述量；三是史学识见度。

吕思勉的学术领域，尽管以史学为主，却兼及传统之学诸多领域，包括目录学（《经子解题》等）、文字学（《章句论》等）、文学（《宋代文学》《论诗》《小说丛话》等），他对传统医学（《医籍知津》）也有研究，还创作过新小说（《中国女侦探》等）。盘点20世纪中国学术大师，论涉足之广，少有其比者。而他的史学著述，也涵盖了史学方法论、中国通史、断代史（从先秦到隋唐五代以及近代史）、专门史（涉及社会、民族、文化、学术、经学、理学、政治思想诸分支学科）、史学札记、教科书、通俗读物等诸多领域，无论通贯古今，还是横跨诸界，在同时代史学大家中，也是名列前茅的。

吕思勉著作之富，同样少有其匹，《全集》达26卷，超过二陈，而与钱穆相颉颃（《钱宾四先生全集》54卷而为32开本，《吕思勉全集》26卷却为16开本，考虑到钱穆享寿比吕思勉长22年，他们师生著述之繁富应不相上下）。在史学识见上，吕思勉贯彻了“博赡仍是为学大道”的治史取向，故严耕望《治史三书》有《通贯的断代史家》专文平章，说吕氏史学“应属撰史，不是考史”。所谓“考史”，即章学诚所说的“考索之功”；而所谓“撰史”，应即章氏推许的“独断之学”，也即严氏表彰的“建立新史规模”。

近年报章时见评骘民国学术与当代学术的高下之论，且不究诘那些话语的潜台词，倘以吕思勉作为民国史学的大师代表，在史学涉略的广度上，在史学识见的深度上，在史学规模的创获上，当代史坛能否找出哪位大家足与其前后辉映呢？

在四大家中，吕思勉成就不在其他三家之下，声光却远逊于南北二陈与钱穆。严耕望认为，原因主要三条：一是近代史学崇尚仄而专的深入研究，提出新问题，发表新意见，对吕思勉这样博通周赡式的学者未免低估；二是20世纪新史学以是否使用新史料作为衡量标尺，而吕思勉史学主要取资于习见的正史，因而受到轻忽；三是吕思勉身处远离民国学术中心的上海，长期任教的光华大学更非一流大学，他又不求闻达，从来“不扬露才学，不争取名位”，用当下行话说，就是不炒作、不推销自己，也没有占据要津的弟子为之揄扬。但相较于跻身学术中心而位居学术领袖的那些大师，吕思勉以非主流的身份，在难以获睹新史料的限囿下，以人皆能见的二十四史作为资粮，

“拆拼正史资料，建立新史规模，通贯各时代，周赡各领域”，这种魄力与坚毅力，让严耕望感叹，同时代成名史家“恐怕都难以做得到”。

但在民国时期，吕思勉仍获得学术共同圈的高度认同，他是当时教育部为数不多的部颁教授之一。即便1950年代全国教授首次评级时，他依旧是为数寥寥的一级教授之一，上海史学界唯有他与周谷城同为一级（据屈宁《1950年代的教授分级与史学大家》，周谷城初定为二级，官方最终公布时升为一级。尽管不知他是否以丰沛故人而荣膺一级，却也凸显吕思勉史学成就乃众望所归），足见当时评级非学术因素干扰还算有限，远不像近年那样不堪入目。

二

对吕思勉学术的认知，后人似乎存在着明显的代际差异。与吕思勉同辈或仅低一辈的学者，在求学与治学期间往往已读其书而深知其学，无不给予高度肯定。闻知吕思勉逝世，顾颉刚日记即下盖棺之论：“全国中精熟全史者唯此一人。”其时，南北二陈尚活跃史坛，同为学术圈内人，这一评断应是经过拿捏掂量的。谭其骧指出：“近世承学之士，或腹笥虽富而著书不多；或著书虽多而仅纂辑成编。能如先生之于书几无所不读，虽以史学名家而兼通经、子、集三部，述作累数百万言，淹博而多所创获者，吾未闻有第二人。”海外学者杨联陞表示，吕思勉是他“最敬仰前辈学人之一”。业师程应镠先生也说：“执教光华大学常聆诚之先生讲论，淹博渊深，曾自叹寅恪先生外，并世无第二人。”

而鼎革以后成长起来的史界学人，对吕思勉认识却有曲折过程。1998年，王家范先生坦诚承认：“说起来实在不敬，因种种的缘故，我真正对先生有点认识，还是近几年的事。”这“种种的缘故”中，主要应是位居主流的马克思主义史学对所谓资产阶级史学的持续批判。反讽的是，吕思勉早在1945年《历史研究法》里就肯定了马克思以经济为社会基础的唯物史观，认为有助于对史事的了解，他治史也尤其注意社会经济层面。严耕望抉发了这点，认为“这在没有政治色彩的前辈史学家中是比较特别的”，却与新政权确立以后“一般趋附者大不相同”。然而，1949年以后的无端批判，最终造成学界后进对吕氏史学的疏离与隔膜。作为率真坦诚的学者，家范先生曾痛切自责：

> 古哲说：“金玉满堂，莫之能守”，至今思来真是愧悔交加。“大雁已经飞过，天空不留痕迹”，对个人固然是一种难得的生命超越；对后人，特别是像我这样，作为华东师大他的专业后辈，却是不可宽恕

的过失。

吕氏史学再获推重，在上世纪80年代中期以后。吕思勉的学术活动与学术著作主要都在沪上完成，洵为上海史学界的鲁殿灵光。他在1952年全国高校院系调整时转入华东师大。当然，不入华东师大历史系，吕思勉还是吕思勉；而若无吕思勉，华东师大历史学就会大为逊色。现在，吕思勉不仅是华东师大史学的品牌，而且打造成华东师大整个人文学科的标志。为了不再“金玉满堂，莫之能守”，这座大学设立了以大师命名的“人文高等研究院”与“学术原创奖”。这是对学术的致敬，也是对大师的纪念。

三

然而，对吕思勉史学的含金量，史界前辈中也颇有不识和氏璞玉者。严耕望说：“有一位朋友批评诚之先生的著作只是抄书。”他这位未点名“朋友”应即牟润孙。据《吕思勉先生年谱长编》引杨联陞函说：“牟润孙评述近代中国史学，而未提吕先生，弟致函指出，牟君回信只说嫌吕先生书多堆砌。”牟润孙师从陈垣与顾颉刚，比吕思勉低一辈，曾与严耕望共事新亚书院，也算得上是名家，但于吕氏史学却有眼不识金镶玉。但持“抄书”之论者却远非牟氏一人。对此，杨联陞不以为然："试问有几人能堆砌如此广大而有意义？""广大"推其有规庑，"意义"赞其有史识。严耕望最识得吕氏史学精髓，对牟氏偏见大表不满："其实有几个人能像他那样抄书？"他进一步说："这位朋友极推重赵翼《廿二史札记》。其实即把诚之先生四部断代史全作有系统的札记看亦无不可，内容博赡丰实，岂不过于赵书耶？"在严耕望看来，吕氏之书不仅仅是赵翼式札记，"何况他实有很多创见，只是融铸在大部头书中，反不显露耳"。

关于吕思勉史学主要取材正史而很少涉及新出史料的问题，仍有必要饶舌一辩。自陈寅恪首唱"取用新材料，研求新问题，得预新潮流"，新史学主流就以能否取资新史料作为最高评判标准，这实在是对"新材料"的肤浅误读。作为新材料的甲骨文、简牍帛书、敦煌文书、大内档案，的确引发了一系列新问题，取用这些新材料也着实让中国史研究取得了新进展，但这些新材料并不足以涵盖中国史的全时段与全领域，大部分时段与大多数领域仍须倚赖旧史料。而旧史料中的基本史料，毫无疑问仍是列代正史，更何况对旧史料以新眼光作出新解读，也就注入了新内涵，在这层意义上，旧材料与新材料完全是可以转化的。吕思勉当然清楚新材料的意义价值，但限于远离学术中心的非主流身份，不可能全部及时地获得那些新出的材料，兼之他立志写一部通史，以期说明"中国的社会总相”，由于从事的是全史研究，不少时段和诸多领域与新材料关系并不那么密切，在这双重因素下，他决定以二十四史为主创建自己的史学体系，虽属无奈却是理智的选择。打个比方，参赛者必须自带食材进行厨艺大赛，有的参赛者家境优渥，以山珍海味做出了满汉全席，固然抢人眼球；有的参赛者出身贫寒，却仍用家常食材做出了色味俱佳的特色菜肴，能说后者的厨艺水平与菜肴等级就不如前者吗？在20世纪史学大师赛中吕思勉正是后者，他以二十四史读过三遍半的功力，以最常见的正史材料构建起吕氏史学大厦，其规模在同时代却少有企及者，这恰是他了不起的地方。

对史学新人来说，尤有必要重新认识吕思勉史学的巨大价值。我对吕思勉史著的阅读，说不上深入与全面，但有三点心得不妨献芹。其一，通观吕氏的《读史札记》与几部断代史，有不少篇章蕴含着他的问题意识与独到识见，是有待开掘的一座富矿，初入史海的新进学子倘能慧眼识货，自可从中获取欣然有得的提撕，觅得富有启迪的课题。其二，即便查阅吕氏通史论著，咀嚼回味他看似平实的论述，也往往折服于其史识的通贯性与穿透力。我在撰写《论吕思勉的宋史观》时，对这点深有体悟。吕氏断代史专著里没有宋史，他对宋代的论述大多散见于通史性论著，但真知卓识却随处可见。其三，倘以治史方法而言，吕氏史学才是史学正宗，最宜后学效法。在史料运用上，吕思勉并不一味追求新奇稀见，而是取历代正史作基础材料，以传统札记法为基本手段，初入门者易于揣摩，不难学习，只要假以时日，提升史识，进境可期。在史法运用上，如果说陈寅恪往往借助曲折入微的辨证论析，获得出人意表而令人叫绝的新解，吕思勉却并不刻意讲究别解高论，而是主要通过史料的缜密比次与通贯条理，藉抉发曾经遮蔽的史实，以获取前所未见的新知。倘以用兵为喻，陈寅恪是出奇制胜存乎一心，无其天才而一意摹学，不是走火入魔，便是画虎成犬；吕思勉则规矩方圆有迹可循，中等材质而有心追摩，即便难期大家，也能治史有成。对初窥史学门墙的中国史研究者，吕思勉史学自应尊为首选。

（原载2016年4月17日《东方早报》）

学刊的圈养与散养

近年，每届上海书展都办学术出版论坛，2014年论题是“中国人文社科期刊的发展之路”，主题词是“品牌·坚守·创新”。我也有幸恭逢其盛，聆听了领导致辞与嘉宾谠论。

中国学术刊物的模式是从西方引进的，五四以后渐为学术界与出版界认同。民国学刊，大致可分四类。一是同人刊物，包括改版前的《新青年》,还有《新潮》《学衡》《现代评论》《独立评论》等。二是学术共同体刊物，例如历史地理的《禹贡》与社会经济的《食货》等。三是科研机构与高校的刊物，例如《清华学报》《燕京学报》与中央研究院《历史语言研究所集刊》等。四是出版社与报社的刊物，例如商务印书馆的《东方杂志》，时事新报社的《学灯》，努力周报社的《读书杂志》等。

民国学刊大都采取“散养”方式，即便隶属体制的

《史语所集刊》，也未见有行政性的学术规划与考核指标。这些学刊，对于体制，基本上处于散养的自由状态，各学刊间可以有争论，也可以有声援，但学术上都自立门户，在思想上也就各领风骚，经过历史的磨洗，许多刊物至今都是有定评的学术名刊。

1949年以后，学刊虽经历了体制的统合，但直到“文革”前，对学者及其论文的考评体系，并未造成严重影响。以陈寅恪为例，1949年后共发表14篇论文，仅2篇刊于《历史研究》，刊于大学学报的12篇，以他的地位（《历史研究》编委）与水平（史学大师），从未在乎过大学学报与《历史研究》的档次高低。凭借刊文的质量与学界的口碑，这一时期也还涌现了类似山东《文史哲》那样的名刊。

从上世纪90年代后开始，学刊在体制内划分等级，有核心期刊与非核心期刊之分，核心刊物再分一级、二级等等；标准又有各自为政的南大系统、北大系统等等；各高校与科研机构再对发表在各级学刊上的论文给出评价的等第或分值。规则之繁琐与细节之微妙，倘不身在其中，简直丈二和尚摸不着头脑。对学刊的定等，与对学者及其论文考核，在体制内是同步进行的。行政权力对学术完成了最强力的统制，将学者、学刊与论文一股脑儿死死“圈养”在体制内。

自从学刊分等成为论文评价的刚性标准，杀伤力无微不至与无远弗届。其一，与学者的经济收入密切挂钩。在《中国社会科学》上发一篇论文，有的高校科研奖励高达数万元。其二，成为学者申报各种等级科研课题的核心参数。没在权威学刊发文，就甭想在省部级以上课题中分一杯羹。其三，直接导致学者能否获得各级社科奖项。据圈内专家说，对报奖论文的筛选，第一关就看学刊的等级。其四，最终关系到学者在学术职称上的升等。没有权威学刊的论文，就等猴年马月吧！后三条互为因果而交相作用，但以学刊等级定论文档次是死结所在。

利益最大化是常人的本性，圈养进体制的学者，若要不被体制淘汰或抛弃，只有千方百计在高等级学刊上发论文，去屈就或迎合学刊分等的“游戏规则”。于是，拥有资源的学者就以学术之名做起变相交易，或邀请主编讲学，或共办学术会议，以高价课酬或重礼款待换取自己高级别论文的刊发。没有资源的学者与硕博士生们交版面费发论文，早是公开的秘密。尽管学刊有等级高下，却各有适销对路的需求者，多数学刊都成了待价而沽的卖方市场：发人情稿、关系稿还算灰色地带；而某些学刊收取版面费，只差没有广登广告。总之，在学者与学刊被全面圈养的体制下，学术底线已然失守，学界腐败也绝非个案。所有这些，都是体制圈养学刊、学者乃至学术的并发症。

中国学刊之多与论文之多，早已跃居世界前列，大有领导致辞中倡导的学刊“产业化”气势；但大量是低水平的重复。道理不难明白：饲养场圈养的鸡，蛋与肉的产量虽然高，但比起乡野间散养的鸡来，其味道纯正就不是以道里计。当务之急，恐怕还是先给学刊、学者与学术以充分的“散养”空间，坚守“独立之精神”与“自由之思想”的标杆，然后再谈创新与品牌吧！

（原载2014年12月17日《齐鲁晚报》）

猴年打油诗话

小引

中国农历以干支纪年，十二生肖逐年亮相，每年春节几为娱乐节目与报章副刊的保留话题。今年是猴年，猴故事最喜闻乐见，一部《西游记》可为明证。在生肖群里，与人的关系，似也数猴最为密切。人是万物之灵，但动物分类学则把人与类人猿、猴归入同类。一般老百姓才不去深究达尔文进化学说，只简单说成“人是猢狲变的”。中国古文献里，猴也称猱、狙、猿、狨等，不一而足，毋庸獭祭；其中猿猴故事往往混说，实际上却涉及灵长类的不同科目，也暂且不去管它。套用马克思“猴体解剖是人体解剖的钥匙”，考察猴性或是反思人性的津梁。丰富复杂的猴性与人性确实最贴近，中国古代猴故事也都在说人间世。春假无事，遂搜寻猴掌故，配上打油诗。知我者谓我心忧，不知我者嗤我打油。诗味寡淡，或为诗坛名宿与文苑新俊笑，然不作无益之事，何遣有涯之生？是为引。

一、猢狲称王

猢狲重聚练刀枪，一统齐天日月长。
且喜山中无老虎，看俺弼马再称王。

“山中无老虎，猴子称大王”，这句谚语的书证引《冷眼观》，这部小说刊行于1907年，但谚语形成肯定早得多。何时流传，笔者腹俭，无力考实。鲁迅致其母亲信说：“海婴已以第一名在幼稚园毕业，其实亦不过‘山上无老虎，猢狲称大王’而已。”足见同一涵义的谚语，在民间有不同说法，当然都来自老百姓的日常观察。查阅《西游记》里的花果山，虽说石猴出世后，也提及“与狼虫为伴，虎豹为群，獐鹿为友，猕猿为亲”，但或是泛写。石猴穿过瀑布进入“花果山福地，水帘洞洞天”后，便对小的们道：“你们才说有本事进得来，出得去，不伤身体者，就拜他为王。我如今进来又出去，出去又进来，寻了这一个洞天与列位安眠稳睡，各享成家之福，何不拜我为王？”于是，“将‘石’字儿隐了，遂称美猴王”。小说自此没再写这封闭的洞天福地里有“虎豹为群”。这句谚语或许也用得上。

二、沐猴而冠

项王毕竟少雄图，衣锦还乡焚帝都。

冷眼楚伧成富户，沐猴冠戴学鸿儒。

先说成语出典。据《史记·项羽本纪》与《汉书·项籍传》，楚王项羽攻入秦都咸阳，杀了秦王子婴，放火焚烧秦朝宫室，大火三月不灭，然后收其财货美女，准备东还。有韩生进言："关中襟带山河，土地肥饶，足以建都称霸。"项羽看到秦宫都烧毁残破，又见人心思归，便说："富贵不归故乡，就像穿上绣衣锦袍走在黑夜里，有谁知道你！"韩生说："有人讲楚人沐猴而冠，果然如此！"项羽听说，把他给烹杀了。但成语来自生活，耍猴人让猿猴学人冠戴，应该早已有之。《庄子·天运》说："今取猿狙而衣以周公之服，彼必龁啮挽裂尽去而后慊。观古今之异，犹猿狙之异乎周公也。"意思是说，你让猿猴穿上周公的衣服，它必定撕咬扯裂个干净才会惬意。考察古今不同，就像猿猴之不同于周公一样。《庄子》这段话与沐猴而冠说的同一道理。"沐猴"，据学者考证，应即"猕猴"或"马猴"，但古籍里也有解释为"猴好拭面如沐"的，说的是猴子自己抹脸戴冠，欲学人样，仍是猴相。

三、阇婆国猴

阇婆海国有群狙，等级森严似帝居。
君后饱餐鲜果后，众猴方可食其余。

据《诸蕃志》说，阇婆山里多群猴，生性从不怕人，如呼以“霄霄”之声就出山来。倘投以果实，就有两只大猴先到，土人说这是猴王与猴夫人。等它俩享用完毕，群猴才有资格吃剩下的东西。阇婆即元明时的爪哇国，今地在印度尼西亚的苏门答腊岛。这条记载已从群居秩序角度去观察猴群，但猴群内这种等级性具有普遍性，并不限阇婆与爪哇。

四、猢狲供奉

伴驾随班性抚驯，著绯罗拜入丹宸。
我为供奉君休笑，却识天墀换主人！

唐朝末年，朝廷完全丧失权威，901年，连唐昭宗也被宦官劫持到凤翔，直到903年才返回都城长安。据《幕府燕闲录》说，在这播迁期间，皇家艺人只有一个耍猴的随驾。他调教的猴子倒颇驯顺，也与廷臣一样随班上朝，昭宗一高兴，就赐它穿上红色官袍，唤作“孙供奉”。

诗人罗隐下第不久，听闻此事，忿忿不平，写诗抨击：“十二三年就试期，五湖烟月奈相违。何如学取孙供奉，一笑君王便著绯。”一个读书人指望科考改变命运，十来年里连湖光山色都无暇观赏，却不及一头猴子，逗乐皇帝就能著绯当官。罗隐的愤慨揭露了深刻的危机：一个王朝，堕落到这种地步，不亡又何待！果然如此，唐昭宗回都就被军阀朱全忠掌控，次年，这位“全忠”就把他杀了，不久自己当上了皇帝，即后梁太祖。梁太祖即位，唐朝旧臣纷纷觍颜转事新朝。新主对“孙供奉”倒也不薄，仍让它殿下起居。不料陛见时，也许那猴儿发觉殿上换了主子，径直奔向御座，跳跃奋击不止，被梁太祖下令杀死。有感于人臣的节概竟不及一头猴子，《幕府燕闲录》作者一声叹息：“唐臣愧此猴多矣！”

五、母狙指腹

触网牝狙双泪垂，叩头频指腹中儿。
人猴母性同情理，后主虑囚生大悲。

据《湘山野录》，南唐李后主天性宽恕，少行威令。有一次青龙山狩猎，一头母猴在山谷中误入罗网，一见到他就泪流如注，磕头擂胸，一再自指腹部。后主十分怪讶，让围猎者守护好它，当天夜里，母猴生下两只小猴。

李后主大生感慨，回来视察大理寺，亲自录问在押囚犯，多所宽贷。有一个在狱孕妇，产期一满就该处死。不久，她产下双胞胎，李后主有感于母猴故事，改判她流放远方。这一改判于法合理与否另当别论，李煜看到待产母猴起恻隐之情，无疑充满了悲悯心。最感人的还是那只泪流满面的母猴，在母性上，猴性有时真不输于人性。

六、槛猿如豚

山林自在性情舒，踉跳腾翻最逸如。
诱逼关将笼槛去，灵猴日久变呆猪。

《淮南子》指出："置猿槛中，则与豚同，非不巧捷也，无所肆其能也。"意思是说，把猿猴关进笼子里，那它将与肥猪无异；并非它不再矫健敏捷，而是空间逼仄迫使它无法一展所长。将这层意思推衍开去，再聪明的后代，再出色的社群，倘有限制"无所肆其能"的笼子，后果不言而喻。《野人闲话》还有一个猴故事。五代后蜀时，有弄猴人杨千度擅驯猢狲，让猴群能懂人的言语。一天，后厩的猴群挣断索缚，走上了殿阁，后蜀主命人射杀，搞了三天却不见成效，就让千度来试试。千度先让经过驯练的十余头猴子在殿前嬉戏，那些挣脱约束的猴群都在房舍上窥探。杨千度喝道："奉诏把房上猢狲招下来！”由于同伙呼朋引类，逃脱的猴群果然立马罗列殿前。有人问他调教术，回答说：“猴子实在不解人语，先以灵砂为诱饵，改变其兽心，然后就可调教了。”解放的群猴之所以再就范，完全出自同类的诱导。

七、朝三暮四

限粟只缘家匮粮，狙公小技费思量。
朝三暮四群情怒，朝四暮三怡未央。

这个成语耳熟能详，出自《列子·黄帝》。春秋战国时，宋国有个狙公，喜欢猴子，养了一大帮。狙公懂得猴子好恶，猴子也大得他欢心，乃至于尽己所能，满足群猴的口腹。不久，家赀开始匮乏，他打算减少供食，唯恐猴群不再俯首听命，先诳骗它们：“给你们的栗子，早三颗，晚四颗，足够了吧？”众猴群起不满，大为愠怒。呆一会儿，狙公再说：“给你们的栗子，早三颗，晚四颗，这足够了吧？”群猴都乖乖匍匐，面露喜色。统治者就像狙公，朝三暮四的故伎也一再袭用，被统治者却经常甘当被耍的群猴而其乐洋洋。

八、金猴除妖

坐骑下凡成祸胎，大鹏甥辈是如来。
金猴纵有千钧棒，叵耐妖魔有后台。

说到猴年吉祥物，拜《西游记》之赐，孙悟空当是不二之选。“金猴奋起千钧棒，玉宇澄清万里埃”，历来成为人们的美好梦想。但在《西游记》里，朱紫国的金毛犼是观音的坐骑，通天河的灵显大王是她莲花池养的金鱼，最后都被收服，安然回归菩萨麾下。狮驼岭三怪中，就数金翅大鹏鸟本领最大，他与佛祖的老妈乃一母同胞，致使孙悟空对如来大不满：“这般比论，你还是妖精的外甥哩！”南山大王艾叶花斑豹子精，则是佛祖所在西牛贺洲的山主。有其他来头的妖怪还可举出一些：寿星老儿的脚力来到比丘国变为白鹿精；金鼻白毛老鼠精管托塔李天王叫“干爹”；金兜洞的独角兕出自太上老君家；弥勒佛家的司罄童儿成为设套小雷音的黄眉怪；天竺国的兔子精可是月里嫦娥的小宠物噢！哪个都仰仗后台出场搭救，被主子假惺惺嗔骂一声“逆畜”，就轻松过关重归天庭，继续过它的好日子。难怪读者吐槽：被孙悟空打死的，怎么都是没靠山的精怪？能从金箍棒下安然逃生的那些妖魔，无不傍着强有力的后台，谁能其奈何！

九、老猴纵火

猿猕生息在杉林，伐木斤斤杀气森。
焚屋唯求能避难，猴权天赋上谁心？

据《汀州志》，唐朝大历（766—779）间，古田杉林中有猴群数百活跃其间，当地人打算砍伐杉木，把群猴斩草除根。这时，但见一只老猴，忽然跳到最邻近的那家农户，点起火来，烧了房舍。乡人大惧，急忙回走救火，群猴这才逃难而去。我们不妨转换视角，将故事来一番新解读。假设有"猴权"的话，那应与人权相似，最基本的也该是生存权。以人类的法治而言，老猴纵火属以恶制恶，当然犯罪，却是那人类必杀技下的绝望选择。你们人类不是把人权叫得震天价响吗，却要毁灭俺猴们的生存空间，还准备赶尽杀绝，剥夺俺猴们的生命权。人啊人，也该为"天赋猴权"鼓与呼一下吧！

十、杀鸡骇猴

西墙骇煞小猿猕，东主才抓报晓鸡。
刀俎了将煨炖煮，谁教夜半自由啼！

杀鸡骇猴，其意与"杀一儆百"相同，类似说法还有“宰鸡教猴”“杀鸡给猴子看”“杀鸡给猢狲看”等。各种辞书的书证最早溯源到晚清《官场现形记》：“所以兄弟特地想出一条计来，拿这人杀在贵衙署旁边，好教他们同党瞧着或者有些怕惧。俗语说得好，叫做‘杀鸡骇猴’，拿鸡子宰了，那猴儿自然害怕。”杀鸡骇猴，确是历代统治者惯用伎俩。但揆之以理，应该先有谚语，然后再提炼为成语的。谚语来自生活，也许从驯猴人杀鸡放血吓唬猴子逼其就范的场景概括出来的罢。

十一、母猴复仇

恃强凌弱下飞鸢，对母食儿罹罪愆。
快意恩仇兼智勇，猢狲自撰报应篇。

据《景溪闲言》，有人养了一对子母猴，一天，一只飞鸢突然从天而降，抓住猴崽，当着母猴的面，啄其脑而食其髓，母猴哀鸣不已，三日不食。思考再三，径从厨房中取来一片肉，顶在头上，走到庭院中，好像在窥守着什么。不一会儿，飞鸢果然俯冲下来，抢夺那块肉，母猴两手扯裂其双翅，也咬其脑而食其髓。一旁众人围观，都十分快意。这只母猴亲眼目睹自家猴儿惨遭毒手，也未见主人有所作为，便决定自己为子复仇，旁观者也都为这种快意恩仇拍手称快。在正义无法伸张的环境里，弱者迫不得已，往往孤注一掷，为“伸冤在我，我必报应”，不惜铤而走险。

十二、三峡猿鸣

惊涛裂岸夺瞿塘，三峡猿啼欲断肠。
前哲卜期谁谒问：轻舟指日入汪洋？

《水经注》那段优美文字让三峡猿声闻名遐迩：“每至晴初霜旦，林寒涧肃，常有高猿长啸，属引凄异，空谷传响，哀转久絶。故渔者歌曰：巴东三峡巫峡长，猿鸣三声泪沾裳。”三峡猿鸣与大江东去不知有何关系，也许猿猴听到拍天狂涛才惊恐啼鸣的，但李白与杜甫已将两者牵连起来写入名篇。由此联想到唐德刚著名的“历史三峡论”，他说到中国正经历有史以来“大转型”：

> 这次惊涛骇浪的大转型，笔者试名之曰“历史三峡”。我们要通过这个可怕的三峡，大致也要经历两百年。自1840年开始，我们能在2040年通过三峡，享受点风平浪静的清福，就算是很幸运的了。如果历史出了偏差，政治军事走火入魔，则这条“历史三峡”还会无限期地延长下去。那我们民族的苦难日子就过不尽了。——不过不论时间长短，“历史三峡”终必

有通过之一日。这是个历史的必然。到那时“晴川历历汉阳树，芳草萋萋鹦鹉洲”，我们在喝彩声中，就可以扬帆直下，随大江东去，进入海阔天空的太平之洋了。

这段大气磅礴的宏论，也许是他最好的文章。他预言的年份，为期已经不远。但面对历史大转型，也时闻不和谐的凄哀猿鸣。而对“历史三峡论”，乐观者有之，悲观者也有之。就像同样面对三峡猿鸣，李太白曾是乐观的，放声高唱过“朝发白帝彩云间，千里江陵一日还，两岸猿声啼不住，轻舟已过万重山”；杜工部则是悲观的，孤愁低吟出“风急天高猿啸哀，渚清沙白鸟飞回，无边落木萧萧下，不尽长江滚滚来”。唐德刚在其谠言高论里巧妙嵌入了“如果”的但书，真是“脚踩西瓜皮，滑到哪里算哪里”，以免作为历史学家而被人诟病为算命先生，后人也无法起而诘问之，也够狡黠的。但中国这艘大船能否通过“历史三峡”，顺流直下，扬帆东去，关键看怎样把舵行驶，终究无关于猿鸣的。

（原载2016年2月22日、29日、3月24日《新民晚报》）